녹턴

음악과 황혼에 대한 다섯 가지 이야기

녹턴

NOCTURNES

가즈오 이시구로 소설

김남주 옮김

민음사

NOCTURNES:
Five Stories of Music and Nightfall
by Kazuo Ishiguro

이 책을 데버러 로저스에게 바친다.

차례

크루너

관광객 가운데 앉아 있는 토니 가드너를 내가 알아본 것
은 이곳 베네치아에 봄이 오기 시작한 어느 날 아침이었다.
우리가 실내에서 광장으로 나와 야외 공연을 시작한 지 일
주일 정도 되었을 때였다. 그러니까 더 이상 답답한 카페 뒤
쪽에서, 그곳 층계를 이용하는 고객들을 방해해 가며 공연
하지 않아도 된다는 것은 다행이 아닐 수 없었다. 그날 아
침에는 바람이 좀 불어서 새로 쳐 놓은 대형 천막이 거칠게
펄럭거렸다. 하지만 우리 단원들 모두는 좀 더 밝고 새로운
느낌에 젖어 있었고, 아마도 그런 느낌이 우리가 연주하는
음악에 배어났을 것이다.

지금 내가 마치 정식 단원인 것처럼 말하고 있지만, 사실

나는 그 광장에 있는 카페 세 곳을 돌아다니며 나를 원하는 곳이면 어디서든 연주를 시작하는, 정식 단원들이 '집시'라고 부르는 떠돌이 뮤지션일 뿐이다. 그러니까 나는 대개는 라베나 카페에서 연주하지만, 일이 많은 오후에는 콰드리 카페 친구들과도 한 차례 공연을 하고, 플로리안 카페에 들렀다가 광장을 가로질러 다시 라베나 카페로 돌아온다. 나는 이곳 단원들은 물론이고 종업원들과도 잘 지내고 있고, 정규직으로 일했던 다른 도시들에서도 그런대로 잘해 왔다. 하지만 전통과 과거에 지나치게 집착하는 이곳 베네치아에서는 모든 것이 거꾸로다. 다른 곳에서라면 사람들은 기타 연주자에게 당연히 호의적이다. 하지만 이곳은 어떤가? 기타라니! 이곳의 카페 지배인들은 불편한 반응을 보인다. 기타가 지나치게 현대적이어서 관광객들에게 환영을 받지 못한다는 것이다. 지난해 가을 나는 타원형 울림구멍이 있는 골동품에 가까운 재즈 기타를 손에 넣었다. 장고 라인하르트*가 연주했음직한 그런 기타였다. 따라서 혹시 나를 로큰롤 연주자로 오인할 가능성은 전혀 없었다. 그 기타 덕택에 이곳에서 일이 조금 쉽게 풀리긴 했지만 카페 지배인들이 기타 자체를 좋아하지 않는 것은 여전했다. 이 광장에서는

---

* 벨기에 출신의 전설적인 기타리스트.

기타리스트라면 조 패스*의 경지에 이른다 해도 정규직 일자리를 구하기가 하늘의 별따기이다.

내가 베네치아 출신이 아닐 뿐 아니라 이탈리아인도 아니라는 자그마한 문제가 있는 것도 사실이다. 알토 색소폰을 부는 키 큰 체코인 친구도 나와 비슷한 경우다. 우리가 사람들과 잘 지내고, 악단이 원하는 것은 사실이지만, 우리 두 사람은 홍보용으로는 적당하지 않으니 입 다물고 뒤에서 연주나 하라고 카페 지배인들은 늘 말한다. 그러면 관광객들은 우리가 이탈리아인이 아니라는 사실을 알아채지 못한다는 것이다. 정장을 입고 선글라스를 쓰고 머리를 뒤로 빗어 넘기면 아무도 우리가 외국인인 걸 알지 못한다. 이야기를 시작하지만 않는다면 말이다.

나는 그런대로 잘해 나가고 있다. 세 카페의 악단 모두에게 기타가 필요하다. 특히 각자의 천막에서 동시에 연주해야 할 때 그렇다. 부드럽고도 확실하게, 뒤쪽에서 가락을 맞추어 소리를 증폭시켜 주는 악기가 필요한 것이다. 한 광장에서 세 개의 밴드가 동시에 연주를 한다면 정말이지 아수라장이 될 거라고 생각하겠지만 산마르코 광장은 상당히 넓어서 그 모든 소리를 수용한다. 광장을 거니는 관광객은, 한

---

* 미국의 기타리스트. 찰리 버펏과 함께 활동했고 그래미 상을 받았다.

밴드가 연주하는 음악 소리가 잦아든 다음에야 점점 커져 가는 다른 밴드의 연주 소리를 듣게 되는 것이다. 마치 라디오의 채널을 바꾸는 것처럼. 관광객들이 질리지 않고 들어 주는 음악은 클래식, 그러니까 유명한 아리아들을 연주곡으로 편곡한 것들이다. 그렇다, 이곳은 산마르코다. 이곳 사람들은 최신 히트 팝송 같은 것을 원하지 않는다. 그들은 자신들이 알고 있는 그 무엇, 그러니까 흘러간 줄리 앤드루스의 히트곡이나 유명한 영화의 테마가 매 순간 흘러나오기를 원한다. 지난해 여름 어느 날 나는 이 밴드 저 밴드 돌아다니며 그날 오후에만 「대부」의 테마를 아홉 차례 연주하기도 했다.

어쨌든 어느 봄날 아침 그곳 광장에서 한 무리의 관광객들 앞에서 연주를 하면서 나는, 악단 천막에서 정면으로 약 6미터 정도 떨어진 곳에서 토니 가드너가 커피 한잔을 앞에 놓고 혼자 앉아 있는 것을 보았다. 그 광장에서는 유명 인사를 보는 것이 흔했으므로, 호들갑을 떨거나 하는 일은 없다. 무리의 끝에서 누군가 나직하게 한마디 하고 그 말이 단원들 사이로 퍼지는 정도다. 저기 좀 봐, 워런 비티로군. 좀 보라고, 키싱어잖아. 저 여자는 그 뭐냐 얼굴을 갈아치운 남자들에 관한 영화에 나왔던 여자잖아. 우리는 그런 데 익숙하다. 어쨌거나 이곳은 산마르코 광장이 아닌가. 하지만 그날 그곳에 앉아 있는 사람이 토니 가드너라는 걸 알았을 때의 내 느낌은 사뭇 달랐다. 정말이지 흥분하지 않을 수 없었던 것이다.

토니 가드너는 어머니가 좋아하던 가수다. 그 옛날 공산주의 시절 폴란드에서 가정주부가 그런 음반을 손에 넣는다는 건 참으로 어려운 일이었는데도, 어머니는 그의 음반 '전집' 중 '상당수'를 갖고 있었다. 어렸을 때 나는 그 귀중한 음반 중 하나에 흠집을 낸 적이 있었다. 우리는 아주 비좁은 아파트에 살고 있었는데, 그 나이 또래의 남자애라면 이따금 집 안을 헤집고 다니는 게 당연했다. 특히 날씨가 추워서 바깥으로 나갈 수 없는 겨울 몇 달 동안은 말이다. 나는 작은 소파에서 팔걸이의자로 펄쩍 뛰어 옮겨 가는 장난을 하면서 놀다가 실수로 그만 축음기를 건드렸다. 축음기의 바늘이 찍 소리를 내며 아래 놓인 엘피판을, 시디가 나오기 오래전의 음반인 바로 그 판을 긁었다. 어머니는 부엌에서 달려 나와 호통을 쳤다. 나는 몹시 속이 상했다. 어머니가 내게 고함을 쳐서가 아니라, 내가 망가뜨린 게 토니 가드너의 음반이었기 때문이었다. 어머니가 그것을 얼마나 소중히 여기는지 알고 있었던 것이다. 이제 그 음반에서 그의 미국 노래들이 흘러나올 때마다 줄곧 찌지직거리는 잡음까지 들어야 할 판이었다. 여러 해가 흐른 뒤 바르샤바에서 일하면서 암시장 음반 세계를 알게 된 나는 어머니가 갖고 있던 모든 토니 가드너의 음반을 다른 것으로 바꿔 주었다. 거기에는 어릴 때 내가 긁어 놓은 음반도 포함되었다. 그 일을 마치는 데는 3년 이상이 걸렸지만 나는 꾸준히 한 장, 한 장 바꿔 나갔다. 어머니를 보러 집에 갈 때마다 새 음반을 가지고 간 것이다.

그러니 여러분은 이제 내가 6미터도 안 되는 거리에서 토니 가드너를 발견하고 왜 이렇게 흥분했는지 이해가 갈 것이다. 처음에는 내 눈을 믿을 수 없었다. 아마도 그래서 기타 코드를 바꾸는 데 한 박자 늦었을 것이다. 토니 가드너라니! 이 사실을 알면 사랑하는 어머니가 뭐라고 할까! 어머니를 위해, 어머니의 추억을 위해 그에게 다가가 말을 걸어야 했다. 그런 내 행동이 꼭 벨보이 같다고 다른 단원들이 웃으며 떠들어 댄다 해도.

하지만 즉각 테이블과 의자들을 밀쳐 내며 그에게 달려갈 수가 없었다. 일단 연주는 마쳐야 했다. 남은 서너 곡을 마저 연주하는 건 몹시 고통스러웠다. 그가 당장이라도 일어나가 버리는 게 아닐까 매 순간 마음을 졸이지 않을 수 없었다. 하지만 그는 줄곧 그 자리에 앉아 자기 앞에 놓인 커피 잔을 응시하며 커피를 젓고 있었다. 웨이터가 자신에게 가져다준 것이 무엇인지 정말 궁금하다는 듯이. 연푸른 폴로

셔츠에 통이 넉넉한 회색 바지 차림인 그는 평범한 미국 관광객처럼 보였다. 음반 재킷에서는 그리도 검고 빛나던 그의 머리카락은 이제 거의 백발이었다. 하지만 아직 숱은 그리 줄지 않은 듯 과거와 똑같은 스타일로 말끔하게 빗어 넘겨져 있었다. 내가 그를 알아보았을 때 그는 색이 진한 선글라스를 손에 들고 있었다.(선글라스를 쓰고 있었다면 과연 그를 알아볼 수 있었을지 의문이다.) 하지만 연주를 계속하면서 줄곧 바라보니 그는 선글라스를 썼다가 벗었다가는 다시 썼다. 뭔가를 골똘히 생각하는 듯했다. 그가 우리 연주에 진심으로 귀를 기울이지 않는다는 사실에 나는 좀 실망했다.

이윽고 연주가 끝났다. 나는 다른 단원들에게 아무 말도 하지 않고 서둘러 천막에서 나와 토니 가드너의 테이블로 다가갔다. 하지만 어떤 말로 대화를 시작해야 좋을지 순간 두려움에 사로잡혔다. 그렇게 그의 뒤에 서 있었는데, 내 존재를 육감으로 느낀 듯 그는 고개를 돌려 나를 올려다보았다. 아마도 오랜 세월 동안 팬들의 그런 접근에 익숙해져 있었기 때문이리라. 나는 내 이름을 밝히고, 그를 만나게 되어 무척 기쁘다는 것, 조금 전까지 음악을 연주하던 밴드 소속이라는 것, 어머니가 오랫동안 그의 팬이었다는 일련의 말들을 속사포처럼 쏟아 냈다. 그는 환자의 말을 듣는 의사처럼 심각한 표정으로 두어 마디마다 고개를 끄덕였다. 줄곧 이야기한 사람은 나였고, 그는 이따금 "그런가요?"라고 반문만 했다. 잠시 후 내가 가 봐야 할 때라고 생각되어 발걸음을 떼어 놓으려 할 때 그가 말했다.

"그러니까 당신은 공산국가 출신이로군요. 무척 힘들었을 텐데요."

"이젠 다 지난 이야기죠." 나는 가볍게 어깨를 으쓱해 보였다. "이제 우리나라는 자유국가랍니다. 민주국가 말입니다."

"정말 다행이군요. 지금 당신 동료가 바로 그런 방식으로 연주하고 있군요. 앉으시죠. 커피 한잔 하시겠소?"

나는 더 이상 그를 번거롭게 하고 싶지 않다고 대답했다. 하지만 가드너의 태도에는 가볍지만 완강한 점이 있었다. "아니, 괜찮소. 앉으시오. 그러니까 모친이 내 노래를 좋아했다는 거군요."

나는 자리에 앉아 어머니에 대해, 우리 아파트에 대해, 음반 암시장에 대해 조금 더 이야기했다. 그런 다음 이제 이름은 잊어버린 그 앨범들의 재킷 사진들을 머릿속에 떠오르는 대로 묘사하기 시작했다. 내 말이 끝날 때마다 그는 한·손가락을 올리면서 말했다. "오, 그건 「이니미터블」일 거요. 그러니까 「더 이니미터블 토니 가드너」 말이오." 그와 나 둘 다 진심으로 이 대화를 즐기고 있었던 것 같다. 이윽고 나는 가드너가 다른 곳을 바라보는 걸 감지하고 고개를 돌렸다. 한 여자가 우리 테이블로 다가오고 있었다.

그 여자는 머리와 의상과 얼굴이 멋진, 아주 세련된 미국인 숙녀였다. 아주 가까이서 보기 전까지는 나이 들었음을 알 수 없는 그런 숙녀 말이다. 멀리서 다가오는 그 여자를 보고 나는 예의 그 매끄러운 종이로 만든 패션 잡지에 나오는 모델일 거라고 생각했다. 하지만 그 여자가 가드너 옆자리에 앉아 짙은 선글라스를 이마 위로 올린 순간 나는 그 여자가 적어도 마흔 살은 넘었음을 알았다. 가드너가 내게 말했다. "이쪽은 린디, 내 아내라오."

가드너 부인은 나에게 잠깐 미소를 지어 보였다. 약간 억지로 짓는 듯한 미소였다. 그런 다음 자기 남편에게 말했다. "이분은 누구시죠? 당신, 친구를 사귀었군요."

"그래요, 여보. 지금 여기서 이 친구와 좋은 시간을 보내고 있는 중이라오……. 미안해요, 당신 이름을 모르는군."

"얀입니다. 친구들은 야네크라고 부르죠." 내가 재빨리 대답했다.

린디 가드너가 말했다. "그러니까 당신 말은 애칭이 본명보다 길다는 건가요? 어떻게 그럴 수 있죠?"

"무례하게 그러지 마요, 여보."

"무례하게 구는 게 아니에요."

"이 신사분의 이름을 가지고 이러쿵저러쿵하지 마요, 여보. 그래야 착하지."

린디 가드너는 속절없는 표정을 지으며 나를 돌아보았다. "이 사람이 무슨 말을 하는 거죠? 내가 당신을 모욕하기라도 했나요?"

"아뇨, 아닙니다. 전혀 그렇지 않습니다, 가드너 부인." 내가 대답했다.

"이 사람은 언제나 내가 사람들에게 무례하게 군다고 하죠. 하지만 나는 무례한 사람이 아니에요. 지금 내가 무례한 가요?" 그런 다음 그녀는 가드너를 보고 말했다.

"나는 대중에게 자연스럽게 이야기하는 것뿐이에요, 여보. 이게 내 방식이에요. 결코 무례한 게 아니라고요."

"알았소, 여보. 문제를 크게 만들지 맙시다. 어쨌든 여기 있는 이분은 대중이 아니니까." 토니 가드너가 대답했다.

"아, 그래요? 그렇다면 이분은 누구시죠? 오랫동안 소식을 모르고 지내던 당신 조카라도 되나요?"

"까칠하게 그러지 마요, 여보. 이분은 동료라오. 같은 음악인이지. 직업 음악인 말이오. 이분은 우리 모두를 즐겁게 해 주고 있다오." 그는 악단 천막 쪽을 가리켰다.

"아, 알았어요!" 린디 가드너가 다시 나에게로 몸을 돌렸다. "지금까지 저기에서 연주하시던 분이군요? 음, 멋져요. 아코디언을 연주하셨죠, 맞죠? 진짜 멋져요!"

"대단히 감사합니다. 하지만 전 기타리스트랍니다."

"기타리스트라고요? 농담이시겠죠. 바로 조금 전까지 당신을 지켜보고 있었는걸요. 바로 저기 더블베이스 연주자 옆에 앉아서 아코디언을 아름답게 연주하셨잖아요."

"죄송합니다. 아코디언 연주자는 카를로랍니다. 키가 크고 머리가 벗어진 친구 말입니다……."

"틀림없나요? 농담하시는 거죠?"

"여보, 내가 말했잖소. 이분에게 무례하게 대하지 말라고."

꼭 언성을 높인 것은 아니었지만 토니 가드너의 목소리에는 갑작스럽게 딱딱함과 분노가 깃들었다. 기묘한 침묵이 감돌았다. 이윽고 가드너가 부드러운 목소리로 침묵을 깼다.

"미안해요, 여보. 당신에게 소리지를 생각은 아니었소."

그는 한 손을 뻗어 그녀의 손을 잡았다. 나는 여자가 그의 손을 뿌리쳐 버릴 거라고 생각했다. 하지만 그녀는 의자에 앉은 채 몸을 그에게로 기울이더니 잡고 있는 두 손 위에 나머지 한 손을 얹었다. 그들은 그런 자세로 잠시 움직이지 않았다. 가드너는 고개를 숙인 채, 그리고 그의 아내는 그의 어깨너머로 광장 건너편의 바실리카 쪽을 공허한 눈빛으로 바라보면서. 하지만 그녀는 특별히 뭔가를 바라보는 건 아니었다. 그 몇 분 동안 그들은 옆에 앉은 나뿐 아니라 광장에 있는 모든 사람들을 잊은 것 같았다. 이윽고 여자가 속삭이듯 말했다.

"괜찮아요, 여보. 내 잘못인걸요. 당신 신경을 날카롭게 만들다니."

그들은 두 손을 꼭 잡은 채 한동안 더 움직이지 않았다. 이윽고 여자가 한숨을 내쉬며 손을 풀고 나를 바라보았다. 나는 조금 전에도 그녀의 눈길을 받았지만 이번에는 달랐다. 이번에는 그녀의 매력을 느낄 수 있었던 것이다. 그녀는 자신의 매력의 강도를 0부터 10까지로 나눠놓고 그 순간 나에게 6이나 7까지 기울이기로 작정한 것 같았다. 하지만 나에겐 그 정도도 너무 강렬해서 그 순간 그녀가 나에게 뭔가를 부탁했다면, 이를테면 광장을 가로질러 꽃을 사다 달라고 했다면 기꺼이 그 부탁을 들어 주었을 것이다.

"야네크. 그게 당신 이름이었죠, 맞죠? 미안해요. 야네크. 토니 말이 맞아요. 당신한테 그런 식으로 말하지 말았어야 했어요." 그녀가 말했다.

"가드너 부인, 정말이지 그런 걱정은 하시지 않아도……."

"그러니까 제가 두 분의 대화를 방해했네요. 음악인들 간의 대화를요. 이제 전 가 봐야겠어요."

"그렇다고 갈 것까지는 없소, 여보." 가드너가 말했다.

"갈 일이 있어요, 여보. 저기 있는 프라다 매장에 가 보고 싶거든요. 내가 말한 것보다 시간이 더 걸릴 거라고 당신에게 말하려고 여기에 온 것뿐이에요."

"알았소, 여보."

토니 가드너는 처음으로 몸을 똑바로 세우더니 깊은 숨을 들이쉬었다. "있고 싶은 만큼 있어도 좋소."

"저 가게에서 정말 멋진 시간을 보낼 거예요. 그럼 두 분은 대화 잘하세요." 그녀는 자리에서 일어서서 내 어깨를 두드렸다. "잘 있어요, 야네크."

우리는 멀어져 가는 그녀의 모습을 지켜보았다. 이윽고 가드너는 베네치아에서 악단의 단원으로 지내는 것에 대해, 그리고 그 순간 막 연주를 시작한 콰드리 카페의 악단에 대해 몇 가지 물었다. 나는 대답을 시작했지만 그가 내 말을 그리 주의 깊게 듣는 것 같지 않아서 양해를 구하고 자리를 떠나려 했다. 그때 그가 불쑥 말했다.

"당신에게 하고 싶은 이야기가 있소. 지금 내 머릿속에 떠오른 생각을 말해도 되겠소? 싫다면 거절해도 좋소." 그는 몸을 앞으로 기울이며 목소리를 낮추었다. "이런 이야기 어떻소? 린디와 내가 이곳 베네치아에 처음으로 온 건 바로 신혼여행 때였다오. 27년 전이지. 그때 이곳에서 만든 행복한 추억에도 불구하고 우리는 그 후 이곳에 두 번 다시 오지 않았소. 둘이 함께는 말이오. 그래서 이번에 이 여행, 이 특별한 여행을 계획했을 때 이곳 베네치아에서 며칠간을 보내야 한다는 생각을 한 거라오."

"그러니까 두 분은 결혼기념일을 맞아 여행을 하고 계신 건가요, 가드너 씨?"

"결혼기념일?" 그는 깜짝 놀란 듯했다.

"죄송합니다. 두 분을 위한 특별한 여행을 하시는 중이라고 하셔서 그런 생각이 들었을 뿐입니다."

그는 한동안 깜짝 놀란 듯한 표정을 풀지 않고 있다가 이윽고 웃음을 터뜨렸다. 크고 울리는 듯한 웃음이었다. 그 순간 문득 어머니가 줄곧 틀어 놓던 그의 노래 하나가 떠올랐다. 그 노래 중간에 여자가 떠난 것에 개의치 않는다는 그런 말을 읊조리는 구절이 있었는데, 그다음에 이런 웃음소리가 들려왔던 것이다. 음반에서 나오던 것과 똑같은 웃음소리가 이제 광장을 가로질러 울려 퍼졌다. 다음 순간 그가 말했다.

"기념일이라고? 아니, 그렇지 않소. 우리는 결혼기념일을 맞아 여행을 하고 있는 게 아니오. 하지만 이제 하려는 내 제안이 그것과 크게 동떨어진 것도 아니군. 왜냐하면 무척 낭만적인 일을 계획하고 있으니까 말이오. 그녀에게 세레나데를 불러 주고 싶소. 적당한 스타일, 그러니까 베네치아 스타일로 말이오. 그래서 당신의 도움이 필요하다오. 당신은 기타를 연주하고 나는 노래를 하는 거요. 곤돌라를 타고 창가 아래를 떠돌면서 그녀에게 노래를 불러 주는 거요. 우리는 여기서 멀지 않은 팔라초를 빌려 지내고 있소. 그 건물의 침실 창이 운하를 향해 나 있다오. 해가 지고 나면 완벽할 거요. 벽에 있는 전등들이 적당한 빛을 보내 줄 테니까 말이오. 당신과 나는 곤돌라에 있고 아내는 창가로 나올 거요. 그러면 아내가 좋아하는 노래들을 부르는 거요. 길 필요는 없소. 저녁에는 아직 좀 쌀쌀하니까. 서너 곡 정도면 될 거요. 지금 이런 생각을 하고 있는 거라오. 수고비는 충분히 주겠소. 어떻소?"

"가드너 씨, 저로서는 정말 영광입니다. 아까 말씀드린 대로 당신은 제게 중요한 분이니까요. 그런데 언제 하실 생각이십니까?"

"비가 오지 않는다면 오늘 밤 어떻소? 8시 30분경. 그때쯤이면 우리는 일찍 저녁을 먹고 돌아올 거요. 나는 적당한 구실을 대고 아파트를 나와 당신을 만나러 오겠소. 예약해 놓은 곤돌라를 타고 운하를 따라 돌아가 우리 팔라초 창문 아래에 서는 거요. 완벽하지. 어떻소?"

여러분은 짐작할 수 있을 것이다. 이런 제안은 내게 꿈이 실현된 것과 다름없다는 것을. 게다가 그의 계획은 무척 달콤해 보였다. 이 나이 든 커플, 60대의 그와 40대의 그녀는 마치 사랑에 빠진 10대들 같지 않은가. 실제로 이 계획이 어찌나 달콤했던지 나는 조금 전 그들 사이에 있었던 일을 거의 잊어버릴 정도였다. 하지만 그 일을 완전히 잊어버릴 수는 없었다. 그러니까 바로 그때도 나는 사태가 그가 말하는 것처럼 그렇게 간단하고 낭만적으로 진행되지 않으리라는 것을 마음 깊은 곳에서는 알고 있었던 것 같다.

다음 몇 분 동안 가드너와 나는 거기에 앉아서 여러 가지 세부 사항들, 즉 그가 원하는 노래는 어떤 것들인지, 어떤 키를 선호하는지 등등을 의논했다. 이윽고 내가 천막으로 돌아가 연주해야 할 시간이 되었다. 나는 자리에서 일어나 그와 악수를 하고 오늘 밤에 잘해 내겠다고 말했다.

그날 저녁 땅거미가 내리고 거리가 조용해질 즈음 나는 가드너를 만나러 갔다. 그즈음 나는 산마르코 광장을 벗어날 때마다 길을 잃곤 했다. 그래서 충분히 여유를 두고 출발했고, 가드너가 말한 작은 다리 부근의 지리를 알고 있었는데도 몇 분 늦게야 그곳에 도착했다.

가드너는 가로등 바로 아래에 서 있었다. 짙은 색 양복에 셔츠 차림이었는데 셔츠의 단추를 서너 개 풀어 놓아서 가슴털이 보였다. 내가 늦은 것에 대해 사과하자 그가 대답했다.

"몇 분'이 무슨 대수겠소? 린디와 나는 27년간 결혼 생활을 했다오. 그러니 몇 분이 무슨 대수겠소."

그는 화가 난 것은 아니었지만 심각하고 엄숙해 보였다.

(낭만적인 것과는 거리가 멀었다.) 그의 뒤쪽으로 물살에 부드럽게 흔들리는 곤돌라가 보였다. 나는 그 곤돌라의 뱃사공이 비토리오임을 알 수 있었다. 내가 그다지 좋아하지 않는 친구였다. 비토리오는 내 면전에서는 항상 다정하게 굴었지만 나는 그가 나 같은 이들을 두고 각종 험담과 쓸데없는 이야기를 하고 다닌다는 것을 이제 잘 안다. (그리고 그때도 알고 있었다.) 그는 나 같은 이들을 '신생국가에서 온 외국인'이라고 불렀다. 그날 밤 그가 나에게 형제라도 되는 것처럼 살갑게 인사했을 때 내가 그저 고개만 까딱하고 만 것은 바로 그런 이유에서였다. 그가 곤돌라에 타는 가드너를 도와주는 것을 말없이 지켜본 다음, 나는 그에게 내 기타, 즉 타원형 울림구멍이 있는 앞서 말한 기타가 아닌 다른 스페인산 기타를 건네고 혼자 힘으로 곤돌라에 탔다.

가드너는 배의 전면에서 몸을 줄곧 움직였다. 그러다가 어찌나 요란하게 자리에 앉는지 그 순간 하마터면 배가 뒤집힐 뻔했다. 하지만 그는 그 사실을 눈치채지 못한 듯 우리가 엉덩방아를 찧었을 때도 줄곧 물을 응시하고 있었다.

곤돌라는 잠시 동안 말없이 물 위를 나아갔다. 불 꺼진 건물들에 이어 낮은 다리들 밑을 지났다. 이윽고 가드너는 깊은 생각에서 빠져나와 입을 열었다.

"내 말 좀 들어 봐요, 친구. 오늘 저녁에 연주할 곡목이 이미 정해져 있다는 건 나도 알고 있소. 그런데 줄곧 이런 생각이 든다오. 린디가 이 곡 「바이 더 타임 아이 겟 투 피닉스」를 몹시 좋아한다는 생각 말이오. 아주 오래전에 내가 녹음했었지."

"맞습니다, 가드너 씨. 어머니가 늘 말씀하셨지요. 당신 녹음이 시나트라보다 낫다고요. 그리고 유명한 글렌 캠벨보다도 낫다고 말입니다."

가드너는 고개를 끄덕였다. 그리고 한동안 그의 얼굴이 어둠에 묻혀 보이지 않았다. 비토리오는 곤돌라 뱃사공 특유의 고함을 내지른 다음 모퉁이를 돌았다. 그의 목소리가 벽에 부딪혀 메아리쳤다.

"나는 아내에게 그 곡을 여러 번 불러 주었소. 아내는 오늘 밤에 그 곡을 들으면 좋아할 것 같소. 혹시 그 곡을 아시오?"

그 무렵 나는 이미 케이스에서 기타를 꺼내 놓고 있었으므로 즉각 그 노래의 몇 소절을 연주했다.

"음을 조금 올려요. E플랫까지 말이오. 그 앨범에서 바로 그렇게 불렀다오."

나는 그 키에 맞춰 곡을 연주하기 시작했다. 가드너는 마치 가사가 절반쯤밖에 기억나지 않는다는 듯 한 소절을 다 흘려보낸 다음에야 아주 부드럽고 나직하게 노래를 부르기 시작했다. 그의 목소리가 조용한 운하 위로 듣기 좋게 울려 퍼졌다. 정말이지 아름다운 소리였다. 순간 나는 어린 소년이 되어 우리 아파트로 돌아간 것 같은 느낌이었다. 어머니가 지친 모습으로, 혹은 실연의 아픔을 달래며 소파에 앉아 있는 동안 토니 가드너의 음성이 거실 구석구석을 울리던 그 시절로.

가드너가 갑자기 말했다.

"좋소. 「피닉스」는 E플랫으로 합시다. 이어서 원래 계획대로 「아이 폴 인 러브 투 이즐리」를 부르는 게 좋겠소. 그다음 「원 포 마이 베이비」로 마무리하는 거요. 그거면 충분해요. 린디는 그 이상은 원하지 않을 거요."

그렇게 말한 다음 그는 다시 생각에 잠긴 듯했다. 곤돌라는 부드러운 물소리를 내며 어둠을 뚫고 나아갔다.

내가 물었다. "가드너 씨. 이런 질문이 실례가 되지 않았으면 합니다. 부인께서는 오늘 밤의 이 공연에 대해 이미 알고 계신가요? 아니면 일종의 서프라이즈인가요?"

가드너는 무거운 한숨을 내쉰 다음 대답했다.

"이건 이벤트의 범주에 해당할 것 같소." 그런 다음 그는 이렇게 덧붙였다. "아내가 어떻게 반응할지는 아무도 모르지. 계획대로 「원 포 마이 베이비」까지 못 갈 수도 있다오."

비토리오가 또 다른 모퉁이를 지나갔다. 갑자기 웃음소리와 음악이 들려왔다. 곤돌라가 환하게 불이 밝혀진 커다란 식당 앞을 지나갔다. 모든 테이블에 손님이 차 있었고 웨이터들은 분주하게 왔다 갔다 하고 있었다. 이 시기에 운하 옆의 테이블은 그리 따뜻하지 않을 텐데도 모두 무척 행복해 보였다. 조금 전의 고요함이나 어둠과 대조되는 식당의 그런 모습에 약간의 불안이 일었다. 마치 우리가 강둑에 서서 강을 바라보고 있고, 눈부시게 반짝이는 파티 보트가 우리 앞을 지나가는 듯한 느낌이었다. 몇몇 사람들이 우리 배 쪽을 바라보는 듯했지만, 특별히 관심을 기울이는 사람은 없는 듯했다. 식당이 아득하게 멀어지고 나서 내가 말했다.

"재미있네요. 저 사람들이 막 지나간 보트에 전설적인 가수 토니 가드너가 타고 있었다는 걸 안다면 어떤 반응을 보일까요?"

영어를 아주 잘하지 못하는 비토리오도 내 말을 알아들었는지 작게 웃음을 터뜨렸다. 하지만 가드너는 한동안 아무런 반응도 보이지 않았다. 곤돌라는 다시 어둠 속으로 들어가 희미하게 불이 밝혀진 좁은 운하를 따라 나아갔다. 이윽고 가드너가 입을 열었다.

"당신은 공산국가 출신이라 요즘 이곳 상황을 잘 모르는 것 같소."

"가드너 씨. 우리나라는 더 이상 공산국가가 아닙니다. 우리 국민은 이제 자유롭답니다." 내가 대답했다.

"미안해요. 당신 나라를 폄하하려는 의도는 없었소. 당신네는 용감한 민족이오. 당신네가 평화와 번영을 이룩하기를 바라오. 다만 내 말은 말이오, 그러니까 당신이 그런 나라 출신이기 때문에 이해할 수 없는 일들이 많다는 거요. 당연하지 않겠소. 내가 당신 나라에 대해 많은 것을 이해할 수 없듯이 말이오."

"그렇겠군요, 가드너 씨."

"우리가 조금 전에 지나친 저 사람들 말이오. 만약 그들에게 다가가 이렇게 말한다고 해 봅시다. '이보시오, 혹시 토니 가드너를 기억하시오?' 그들 중 몇몇은, 아니, 대부분은 그렇다고 대답할 거요. 누가 알겠소? 하지만 조금 전처럼 내가 지나가는 배에 타고 있다면, 혹시 나를 알아본다 하더라도 그들이 흥분할 것 같소? 아닐 거요. 그들은 들고 있던 포크를 내려놓지도, 촛불을 사이에 두고 나누는 허심탄회한 대화를 중단하지도 않을 거요. 왜 그러겠소? 이제 한물간 '딴따라' 때문에 말이오."

"아니, 그렇지 않습니다, 가드너 씨. 당신은 고전이에요. 시나트라나 딘 마틴 같은 존재라고요. 일류들은 언제나 현역이지요. 유행에 밀려나는 법이 없어요. 그저 그런 팝스타들과는 다르단 말입니다."

"그렇게 말해 주다니 정말 고맙소. 당신이 호의적으로 말해 준다는 것 잘 알고 있소. 하지만 수많은 밤 중에서 오늘 밤만은 농담할 시간이 없다오."

나는 반박을 하려 했지만, 그의 태도에 깃든 무엇인가가 나에게 이 주제에서 벗어나라고 말하고 있었다. 우리는 아무 말 없이 나아가는 곤돌라에 앉아 있었다. 솔직히 말해 그즈음 나는 이 일의 성격이 어떤 것인지, 이 세레나데 이벤트의 본질이 도대체 어떤 것인지 궁금해지기 시작했다. 요컨대 이 사람들은 미국인들이 아닌가. 가드너가 노래를 시작하는 순간 가드너 부인이 권총을 들고 창가에 나타나 우리에게 총을 쏠 수도 있었다.

비토리오 역시 그런 생각을 하고 있었던 모양이다. 왜냐하면 곤돌라가 벽 한쪽에 설치된 등불 아래를 지나갈 때 그가 나에게 이렇게 말하는 듯한 눈길을 던진 것이다. '여기 이 사람 좀 이상한걸, 안 그래, 아미코?' 하지만 나는 아무 반응도 보이지 않았다. 비토리오 같은 자와 같은 편에 서서 가드너에게 맞설 생각이 없었기 때문이다. 나 같은 외국인들은 운하 주위를 어슬렁거리면서 관광객들을 등쳐 먹음으로써 이 빌어먹을 도시 전체의 품격을 떨어뜨린다고 비토리오가 말하지 않았던가. 기분이 나쁜 날이면 비토리오는 우리 외국인들이 모조리 노상강도, 나아가 강간범이라는 말도 서슴지 않을 것이다. 그런 말을 하고 다니는 게 사실이냐고 내가 그에게 대놓고 묻자, 그는 그런 적이 없다고 맹세했다. 유대인 숙모가 있고 그분을 어머니처럼 사랑하는 자신이 어떻게 그런 인종차별적 발언을 할 수 있겠느냐는 것이었다. 하지만 어느 날 오후 진실이 밝혀졌다. 내가 연주 중간에 도르소두로의 다리에 기대어 시간을 보내고 있는데, 그 아래로 세 명의 관광객이 탄 곤돌라 한 대가 지나갔다. 바로 그 배의 선두에서 비토리오가 노를 잡고 서서 온 세상 사람들에게 다 들릴 만한 큰 소리로 그런 헛소리를 지껄이고 있었던 것이다. 나와 눈길을 맞추는 것은 그의 자유지만 이제 내게서 더 이상 우정을 기대할 수는 없을 것이다.

가드너가 불쑥 말했다. "비결 하나 알려주리다. 좋은 공연을 할 수 있는 작은 비결이라오. 한 사람의 프로가 또 다른 사람에게 하는 말이오. 아주 간단한 거요. 좋은 연주를 하기 위해서는 그 음악을 들을 청중에 대해 알아야 한다는 사실이오. 그것이 무엇인지는 중요하지 않소. 다만 마음속에서 전날 만났던 청중과 현재의 청중을 구별할 줄 알아야 하오. 당신이 밀워키에서 연주를 한다고 해 봅시다. 당신은 자기 자신에게 물어야 하오. 밀워키의 청중은 무엇이 다른가, 어떤 점에서 특별한가? 메디슨의 청중과 밀워키의 청중은 어떻게 다른가? 아무것도 생각나지 않는다면 생각날 때까지 노력해야 한다오. 밀워키, 밀워키라고 말이오. 밀워키 사람들은 맛있는 포크촙을 먹는 사람들이오. 그것도 의미가 있소. 그곳에서 연주를 시작할 때 바로 그 점을 떠올리는 거요. 그것에 대해 그들에게 한 마디도 할 필요가 없소. 그들 앞에서 노래를 부를 때 그저 그 점을 마음에 새기는 것으로 충분하다오. 당신 눈앞에 있는 사람들은 맛있는 포크촙을 먹는 사람들이라고 말이오. 포크촙에 있어서 그들은 기준이 높다오. 내 말 이해할 수 있겠소? 그렇게 되면 그 청중은 당신이 아는 누군가, 당신이 제대로 된 연주를 들려줄 수 있는 특별한 대상이 되는 거요. 이게 바로 나의 비결이라오. 한 사람의 프로가 또 한 사람에게 해 주는 말이오."

"음, 고맙습니다, 가드너 씨. 그런 식으로는 생각해 본 적이 없었네요. 당신 같은 분에게서 받은 충고이니 결코 잊지 않겠습니다."

"그러니까 오늘 밤 우리의 공연은 린디를 위한 거요. 린디가 청중이오. 이제 린디에 대해 한 가지 말해 주리다. 린디에 대한 이야기를 들어 보겠소?"

"물론입니다, 가드너 씨. 부인에 대해 정말 듣고 싶습니다." 내가 대답했다.

다음 20분 동안 우리가 탄 곤돌라는 줄곧 주위를 맴돌았고, 그동안 가드너는 이야기를 했다. 그의 음성은 때로 속삭임 정도로 낮아졌다. 마치 자기 자신에게 이야기하는 것처럼. 그러다가 가로등 불빛이나 창문에서 새어나온 빛이 곤돌라 위를 비출 때면 내가 곁에 있는 게 생각났다는 듯 목소리를 높여 이렇게 물었다. "내 말 아시겠소, 친구?"

그의 말에 따르면 그의 아내는 미국 중부 미네소타의 작은 마을 출신이었다. 그곳에서 학교생활을 하는 동안 그녀는 교사들의 꾸중을 맡아 놓은 학생이었다. 공부 대신 영화배우들이 나오는 잡지만 들여다보았기 때문이다.

"그 여교사들은 린디가 야심찬 계획을 갖고 있다는 걸 결코 알지 못했소. 오늘날 그녀를 봐요. 돈 많고 아름답고 전 세계를 여행하며 살고 있소. 그런데 그 여교사들은 오늘날 어떻소? 그들이 그동안 어떤 삶을 살았을 것 같소? 만약 그들이 영화 잡지에 좀 더 관심을 기울였다면, 꿈꾸는 일에 좀 더 신경을 썼다면 그들 역시 린디가 누리고 있는 것 중 일부를 가질 수 있었을 거요.

할리우드를 꿈꾸던 그녀는 열아홉의 나이에 히치하이크를 해서 캘리포니아에 왔소. 하지만 할리우드가 아니라 로스앤젤레스 외곽 도로변 식당에서 종업원으로 일하게 되었소.

그 식당, 고속도로 주변의 흔하디흔한 그 작은 식당은 놀라운 곳이었소. 그곳이야말로 린디가 자신을 단련할 최적의 장소였던 거요. 왜냐하면 온갖 야심만만한 젊은 처녀들이 아침부터 저녁까지 그곳에 찾아들었기 때문이오. 그들은 일곱, 여덟, 열둘씩 무리를 지어 그곳에 앉아 커피와 핫도그를 주문하고 몇 시간 동안 이야기를 했소.

그 젊은 처녀들, 당시 모두 린디보다 좀 더 나이 많은 그들은 미국 각지에서 적어도 2~3년 전에 그곳 로스앤젤레스 지역으로 온 여자들이었소. 그들은 그 식당에 앉아 온갖 소문과 믿기 어려운 행운의 이야기를 조잘대고 작전을 의논하고 서로의 진행 상황을 점검했소. 그 주역은 린디처럼 그곳에서 종업원으로 일하는 메그라는 40대 여자였소.

이 젊은 아가씨들에게 메그는 지혜의 샘이자 '왕언니' 같은 존재였소. 한때 그녀 역시 그들과 같은 처지였기 때문에 그 사정을 누구보다 잘 알고 있었던 거요. 이들이 정말이지 진지하고 야심차고 결단력 있는 여자들이라는 걸 알아야 하오. 그들이 보통 젊은 여자들처럼 옷과 구두와 화장에 대해 이야기했을 것 같소? 물론 그런 이야기도 했지. 하지만 그런 이야기는 옷과 구두와 화장이 그들을 스타와 결혼하게 해 줄 도구였기 때문이었소. 그들이 영화에 대해, 음악에 대해 이야기했을 것 같소? 당연히 그랬지. 다만 그들이 화제로 삼은 영화배우나 가수들은 결혼을 하지 않은 이들이거나 결혼 생활이 불행하거나 곧 이혼할 이들뿐이었소. 메그는 알다시피 그들 모두에게 이 모든 것에 대해서, 아니, 그 이상을 그들에게 말해 줄 수 있었소. 그들보다 먼저 그 거리에 온 메그는 스타와 결혼하기 위해 필요한 모든 규칙과 속임수를 알고 있었소. 린디는 그들과 한자리에 앉아서 이 모든 지식을 흡수했소. 그 작은 핫도그 식당은 그녀에게 하버드이자 예일이었소. 미네소타 출신의 열아홉 살짜리 처녀를 떠올려 보시오. 그녀에게 어떤 일이 닥칠 수 있었는지를 생각하면 지금도 몸이 떨린다오. 하지만 그녀는 운이 좋았지."

"가드너 씨, 말을 끊어서 죄송합니다. 하지만 그 메그라는 여자가 그렇게 많은 걸 알고 있었다면서 왜 그 여자는 스타와 결혼하지 않았을까요? 어째서 그 여자는 그 식당에서 핫도그나 나르고 있었을까요?"

"좋은 질문이오. 하지만 당신은 사태가 어떻게 돌아가는지 제대로 보지 못한 것 같군요. 그렇소, 메그는 해내지 못했소. 하지만 중요한 건 그녀가 그 일을 해낸 사람들을 지켜보았다는 사실이오. 알겠소, 친구? 한때 그들과 같은 처지였던 그녀는 누가 성공하고 누가 실패하는지 지켜보았소. 어떤 경우에 위험이 잠재되어 있는지, 어떻게 하면 황금 계단으로 통하는지를 알게 된 거요. 그녀는 그런 이야기를 해 줄 수 있었고 젊은 아가씨들은 그 이야기를 경청했소. 그리고 그들 중 몇몇은 그로부터 교훈을 얻었소. 린디도 그중 하나였소. 앞서 말했다시피 그곳은 그녀의 하버드였소. 그곳이 바로 현재의 그녀를 만든 거요. 그곳에서 그녀는 힘을 얻어 나중에 꿈을 실현할 수 있었소. 맙소사, 그 힘이 이제 다시 그녀에게 필요하군. 그녀가 처음으로 그 일을 해내는 데는 6년이 걸렸소. 상상할 수 있겠소? 전략과 계획을 갖춰 전선에 나서는 데 6년을 쓴 거요. 실패가 거듭되었소. 사람 일이란 그런 거라오. 처음 몇 번 타격을 받았다고 포기할 수는 없는 거요. 그저 그런 보통 남자와 결혼하는 아가씨들은 어디에나 있소. 극히 소수만이, 린디 같은 여자만이 거듭되는 타격에 굴하지 않고 거기에서 교훈을 얻어 더욱 강해진 모습으로 다시 전장에 서는 거요. 린디라고 모욕에 떤 일이 없었겠소? 그토록 아름답고 매력적인 여자라도 말이오. 예쁜 얼굴이 가장 중요한 요소가 아니라는 걸 사람들은 잘 모르는 것 같소. 미모를 잘못 사용하면 창녀 취급을 받게 된다오. 어쨌든 6년 후 그녀는 마침내 성공했소."

"당신을 만난 건가요, 가드너 씨?"

"나? 아니, 그렇지 않소. 내가 등장하려면 조금 더 기다려야 한다오. 그녀는 디노 하트먼과 결혼했소. 디노라는 이름 들어 본 적 없소?" 가드너는 이 대목에서 약간 기분 나쁜 웃음소리를 냈다. "가엾은 디노. 공산주의 국가에서는 디노의 음반이 발매되지 않은 것 같군. 하지만 디노는 그 시절 상당한 명성을 누리고 있었다오. 그는 베가스에서 많은 공연을 했고 골드 레코드도 두어 개 냈소. 앞서 말한 대로 그것은 린디에게 대단한 전환점이었소. 내가 처음 그녀를 만났을 때 그녀는 디노의 아내였소. 노처녀 메그를 통해 린디는 그 모든 일이 어떻게 성사되는지 알고 있었소. 운 좋게도 처음부터 꼭대기 층으로 바로 올라가 프랭크 시나트라나 말런 브랜도 같은 스타와 결혼하는 여자도 있을 거요. 하지만 대개 그런 식으로 진행되지 않소. 그러니까 대개는 2층쯤에서 엘리베이터에서 내려 주위를 돌아다니게 된다오. 일단 그 층의 분위기에 익숙해져야 하니까. 그러다가 어느 날 펜트하우스에서 뭘 가지러 잠시 그곳으로 내려온 누군가를 만나게 되는 거요. 그가 그녀에게 말을 건다오. 이봐요, 나와 함께 꼭대기 층으로 올라가지 않겠소? 린디는 그런 일이 어떻게 이루어지는지 알고 있었소. 디노와 결혼한 다음에도 그녀는 약해지지 않았고 야망의 크기를 줄이지도 않았소. 디노는 품위 있는 친구였소. 나는 항상 그 친구가 좋았소. 린디를 처음 본 순간 사랑에 빠졌는데도 내가 행동을 개시하지 않았던 건 바로 그래서였소. 나 역시 흠잡을 데 없는 신사처럼 행동했소. 그런 상황이 린디를 더욱 단호하게 밀어붙였다는 것을 나는 나중에야 알았소. 이런, 정말이지 감탄하지 않을 수 없는 여자요! 사실 말이지만 친구, 나는 당시 정말 잘나가는 스타였소. 아마 당신 어머니가 내 음악을 듣던 때였을 거요. 하지만 디노는, 그의 별은 빠른 속도로 지고 있었소. 그즈음 많은 가수들이 어려움을 겪었소. 모든 것이 변하고 있었소. 젊은이들은 비틀스와 롤링 스톤스에 열광했소. 가엾은 디노, 그의 음악 스타일은 빙 크로스비와 지나치게 흡사했소. 그는 보사노바 앨범을 시도했지만 사람들은 코웃음만 쳤지. 린디로서는 결정적인 탈출구가 필요한 때였소. 그런 상황에서는 아무도 우리를 비난할 수 없었소. 디노조차 우리를 비난하지 않았던 것 같소. 그래서 나는 행동을 개시했소. 그렇게 해서 린디는 펜트하우스에 올라온 거요.

우리는 베가스에서 결혼식을 올리고 욕조에 샴페인을 채우라고 호텔 측에 요청했소. 이제 곧 우리가 연주할 「아이 폴 인 러브 투 이즐리」 말인데, 내가 왜 그 곡을 골랐는지 아시오? 그 이유를 알고 싶소? 결혼하고 얼마 후 우리가 런던에 가 있었을 때였소. 아침식사를 하고 방으로 올라갔더니 호텔 종업원이 우리 방을 청소하고 있었소. 당시 린디와 나는 육체적으로 달아올라 있었소. 그래서 우리는 방으로 들어갔소. 거실에서 청소기 소리가 들려왔지만 칸막이 너머에 있는 청소부의 모습은 보이지 않았소. 그래서 우리는 아이들처럼 발끝으로 걸어 몰래 침실로 들어가기로 했소. 알겠소? 살금살금 걸어서 침실 문 앞까지 간 우리는 그곳은 이미 청소가 끝났다는 것을 알았소. 그러니까 청소부는 다시 침실로 돌아오지 않겠지만, 확신할 수는 없었소. 어쨌든 우리는 신경 쓰지 않았소. 우리는 상대방의 옷을 거칠게 벗기고 침대 위에서 사랑을 나누었소. 칸막이 너머에서 청소부가 우리가 들어와 있다는 사실을 전혀 모른 채 방 안을 돌아다니며 제 할 일을 하는 동안 말이오. 다시 말하지만 당시 우리는 성적으로 흥분해 있었소. 하지만 잠시 후 모든 것이 너무나도 우습게 여겨져 터져 나오는 웃음을 억누를 수가 없었소. 우리는 일을 끝내고 서로의 품에 안겨 누워 있었소. 그런데 무슨 일이 일어났는지 아시오? 청소부가 노래를 부르기 시작한 거요! 청소기를 다 돌리자 그녀는 목청을 돋우어 노래를 불렀소. 그 여자의 목소리가 얼마나 크던지! 우리는 웃고 또 웃었소. 하지만 소리를 내지 않으려 무척 애를 썼소. 그런 다음 또 무슨 일이 일어났는지 아시오? 청소부가 노래를 멈추고 라디오를 켰는데, 거기서 갑자기 쳇 베이커의 노래가 흘러나온 거요. 그가 「아이 폴 인 러브 투 이즐리」를 멋지고 느리게 그리고 달콤하게 부르고 있었소. 린디와 나는 거기 침대에 함께 누워서 쳇 베이커의 노래를 들었소. 잠시 후 나는 아주 작은 소리로 라디오에서 흘러나오는 쳇 베이커의 노래를 따라 부르기 시작했소. 린디는 내 품에서 몸을 둥글게 말았소. 그렇소, 바로 이런 이유에서 오늘 밤에 그 노래를 부르려는 거요. 아내가 그때 일을 기억할지

어떨지는 나도 모르겠소. 누가 알겠소?"

가드너는 말을 멈추었다. 나는 그가 눈물을 닦는 것을 보았다. 곤돌라는 또다시 모퉁이를 돌고 있었다. 나는 우리가 문제의 식당을 두 번째로 지나가고 있다는 것을 깨달았다. 그곳은 조금 전보다 더욱 활기차 보였다. 나와 안면이 있는 안드레아라는 피아니스트가 구석에서 연주를 하고 있었다.

곤돌라가 다시 어둠 속을 지나가는 동안 내가 말했다. "가드너 씨, 저와 무관한 일이라는 건 잘 압니다만, 당신과 부인 사이가 최근 그다지 좋지 않다는 건 알 수 있었습니다. 제가 그런 것들에 대해 이해하고 있다는 걸 알아주셨으면 합니다. 우리 어머니는 종종 슬픔에 빠지곤 하셨지요. 지금 당신처럼 말입니다. 누군가를 만난 다음 어머니는 그 사실에 무척 행복해하시면서 그 사람이 새 아빠가 될 거라고 하셨습니다. 처음 몇 번은 어머니의 말씀을 믿었지요. 그 후에는 사태가 그렇게 잘되어 가지 않으리라는 걸 알 수 있었습니다. 하지만 어머니는 그런 믿음을 포기하지 않으셨지요. 그리고 오늘 밤의 당신처럼 의기소침해지실 때마다 어떻게 하셨는지 아십니까? 어머니는 당신 음반을 전축에 올려놓고 노래를 따라 불렀답니다. 긴 겨울 동안 그 비좁은 아파트에서 어머니는 무릎에 턱을 올려놓고 손에는 뭔가가 담긴 잔을 들고 나지막하게 노래를 따라 불렀습니다. 기억나는군요, 가드너 씨, 이따금 위층에서 소리 좀 낮추라고 바닥을 두드리는 소리가 천장에서 들리기도 했습니다. 「하이홉스」나 「데이 올 레프트」 같은 빠른 곡들이 나올 때는 특히 그랬지요. 나는 그런 어머니를 주의 깊게 지켜보곤 했는데, 어머니는 특정 노래의 가사를 듣는 것이 아니라 당신이 부르는 노래를 전체적으로 듣고 계셨던 것 같습니다. 박자에 맞춰 고개를 끄덕이며, 가사에 맞춰 입술을 움직이면서 말입니다. 가드너 씨, 당신의 음악이 제 어머니가 그 시기를 견디는 데 도움을 주었다는 말씀을 드리고 싶습니다. 그런 식으로 당신은 수백만의 사람들에게 도움을 주었을 겁니다. 그러니 그 음악은 당신 자신에게도 틀림없이 도움이 될 겁니다." 나는 살짝 소리 내어 웃었다. 용기를 북돋우려는 것이었지만 내 의도보다 조금 더 소리가 크게 나왔다. "오늘 밤 저를 믿으셔도 됩니다, 가드너 씨. 최선을 다하겠습니다. 오케스트라만큼 훌륭한 연주를 해내겠습니다. 혹시 압니까? 부인이 우리의 연주를 듣고 감동해서 두 분 사이가 다시 좋아질지 말입니다. 어떤 커플에게든 어려운 시기가 있는 법이니까요."

가드너는 미소를 지었다. "당신은 좋은 친구요. 오늘 밤 도와줘서 고맙소. 그런데 이제 이야기할 시간이 없을 것 같군요. 린디가 방에 들어온 것 같소. 방에 불이 켜졌소."

우리는 적어도 두 번 이상 지나친 어떤 건물 앞에 와 있었다. 비토리오가 왜 그곳을 맴돌았는지 나는 그제야 깨달았다. 가드너는 어떤 건물의 특정 방에 불이 켜지기를 기다리고 있었다. 그곳에 불이 아직 켜지지 않았다는 게 확인되면 곤돌라를 다시 출발시켰던 것이다. 하지만 이번에는 그 건물 3층의 창에 불이 켜지고 덧문이 열려 있었다. 우리가 있는 아래쪽에서 짙은 색 서까래가 있는 천장 일부가 보였다. 가드너가 비토리오에게 손짓을 했다. 비토리오는 이미 노젓기를 멈춘 다음이었다. 곤돌라는 천천히 앞으로 나아가 이윽고 문제의 창문 바로 아래에 멈추었다.

가드너는 자리에서 일어났다. 배가 또다시 위험스럽게 출렁거리는 바람에 비토리오가 재빨리 균형을 잡아야 했다. 이윽고 가드너는 나직한 목소리로 아내를 불렀다. "린디? 린디?" 그의 목소리가 좀 더 커졌다. "린디!"

손 하나가 나타나 덧문을 조금 더 열었다. 그런 다음 좁은 발코니 위로 누군가가 모습을 나타냈다. 가까운 팔라초 벽에 고정된 전등이 있었지만 빛이 그리 밝지는 않았으므로 가드너 부인의 모습은 실루엣에 지나지 않았다. 그녀는 낮의 광장에서와 달리 올림머리를 하고 있었다. 저녁 식사를 하러 나가기 위해 새로 단장을 한 듯했다.

"당신이에요, 여보?" 그녀가 발코니의 난간 위로 몸을 굽했다. "당신이 납치라도 당한 줄 알았어요. 줄곧 걱정하고 있었다고요."

"바보 같은 소리 마요, 여보. 이런 도시에서 어떻게 그런 일이 일어나겠소! 어쨌든 메모를 남겨 두었잖소."

"메모 같은 건 못 봤어요, 여보."

"내가 당신에게 걱정하지 말라고 메모를 남겼소."

"그 메모가 어디 있는데요? 뭐라고 썼는데요?"

"잊어버렸소, 여보." 이제 가드너의 목소리에는 짜증이 서리기 시작했다. "그저 평범한 메모였소. 담배나 뭐 그런 걸 사러 나간다고 적은 메모 말이오."

"그러니까 지금 당신이 거기서 하고 있는 게 그런 건가요? 담배나 뭐 그런 걸 사고 있는 거냐고요?"

"아니오, 여보. 이건 좀 다른 일이오. 당신에게 노래를 불러 주려는 거요."

"지금 농담하는 거예요?"

"아니, 여보. 이건 농담이 아니오. 이곳은 베네치아요. 이게 이곳 스타일이지." 그는 나와 비토리오를 가리켜 보였다. 마치 우리의 존재가 자신의 말을 증명한다는 듯.

"바깥 공기가 좀 추워요, 여보."

가드너는 한숨을 내쉬었다. "그럼 안에 들어가서 노래를 듣구려. 방으로 들어가요, 여보. 그리고 편하게 앉아요. 창문만 열어 놓고 말이오. 그러면 우리 연주 소리가 잘 들릴 거요."

그녀는 한동안 그를 물끄러미 내려다보았다. 그 역시 그녀를 올려다보았다. 그들 중 아무도 말을 하지 않았다. 이윽고 그녀는 안으로 들어갔다. 가드너는 자신이 그러라고 해 놓고도 그녀의 그런 모습에 실망한 것 같았다. 그는 또다시 한숨을 내쉬며 고개를 떨구었다. 노래를 시작하기를 망설이고 있는 것이 분명했다. 그래서 내가 말했다.

"이봐요, 가드너 씨. 시작하시죠. 「바이 더 타임, 아이 겟 투 피닉스」부터 시작하자고요."

그런 다음 나는 부드럽게 시작 부분을 연주했다. 비트 부분은 아직 나오지 않은, 노래를 유도할 수도 있고 그저 가만히 잦아들게도 할 수 있는 그런 연주였다. 나는 미국식으로 연주하기 위해, 도로변의 추레한 주점들과 길게 펼쳐진 널찍한 고속도로를 떠올릴 수 있게 하기 위해 애썼다. 또한 어머니 생각을 한 것 같다. 소파에 앉아 미국의 도로나 차 안에 앉아 있는 가수의 모습을 담은 음반 재킷을 응시하는 어머니 모습도 떠올린 것 같다. 그러니까 어머니가 내 연주를 듣는다면, 그 음악이 자신이 응시하던 음반 재킷에 있던 바로 그 나라에서 온 것임을 느낄 수 있게 하려고 애썼다는 말이다.

내가 그 사실을 깨닫기도 전에, 비트 부분을 안정되게 시작하기도 전에 가드너가 노래를 부르기 시작했다. 곤돌라

위에 선 그의 자세가 상당히 불안정해 보였으므로 나는 그가 당장이라도 엎어질까 봐 걱정되었다. 하지만 그의 목소리는 내 기억 속의 것 그대로 아름답게 흘러나왔다. (허스키하지만 부드럽고 풍부한, 마치 보이지 않는 마이크를 통해 나오는 듯한 목소리였다.) 그리고 최고의 기량을 가진 모든 미국 가수들이 그렇듯, 이런 식으로 속마음을 토로하는 데 익숙하지 않은 사람이라고 주장하는 듯한 일말의 자신 없음이, 한 줄기 주저가 목소리에 서려 있었다. 그것이야말로 모든 위대한 가수들의 속임수 아니던가.

우리는 여행과 작별에 대한 그 곡을 연주했다. 한 미국 사내가 연인 곁을 떠난다. 그는 줄곧 그녀를 생각하면서 도시들을 지나간다. 한 도시, 또 한 도시, 한 소절, 또 한 소절, 피닉스, 앨버커키, 오클라호마. 그는 차를 몰고 지나간다. 내 어머니로서는 결코 할 수 없었던 방식이다. 만약 우리가 그런 식으로 사태를 뒤로하고 떠날 수 있다면 얼마나 좋을까. 어머니는 바로 그런 것을 생각하셨던 게 아닐까. 슬픔을 그런 식으로 지나칠 수 있다면 얼마나 좋을까.

노래가 끝나자 가드너가 말했다. "좋소. 곧장 다음 노래로 넘어갑시다. 「아이 폴 인 러브 투 이즐리」로 말이오."

가드너와 한 이 첫 공연에서 나는 모든 부분에서 신중을 기해야 했고, 우리는 그런대로 잘해 낼 수 있었다. 이 노래에 얽힌 추억을 그에게서 듣고 난 후 나는 줄곧 문제의 창문을 올려다보고 있었지만, 가드너 부인 쪽에서는 아무런 움직임도 없었다. 이윽고 노래가 끝났다. 우리 주위에는 다시 어둠과 정적이 감돌았다. 멀지 않은 곳에서 이웃 한 명이 노래를 좀 더 잘 들으려는 듯 덧문을 여는 소리가 들려왔다. 하지만 가드너 부인의 창문에서는 아무런 움직임도 없었다.

우리는 「원 포 마이 베이비」를 비트를 전혀 넣지 않고 아주 느리게 연주했다. 이번에도 아무런 반응이 없었다. 우리는 줄곧 그 창문을 올려다보았다. 한참 시간이 흐른 뒤 이윽고 우리 귀에 어떤 소리가 들려왔다. 그 소리는 가까스로 들을 수 있을 정도로 작았지만 의심의 여지가 없었다. 가드너 부인은 흐느끼고 있었다.

내가 속삭이듯 말했다. "우리가 해낸 거예요, 가드너 씨. 우리가 해냈다고요. 부인을 감동시킨 거예요."

하지만 가드너는 기뻐하는 기색이 아니었다. 그는 피곤한 기색으로 고개를 내저으며 자리에 앉더니 비토리오에게 손짓을 했다. "반대편으로 갑시다. 이제 집으로 가야겠소."

배가 다시 움직이기 시작하자 왠지 그는 줄곧 내 눈길을 피하는 것 같았다. 마치 우리가 지금 막 한 일을 수치스러워하는 듯했다. 그래서 나는 이 모든 계획이 심술궂은 농담 같은 것일지도 모른다는 생각이 들기 시작했다. 왜냐하면 우리가 연주한 노래의 가사들이 모두 가드너 부인의 입장에서 보면 끔찍하게 느껴질 수도 있었던 것이다. 나는 기타를 내려놓고 약간 시무룩하게 앉아 있었다. 그렇게 말없는 가운데 한동안 곤돌라는 물살을 가르며 나아갔다.

이윽고 우리 곤돌라가 운하 폭이 훨씬 넓은 곳으로 나오기가 무섭게 반대쪽에서 택시 곤돌라 한 척이 물살을 일으키며 달려와 우리를 지나쳤다. 우리는 가드너의 팔라초 앞에 거의 도착했다. 비토리오가 곤돌라를 대는 동안 내가 말했다.

"가드너 씨, 당신은 저의 성장기에 중요한 역할을 한 분입니다. 그래서 오늘 밤은 저한테는 아주 특별한 시간이었습니다. 이제 헤어지고 나면 다시는 당신을 보지 못하겠지요. 그러면 삶의 나머지 시간을 궁금해하면서 지내게 될 것 같습니다. 그래서 말인데요, 가드너 씨, 부디 말씀해 주셨으면 합니다. 지금 부인이 흐느끼시는 게 행복해서인가요, 아니면 화가 나서인가요?"

나는 그가 대답하지 않을 거라고 생각했다. 희미한 빛에 곤돌라 앞에서 웅크리고 앉은 그의 모습이 보였다. 하지만 비토리오가 밧줄을 동여매는 동안 그가 나직하게 대답했다.

"아내는 그런 식으로 부르는 내 노래를 듣고 몹시 기뻤을 거요. 하지만 동시에 신경이 곤두섰겠지. 우리 둘 다 지금 모두 신경이 곤두서 있다오. 27년은 긴 시간이고 이 여행이 끝나면 우리는 헤어지기 때문이오. 이번이 우리가 함께하는 마지막 여행이라오."

"그렇다면 정말 유감입니다, 가드너 씨. 많은 결혼들이 결별로 끝나지요. 27년간 결혼 생활을 했다고 해도 말입니다. 하지만 적어도 두 분은 이렇게 헤어질 수 있지 않습니까? 베네치아에서 휴가를, 곤돌라에서 노래를, 이렇게 고상하게 헤어질 수 있는 커플도 많지 않죠." 내가 부드럽게 말했다.

"어떻게 우리가 고상하게 헤어지지 않을 수 있겠소? 아직도 서로 사랑하는데 말이오. 그래서 아내가 저기서 울고 있는 거라오. 내가 그녀를 사랑하는 만큼 아내도 여전히 나를 사랑하니 말이오."

비토리오는 이미 선창에 올라가 있었지만 가드너와 나는 줄곧 어둠 속에 앉아 있었다. 나는 그의 이야기를 기다렸다. 잠시 후 그가 말을 이었다.

"아까 말한 대로 나는 린디를 처음 본 순간 사랑에 빠졌소. 하지만 당시 그녀도 나를 사랑했을까? 사실 그녀의 머릿속에 그런 질문이 떠올랐는지조차 나로서는 확신할 수 없소. 나는 스타였고 그녀에게는 오직 그것만이 중요했으니 말이오. 나는 그녀가 꿈꾸던 존재였소. 그녀가 그 작은 식당에서 쟁취하려고 계획했던 대상이었던 거요. 나에게 사랑을 느끼느냐 아니냐는 중요하지 않았소. 하지만 27년간의 결혼

생활은 재미있는 결과를 낳는다오. 많은 커플들이 처음에는 상대에 대한 사랑으로 시작했다가 나중에는 피곤해져서 상대를 증오하는 걸로 끝을 맺는다오. 하지만 때때로 그 반대의 일이 벌어지기도 하지. 여러 해가 걸리긴 했지만 린디는 점차 나를 사랑하기 시작했소. 처음에 나는 감히 그 사실을 믿을 수가 없었지만 나중에는 믿지 않을 도리가 없었소. 앉았던 테이블에서 일어날 때 내 어깨를 살짝 건드리는 손길, 웃을 이유가 없는데 방 저편에서 보내는 가벼운 미소, 엉뚱하고 바보스러운 행동들 같은 것으로 미루어 말이오. 장담하건대 이 일에 놀란 건 누구보다도 린디 자신이었소. 그런 일이 정말로 일어난 거요. 5~6년 후 우리 사이는 아주 편안해졌소. 서로 걱정했고 배려했소. 앞서 말했듯이 우리는 서로 사랑했소. 그리고 지금도 사랑하고 있다오."

"무슨 말씀인지 저는 알아들을 수가 없습니다, 가드너 씨. 그런데 왜 부인과 헤어지신다는 겁니까?"

그는 또다시 한숨을 내쉬었다. "그걸 당신이 어떻게 이해할 수 있겠소, 친구? 하지만 당신이 오늘 밤 내게 이렇듯 친절을 베풀었으니 설명해 보리다. 사실 이제 나는 주류 가수가 아니오. 당신은 부정하겠지만, 당신 나라에서는 그런 소식이 잘 퍼지지 않는다오. 다시 말하지만 나는 더 이상 스타가 아니라오. 나는 그 사실을 받아들이고 과거의 영광에 만족하고 살 수 있소. 그게 아니라면 이렇게 말할 수도 있지. '아니, 나는 아직 끝나지 않았어.' 하고 말이오. 다시 말해서 친구, 컴백을 할 수도 있소. 지금 갖고 있는 지위와 재산만으로도 나는 유력자요. 하지만 컴백이란 쉬운 게임이 아니라오. 많은 변화에 대처해야 하고 그중에는 무척 힘든 것들도 있소. 현재의 존재 방식을 바꿔야 하는 거요. 나아가 사랑하는 것들까지 바꿔야 할 경우도 있소."

"가드너 씨, 지금 당신 말씀은 컴백을 하기 위해 부인과 헤어져야 한다는 건가요?"

"다른 사람들의 경우를 보시오. 컴백을 성공적으로 해낸 친구들 말이오. 나와 같은 세대이면서 여전히 건재한 이들을 보시오. 그들은 모두 예외 없이 재혼한 이들이오. 두 번, 때로는 세 번 결혼했지. 모두 젊은 아내를 품에 안고 있소. 나와 린디는 웃음거리가 돼 가고 있다오. 그런 데다가 내가 특별히 눈여겨보는 젊은 숙녀가 있는데, 그녀는 나를 눈독 들이고 있소. 그리고 린디는 실상을 알고 있소. 그녀는 줄곧 나보다 먼저 사태를 파악하고 있었소. 그 식당에서 메그의 충고에 귀를 기울인 이후 쭉 말이오. 우리는 그 일을 두고 의논했소. 그녀는 이제 우리가 헤어져 각각 제 길을 갈 때라는 걸 잘 알고 있소."

"전 여전히 무슨 말씀인지 잘 모르겠습니다, 가드너 씨.

당신과 부인의 출발점은 이 세상 대부분의 사람들과 그리 다르지 않은 것 같습니다. 바로 그런 이유에서 가드너 씨, 당신이 그동안 불러 온 이 노래들이 전 세계 사람들에게 호소력이 있었던 겁니다. 심지어 우리나라 사람들에게도 말입니다. 그런데 그 노래들이 모두 무엇을 말하고 있습니까? 연인들이 사랑을 잃고 헤어져야 한다면, 그건 슬픈 일입니다. 하지만 그들이 서로 사랑하고 있다면 영원히 함께해야 마땅합니다. 그 노래들이 이야기하는 바가 이런 거 아닌지요."

"무슨 말인지 알고 있소. 그리고 당신이 이런 말을 받아들이기 힘들 거라는 것도 말이오. 하지만 실상이 그렇다오. 내 말 좀 들어 보시오. 이건 린디를 위한 것이기도 하오. 그녀를 위해서라도 우리는 지금 헤어져야 하오. 그녀는 아직 그렇게 늙지 않았소. 당신도 봐서 알겠지만, 아직 아름답소. 그녀에게 가능성이 남아 있을 때 출구를 찾아야 한다오. 또 다시 사랑을 찾을 가능성, 또 다른 결혼을 할 가능성 말이오. 너무 늦어 버리기 전에 출구를 찾아야 하는 거요." 그 말에 내가 어떤 대답을 했는지는 이제 기억나지 않는다. 하지만 다음 순간 그는 놀랍게도 이렇게 말했다. "당신 어머니는 결코 출구를 찾지 못하셨을 거요."

나는 그 말을 곱씹어 본 다음 조용히 대답했다. "그렇습니다, 가드너 씨. 제 어머니는 출구를 찾지 못하셨습니다. 어머니는 우리나라의 변화를 보지 못하고 돌아가셨습니다."

"정말 유감이오. 당신 어머니는 분명 훌륭한 분이었을 거요. 당신이 말한 게 사실이라면, 그러니까 내 노래가 당신 어머니를 행복하게 하는 데 일조했다면, 그건 나에게 매우 의미 있는 일이오. 당신 어머니가 출구를 찾지 못하셨다니 가슴 아프군요. 나는 나의 린디에게 그런 일이 일어나기를 바라지 않소. 그렇소, 나의 린디에게 그런 일이 일어나선 안 되오. 나는 나의 린디가 출구를 찾길 바란다오."

곤돌라가 선창에 부드럽게 부딪히고 있었다. 비토리오가 작게 이름을 부르며 우리에게 손을 뻗었다. 잠시 후 가드너는 자리에서 일어나 곤돌라 밖으로 나갔다. 나 역시 기타를 들고 곤돌라에서 내렸다. 비토리오에게 공짜로 데려다 달라고 부탁하고 싶지 않았던 것이다. 가드너가 지갑을 꺼냈다.

자신이 받은 금액에 만족한 듯 비토리오는 특유의 허울 좋은 말과 몸짓을 곁들여 감사를 표한 다음 다시 곤돌라에 올랐다.

우리는 그가 어둠 속으로 사라지는 것을 지켜보았다. 이윽고 가드너는 내 손에 여러 장의 지폐를 쥐여 주었다. 나는 그에게 너무 과하다고, 어쨌든 내게는 그와 함께한 연주가 커다란 영광이었다고 말했다. 하지만 그는 돈을 거두려 하지 않았다.

"아니, 그러지 마시오." 그가 얼굴 앞으로 손을 내저으며 말했다. 비단 돈 문제뿐 아니라 그날 밤 나와의 일, 그리고 그의 인생의 이 한 부분과 그만 작별을 고하고 싶다는 듯이. 이윽고 그는 그의 팔라초를 향해 몇 걸음 걷다가 걸음을 멈추고 고개를 돌려 나를 바라보았다. 멀리서 텔레비전 소리가 들려올 뿐 우리 주위의 작은 거리와 운하는 이제 정적에 싸여 있었다.

"오늘 연주 참 좋았소, 친구. 당신에겐 멋진 터치가 있소." 그가 말했다.

"고맙습니다, 가드너 씨. 당신의 노래도 정말 좋았습니다. 옛날처럼 말입니다."

"이곳을 떠나기 전에 광장에 다시 들르게 될 거요. 당신이 동료들과 연주하는 걸 들으러 말이오."

"그러시면 좋겠습니다, 가드너 씨."

하지만 그 후 다시는 그를 볼 수 없었다. 몇 달 후 나는 가드너 부부가 그해 가을에 이혼했다는 소식을 들었다. (플로리안의 한 웨이터가 어딘가에서 읽은 기사를 전해 준 것이다.) 그러자 그날 밤의 일이 고스란히 다시 떠올랐고 그때의 일을 다시 생각하자 조금 슬퍼졌다. 왜냐하면 가드너는 상당히 괜찮은 사람으로, 컴백을 하든 하지 않든 영원히 위대한 가수로 남을 것이기 때문이다.

비가 오나 해가 뜨나

에밀리 역시 나처럼 미국의 옛 브로드웨이 노래를 좋아했다. 그녀가 어빙 벌린의 「치크 투 치크」나 콜 포터의 「비긴 더 비긴」 같은 빠른 노래들을 좋아했다면, 나는 가슴이 찢어지면서도 달콤한 발라드인 「히어스 댓 레이니 데이」나 「잇 네버 엔터드 마이 마인드」 같은 노래를 더 좋아하는 편이긴 했지만 말이다. 하지만 서로 겹치는 부분이 무척 많았고, 어쨌든 당시 영국 남부의 캠퍼스에서 그런 열정을 공유한 누군가를 만난다는 건 기적에 가까웠다. 오늘날의 젊은이들은 온갖 종류의 음악을 듣는 것 같다. 올해 대학교에 들어간 내 조카는 아르헨티나 탱고를 좋아하는 단계다. 그 아이는 또한 에디트 피아프와 최근 인디 밴드의 곡이라면 가리지 않고 좋아한다. 내가 가르치는 학생들은 넓게는 두 그룹으로 나뉜다. 긴 머리에 치렁치렁한 옷을 입고 '프로그레시브 록'을 좋아하는 히피 유형과, 말끔한 옷차림에다 고전음악이 아닌 모든 것을 끔찍하게 여기는 유형으로 말이다. 이따금 재즈에 관심 있다고 공언하는 이들도 만나지만, 나중에 보면 이들은 이른바 일종의 크로스오버 애호가들일 뿐이다. 곧 출발점으로 사용된 아름답게 세공된 노래를 존중하지 않고 끝없이 즉흥 연주만 하는 것이다.

그러므로 '그레이트 아메리칸 송북'을 음미할 줄 아는 사람, 그것도 여자를 발견한 것은 참으로 기분 좋은 일이었다. 에밀리 역시 나처럼 스탠더드 음악을 섬세하고 담백하게 해석한 노래를 담은 엘피판들을 수집했다. 그런 음반들은 고물상에서 쉽사리 헐값으로 구할 수 있었다. 우리 부모 세대는 그런 음반들을 귀하게 여기지 않았던 것이다. 에밀리는 세라 본과 쳇 베이커를 특히 좋아했고, 나는 졸리 런던과 페기 리가 더 좋았다. 우리 둘 다 시나트라나 엘라 피츠제럴드에는 별달리 열광하지 않았다.

대학교 1학년 때 에밀리는 기숙사 생활을 했다. 그녀의 방에는 당시 아주 흔했던 탁상용 전축이 있었다. 표면이 연푸른 가죽으로 싸여 있고 스피커가 한 개만 내장된, 대형 모자 상자처럼 생긴 그 전축은 뚜껑을 들어 올려야 안에 자리 잡은 턴테이블이 보였다. 그 전축의 음색은 오늘날의 기준에서 보면 상당히 조악했지만, 우리는 그 앞에 행복하게 웅크리고 앉아 바늘을 하나의 트랙에서 들어 올려 다른 트랙으로 내려놓으며 시간을 보냈다. 또한 한 노래의 여러 가지 녹음을 듣고 가사나 가수의 해석에 대해 토론하기도 했다. 이 구절을 이렇게 역설적으로 불러야만 했을까? 「조지아 온 마이 마인드」에서 조지아를 여자로 가정하고 부르는 것이 더 좋을까, 아니면 그저 미국의 한 장소로 여기고 부르는 것이 나을까? 우리가 특히 좋아한 것은, 노랫말 자체는 행복하지만 그 해석은 정말이지 가슴이 찢어지는 녹음, 즉 레이 찰스의 「컴 레인 오어 컴 샤인」 같은 것이었다.

이들 음반에 대한 에밀리의 사랑은 너무 깊어서, 그녀가 다른 학생들에게 가식적인 록 밴드나 허황된 캘리포니아 싱어송라이터들에 대해 이야기하고 있는 것을 볼 때면 나는 한발 뒤로 물러서지 않을 수 없었다. 때때로 그녀는 '개념' 앨범에 대해 논쟁을 시작했는데(그런 식으로 우리는 거슈윈이나 해럴드 알런에 대해 토론하곤 했다.) 그럴 때면 나는 짜증나는 티를 내지 않기 위해 입술을 깨물어야 했다.

당시 에밀리는 날씬하고 아름다웠다. 그러므로 졸업도 하기 전에 그렇게 빨리 찰리에게 정착하지 않았다면 구애하는 남자들이 적지 않았을 것이다. 하지만 에밀리는 미모를 과시하거나 끼가 있는 편이 아니어서 일단 찰리와 커플이 되자 다른 구애자들은 이내 물러났다.

"내가 찰리를 곁에 둔 건 바로 그 이유 하나야." 에밀리는 엄숙한 얼굴로 말했다. 그 말에 내가 충격받은 표정을 짓자 웃음을 터뜨리며 이렇게 덧붙였다. "농담이야. 그냥 농담이라고. 찰리는 내가 사랑하는 남자야. 내 사랑이라고."

찰리는 대학 시절 나의 가장 친한 친구였다. 1학년 때 우리는 줄곧 함께 어울렸고 내가 에밀리를 알게 된 것도 그를 통해서였다. 2학년이 되자 찰리와 에밀리는 시내에 집 하나를 구해 같이 쓰게 되었다. 나는 물론 그곳에 자주 들렀지만, 작은 전축 옆에서 벌이던 에밀리와의 논쟁은 아득한 과거가 되고 말았다. 내가 들를 때마다 그 집에는 이미 다른 학생들이 둘러앉아 웃음을 터뜨리며 이야기를 하고 있었고, 멋진 스테레오 장치에서 록 음악이 쿵쿵거리면서 흘러나오는 바람에 고함치듯 대화를 이어 가야 했다.

찰리와 나는 여러 해 동안 친한 친구로 지냈다. 예전처럼 그렇게 자주 보지는 못했지만 말이다. 그 이유는 대부분 거리 때문이었다. 내가 이곳 스페인에서 여러 해를 보낸 데 이어 이탈리아와 포르투갈에서도 여러 해를 보낸 반면, 찰리는 줄곧 런던에 둥지를 틀고 있었던 것이다. 이렇게 말하면 내가 마치 제트세터족이고 그가 '방콕형' 인간처럼 들리겠지만 그건 사실과 다르다. 왜냐하면 역동적인 업무 덕택에 텍사스로 도쿄로 뉴욕으로 늘 비행기를 타고 돌아다니는 쪽은 오히려 찰리이기 때문이다. 반면 나는 여러 해 동안 눅눅한 건물 안에 줄곧 처박혀 철자법 시험 문제를 출제하고 느린 발음으로 회화를 가르쳐야 한다. "마이 네임 이스 레이. 왓 이스 유어 네임? 두 유 해브 칠드런?" 하는 식으로 말이다.

내가 대학을 졸업하고 처음으로 영어를 가르치기 시작했을 때, 그 일은 상당히 멋진 선택 같았다. 그러니까 대학의 연장선상에 있는 듯했다. 당시 유럽 도처에서는 어학원들이 우후죽순 생겨났다. 가르치는 일은 지루했고 노동 착취라 할 정도로 업무 시간이 길었지만, 그 나이에는 크게 개의치 않았다. 그 대신 바에서 많은 시간을 보낼 수 있고, 쉽사리 친구를 사귈 수 있으며, 전 세계를 망라하는 대규모 네트워크의 일원이라는 느낌을 가질 수 있었다. 교대 근무 계획에 따라 페루나 태국에서 온 새로운 사람들을 만나면, 원하기만 한다면 전 세계를 떠돌며 인맥을 활용해 오지 구석에서도 일자리를 구할 수 있을 것 같은 착각을 하게 된다. 이런 떠돌이 교사들로 구성된 확대 가족의 일원이 되어 술을 마시며 전임 동료들, 정신병자나 다름없는 학원 원장들, 이해할 수 없는 영국 관리들에 관해 성토할 수 있는 것이다.

1980년대 후반에는 일본에서 영어를 가르치면 많은 돈을 벌 수 있다는 말이 돌았다. 나는 그것을 진지하게 고려하고 그곳에 갈 계획을 세웠지만 성사되지는 않았다. 브라질 역시 고려 대상에 넣고 그 문화에 대한 몇 권의 책을 읽고 지원서를 보내기도 했다. 하지만 왠지 그렇게 멀리까지는 갈 수 없었다. 이탈리아 남부, 포르투갈 그리고 이곳 스페인이 나의 주 활동 무대였다. 그런 다음 깨닫지 못하는 사이에 마흔일곱이 되었다. 그리하여 오래전에 함께 일을 시작했던 동료들이, 화제가 다르고 복용하는 약물이 다르고 듣는 음악의 종류가 다른 새로운 세대의 인물들로 대체되는 것이다.

그동안 찰리와 에밀리는 결혼을 해서 런던에 정착했다. 언젠가 찰리는 자기 아이들 중 한 명의 대부가 되어 달라고 내게 말했다. 하지만 그런 일은 결코 일어나지 않았다. 그러니까 그동안 그들에게 아이가 생기지 않았고 이제는 좀 늦은 것 같다는 말이다. 이 일에 내가 약간 실망했다는 것은 인정해야 할 것 같다. 그들 아이들 중 한 명의 대부가 되는 일이 영국에 있는 그들의 삶과 이곳에 있는 나의 삶 사이에 어떤 공식적인 고리가 되어 줄 수 있을 것이라고 줄곧 상상했던 것 같다.

어쨌든 올여름이 시작될 무렵 나는 그들의 집에서 함께 머물기 위해 런던에 갔다. 그 방문은 오래전부터 계획된 것이었다. 출발하기 2~3일 전에 내가 확인 전화를 했을 때, 찰리는 둘 다 '극히 잘' 지내고 있다고 대답했다. 따라서 내 인생에서 좋았다고는 도저히 말할 수 없는 몇 달을 보낸 참 이었던 나로서는, 그 방문에서 느긋하게 쉬면서 휴식을 취 하는 것 외에는 다른 일을 예상할 이유가 없었다.

실제로 그 화창한 날 그들의 집과 멀지 않은 지하철역에 서 나오면서 내가 생각한 것은 지난번 방문 이후로 '나의' 침실에 어떤 변화가 있을까 하는 정도였다. 여러 해가 지나 는 동안 그 방에는 언제나 이런저런 변화들이 있었다. 언젠 가는 방 한구석에 번쩍이는 전기 기구가 놓여 있기도 했고, 또 어떤 때는 방 전체 장식이 바뀌어 있기도 했다. 그 방이 어떤 경우에도 나를 위해 우아한 호텔 방처럼 준비되어 있 어야 한다는 것은 거의 원칙적인 문제였다. 수건은 제자리 에, 침대 옆에는 비스킷 깡통이, 화장대에는 선별된 시디들 이 놓여 있어야 했다. 몇 년 전에는 이런 일도 있었다. 나를 데리고 방으로 들어간 찰리는 애써 무심하지만 자부심이 어린 동작으로 스위치를 조작했다. 그러자 미묘하게 숨겨진 각종 조명들이 침대 머리맡 나무판 뒤, 옷장 위 등에서 켜 졌다가 꺼지는 게 아닌가. 그가 또 다른 스위치를 누르자 두 개의 창문 위로 블라인드가 내려오기 시작했다. 그래서 내 가 물었다.

"이봐, 찰리. 이 방에 왜 블라인드가 필요하지?"

그러고는 이렇게 말했다.

"난 잠에서 깼을 때 바깥을 내다보고 싶어. 커튼이면 충분하다고."

"이 블라인드들은 스위스제야."

찰리가 대답했다. 마치 그것으로 설명이 충분하다는 듯이.

하지만 이번에는 좀 달랐다. 찰리는 혼잣말을 중얼거리며 나를 데리고 층계를 올랐다. 이윽고 내 방에 들어갔을 때 나는 찰리가 중얼거린 것이 사과의 말이었음을 알았다. 방은 전에 한 번도 본 적이 없는 상태였다. 침대에는 시트가 씌워져 있지 않았고, 얼룩진 매트리스가 삐뚜름하게 놓여 있었다. 방바닥에는 잡지와 문고본들, 낡은 옷 더미, 하키 스틱, 확성기가 나동그라져 있었다. 내가 문간에서 걸음을 멈추고 방 안을 물끄러미 바라보는 동안 찰리는 서둘러 물건들을 밀쳐서 내 가방을 내려놓을 자리를 만들었다.

"당장이라도 매니저를 부를 것 같은 표정이군." 그가 씁쓸한 투로 말했다.

"아니, 그렇지 않아. 다만 이런 상태의 이 방이 낯설어서 그런 것뿐이야."

"엉망진창이라는 건 나도 알아. 정말 엉망진창이지." 찰리는 매트리스에 앉아 한숨을 내쉬었다. "청소부가 이런 걸 정리할 수 있을 줄 알았어. 하지만 못 하는 게 당연하지. 왜 그런지는 모르지만 말이야."

찰리는 무척 낙담한 기색이었지만 이윽고 튕겨 오르듯 갑자기 자리에서 일어났다.

"이봐, 우리 나가서 점심이나 먹지. 에밀리한테 메모를 남겨 놓고 말이야. 느긋하게 오랫동안 식사를 하는 거야. 돌아올 때쯤이면 자네 방뿐 아니라 플랫 전체가 정리되어 있을 거야."

"하지만 에밀리에게 이걸 다 정리하라고 할 수는 없잖아."

"아, 에밀리가 직접 하는 게 아니라 청소부를 시키는 거야. 에밀리는 그 사람들을 다룰 줄 알거든. 나는 전화번호도 모르지만 말이야. 우리는 점심이나 먹자고. 세 가지 코스에 포도주까지 곁들여서 말이야."

찰리가 플랫이라고 부른 그들의 집은 사면에 테라스가 딸린 건물 꼭대기의 두 층으로 말끔하고 번화한 거리에 면해 있었다. 건물 문을 나서자마자 우리는 인파와 차들에 맞닥뜨렸다. 나는 찰리를 따라 상점과 사무실을 지나 멋진 작은 이탈리아 식당으로 들어갔다. 예약을 하지 않았는데도 웨이터들은 마치 친구를 대하듯 찰리에게 인사를 건네며 우리를 테이블로 안내했다. 주위는 양복에 넥타이를 맨 사업가 같은 사람들로 가득 차 있었다. 나는 찰리가 나만큼이나 꾀

죄죄한 차림인 데 마음이 놓였다. 찰리는 아마도 그것을 눈치챈 듯했다. 자리에 앉으면서 이렇게 말한 것이다.

"아, 여긴 극히 영국적인 장소야. 레이, 어쨌든 이제 모든 게 변했지. 자네는 이 땅을 너무 오랫동안 떠나 있었어."

그런 다음 경계심을 불러일으킬 정도로 큰 목소리로 이렇게 말했다.

"여기서 우리는 자수성가한 사람처럼 보일 거야. 다른 사람들은 모두 중간 관리자들 같고 말이야." 그런 다음 그는 나를 향해 앞으로 몸을 기울이고 한결 나직하게 말했다.

"이것 봐. 얘기 좀 하자고. 자네에게 부탁이 있어."

무엇이 되었든 간에 나는 이제까지 찰리에게서 무슨 부탁을 받아본 적이 없었다. 하지만 나는 애써 아무렇지도 않게 고개를 끄덕이며 다음 말을 기다렸다. 찰리는 잠시 동안 메뉴판을 만지작거리다가 내려놓으며 말했다.

"사실은 말이야, 에밀리와 내 사이가 요즘 좀 불편해. 최근 서로 부딪히는 걸 피하고 있어. 바로 그래서 조금 전에 에밀리가 집에서 자네를 맞지 않은 거야. 자네는 우리 두 사람 중 하나를 택해야 할 거야. 마치 한 배우가 두 역할을 하는 그런 연극 같다고나 할까. 이제는 나와 에밀리를 같은 시간 같은 공간에서 동시에 만날 수 없는 거지. 좀 유치하지?"

"그렇다면 나한텐 무척 힘든 시간이 되겠군. 난 점심 식사가 끝나는 대로 갈게. 핀칠리에 있는 케이티 숙모 집에서 머물면 돼."

"도대체 무슨 말이야? 내 말 못 들었어? 조금 전에 말했잖아. 자네에게 부탁이 있다고 말이야."

"그거야 그저 이야기를 꺼내려고……."

"아니야, 이 바보 같은 친구야. 떠나야 할 사람은 나야. 프랑크푸르트에서 열리는 회의에 가야 해서 오늘 오후 비행기를 탈 거야. 그런 다음 이틀 후, 늦어도 목요일에는 돌아올거야. 그동안 자네가 여기 있어 줘. 사태를 정리해서 모든 것을 제대로 돌려놔 줘. 그런 다음 내가 돌아와서 쾌활하게 인사하며 사랑하는 아내에게 입맞춤을 하는 거지. 지난 두 달이 없었던 것처럼 말이야. 우리 관계가 회복되는 거지."

그 순간 여종업원이 주문을 받으러 다가왔다. 종업원이가고 나자 찰리는 조금 전의 그 화제를 다시 꺼내기가 내키지 않는 듯했다. 대신 그는 스페인에서 보내는 내 생활에 대해 여러 가지 질문을 퍼부어 댔다. 그리고 내가 대답을 할때마다, 그것이 좋은 것이든 나쁜 것이든 간에 예의 그 시큰둥한 미소를 슬쩍 지어 보이며 고개를 저었다. 마치 내 대답으로 자기가 가장 걱정하던 일이 확인되기라도 한 듯. 내가요리에 커다란 발전이 있었다는 이야기를 하는데(실제로 나는 다른 사람의 도움 없이 40여 명의 학생과 교사들을 위해

크리스마스 뷔페를 준비했다.) 찰리가 말허리를 잘랐다.

"내 말 좀 들어 봐. 자네 상황은 정말 가망이 없어. 자네는 사직서를 제출해야 해. 하지만 그 전에 새 일자리를 구해야지. 우울증 환자인 그 포르투갈 사내를 중개자로 이용해. 마드리드 우체국에 사서함을 하나 만들고 아파트를 정리해 버려. 그래, 자네가 할 일을 말해 줄게, 첫째."

그는 한 손을 들어 올리더니 지시 사항을 나열하기 시작했다. 아직 한두 가지 사항이 더 남았는데 주문한 요리가 나왔다. 그는 음식을 무시하고 나머지 지시 사항을 불러 주었다. 이윽고 음식을 먹기 시작하면서 그가 다시 말했다.

"장담하는데 자네는 이 일들 중 아무것도 하지 않을걸."

"아니, 그렇지 않아. 자네가 말한 것들 모두가 충분히 일리가 있어."

"하지만 자네는 그곳으로 돌아가 역시 똑같은 삶을 되풀이할 거야. 그런 다음 1년 후에 다시 이곳에서 나와 만나서는 지금처럼 징징거리겠지."

"난 지금 징징거리는 게 아니라……."

"알다시피, 레이, 당사자가 아니기 때문에 충고할 수 있는 거야. 어떤 시점이 지나면 인간은 자기 삶에 책임을 져야 해."

"알겠어, 그렇게 하지. 약속해. 그런데 조금 전에 나한테 부탁할 게 있다고 하지 않았어?"

"아, 그렇지." 찰리는 생각에 잠긴 채 음식을 씹었다. "솔직히 말하자면, 자네를 우리 집에 초대한 진짜 동기가 바로 그거야. 물론 자네를 다시 만나는 것도 정말 멋진 일이지. 하지만 나한테 가장 중요한 것은, 자네가 나를 위해 뭔가를 해 줬으면 하는 거야. 어쨌든 자네는 나의 가장 오랜 친구, 그러니까 평생지기니까……."

찰리는 갑자기 먹는 일에 몰두했다. 놀랍게도 찰리는 소리 없이 울고 있었다. 내가 테이블 너머로 손을 뻗어 그의 어깨를 토닥였지만, 그는 눈길을 들지 않은 채 줄곧 파스타를 입에 밀어 넣었다. 잠시 후 나는 다시 손을 뻗어 그의 어깨를 두들겼지만 이번에도 별다른 성과가 없었다. 종업원이 쾌활한 미소를 지으며 다가와 식사가 어땠는지 물었다. 우리는 모든 것이 훌륭했다고 말했다. 종업원이 가고 나자 찰리는 다시 자신을 추스르는 듯했다.

"그래, 레이, 내 말 좀 들어 봐. 부탁은 아주 간단해. 그러니까 지금부터 며칠 동안 에밀리 옆에 머물면서 유쾌한 손님이 되어 달라는 것뿐이야. 내가 돌아올 때까지만 말이야."

"그게 다야? 그러니까 자네가 없는 동안 에밀리를 돌봐 달라는 거야?"

"바로 그거야. 아니면 반대로 그녀가 자네를 돌볼 수 있게 해 달라는 거지. 자네는 손님이야. 자네가 할 일들을 몇 가지 마련해 두었어. 연극 티켓 같은 것들 말이야. 나는 아무리 늦어도 목요일에는 돌아올 거야. 자네의 임무는 에밀리를 유쾌하게 해 주고 그 기분을 줄곧 유지하게 해 주는 거야. 그렇게 해서 내가 돌아와서 '그동안 잘 있었어, 여보?'라고 말하며 에밀리를 껴안으면, 에밀리는 '오, 여보. 집에 잘 돌아왔어. 그쪽 일은 어땠어?'라고 말하며 내 포옹에 답하는 거지. 그러면 우리는 전처럼 지낼 수 있어. 이 끔찍한 일이 시작되기 전처럼 말이야. 그게 자네의 임무야. 정말 간단하지."

"최선을 다할게. 하지만 이것 봐, 찰리. 지금 에밀리 기분이 방문객을 배려할 만한 거야? 두 사람 사이가 위기인 것 같아서 말이야. 에밀리 역시 자네만큼이나 신경이 곤두서 있을 거야. 솔직히 말해서 나는 어째서 자네가 하필 이럴 때 나에게 여기 있어 달라고 하는 건지 이해할 수가 없어."

"그게 무슨 소리야, 이해할 수 없다니? 내가 자네에게 이런 부탁을 하는 건 자네가 나의 가장 오랜 친구이기 때문이야. 그래, 맞아. 내게는 친구가 많지. 하지만 이 문제와 관련해 골똘히 생각한 끝에 이 일을 해낼 수 있는 사람은 자네뿐이란 걸 깨달았어."

내가 이 말에 상당히 감동했다고 고백하지 않을 수 없다. 그런데도 딱 맞아떨어지지 않는 뭔가가 있다는 것, 그가 내게 다 털어놓지 않은 것이 있음을 느낄 수 있었다.

"두 사람 다 이곳에 있다면, 나를 초대해서 이곳에 머물게 하는 게 충분히 이해가 되지. 그런 경우라면 사태가 어떻게 돌아갈지 알 수 있으니까. 두 사람이 서로 한 마디도 하지 않는 상황에서 하나의 탈출구로서 손님을 초대한 셈인 거지. 그래서 두 사람 모두 예의를 지키려고 최선을 다하다 보면 경직된 분위기가 누그러지기 시작하겠지. 하지만 이런 경우에는 그렇게 풀리지 않을 거야. 자네가 떠나 있는 거니 말이야."

"그저 나를 위해 그렇게 해 줘, 레이. 효과가 있을 거야. 자네를 만나면 에밀리는 언제나 기분이 좋아지잖아."

"나를 만나면 기분이 좋아진다고? 알다시피 찰리, 도와주고야 싶지. 그런데 그 점에서는 자네 생각이 좀 틀린 것 같아. 왜냐하면 아주 솔직히 말해서 나는 에밀리가 나를 만나서 기분이 좋아진다는 느낌은 받지 못했어. 상황이 아주 좋을 때에도 말이야. 지난번 내가 이곳을 방문했을 때 에밀리는…… 음, 분명히 나 때문에 짜증난 것 같았어."

"이것 봐, 레이. 그저 내 말을 믿어 줘. 나도 생각이 있어서 이러는 거야."

우리가 돌아왔을 때 에밀리는 집에 있었다. 나는 그녀의 나이 든 모습에 충격을 받았다고 고백하지 않을 수 없다. 지 난번에 방문한 후로 살이 많이 찐 것 같지는 않았다. 하지만 한때 있는 그대로 그토록 우아했던 그녀의 얼굴은 이제 불 퉁한 입매와 더불어 몹시 심술궂어 보였다. 거실 소파에 앉 아 《파이낸셜 타임스》를 읽고 있던 그녀는 들어서는 나를 보고는 마지못해 자리에서 일어섰다.

"다시 만나 반가워, 레이먼드." 하고 말하며 에밀리는 재 빨리 내 뺨에 입맞춤을 하고 다시 자리에 앉았다. 내가 그렇 게 적절하지 않은 때 불쑥 들이닥친 것에 깊이 사과라도 해 야 할 것 같은 태도였다. 하지만 내가 입을 열어 뭐라고 말 하기도 전에 에밀리는 소파 옆에 자리를 만들면서 이렇게 말했다. "자, 레이먼드. 여기 앉아서 내 질문에 대답 좀 해 줘. 네가 최근 어떻게 지내는지 모조리 알고 싶어."

내가 자리에 앉자, 에밀리는 나에게 조금 전 찰리가 식당 에서 그랬던 것처럼 질문을 쏟아 놓았다. 그동안 찰리는 출 장 짐을 싸는 듯 여러 가지 물건들을 찾아 방을 들락거렸다. 나는 그들 두 사람이 서로를 정면으로 바라보지 않는다는 것을 알 수 있었다. 하지만 찰리의 주장처럼 한 공간에 있 는 것을 그렇게 불편해하는 것 같지는 않았다. 그들은 직접 대화를 나누지 않았다. 하지만 찰리는 거리를 둔 기묘한 방 식으로 우리의 대화에 줄곧 끼어들었다. 예를 들어 내가 집세를 나눠 내기 위해서 플랫을 함께 쓸 친구를 구하는 것이 얼마나 어려운지 에밀리에게 설명하고 있는데, 찰리가 부엌에서 이렇게 소리치는 것이다.

"지금 이 친구가 살고 있는 플랫은 두 사람을 위해서 마련된 곳이 아니야! 혼자 살기에 적당한 곳이라고. 이 친구보다 돈이 더 많은 사람을 위한 곳이어서 문제지."

에밀리는 그 말에 직접적으로는 아무 대답도 하지 않았지만, 그 내용을 충분히 알아들은 것이 분명했다. 왜냐하면 이렇게 말을 이었기 때문이다. "레이먼드, 네가 그런 아파트를 선택한 것 자체가 잘못이야."

그런 대화가 적어도 그 후 20분간 계속되었다. 찰리는 층계에서 혹은 부엌으로 가는 길에 제삼자로서 나에 대한 말들을 대개는 큰 소리로 외쳐 댔다. 어떤 시점에서 에밀리가 불쑥 말했다.

"아, 솔직히 말하는 건데, 레이먼드. 너는 그 무시무시한 학원이 너를 철저히 착취하게 방치하고 있어. 원장이 널 속이게 어리석게도 내버려 두고 있다고. 도대체 뭘 하고 있는 거니? 알코올 중독에다 직업도 없는 그런 멍청한 여자와 어울리다니. 아직도 너를 걱정하는 사람들을 일부러 짜증나게 하려고 애쓰는 것 같아."

"이제 그런 사람들도 더 이상 버틸 수 없을 거야!" 찰리가 복도에서 소리쳤다. 그가 여행 가방을 가지고 나오는 소리가 들렸다. "10대 소년처럼 행동하는 것도 좋아. 20대 때까지는 말이야. 하지만 넌 쉰 살 가까이 된 지금까지 그러고 있잖아!"

"아직 마흔일곱인데⋯⋯."

"아직 마흔일곱이라니, 도대체 무슨 소리를 하는 거야?" 내가 바로 옆에 앉아 있다는 사실을 감안하면 에밀리의 목소리는 너무 컸다. "아직 마흔일곱이라니! 바로 그 '아직'이라는 말이 네 삶을 망치고 있는 거야, 레이먼드. 아직, 아직, 아직. 아직 최선을 다하고 있고, 아직 마흔일곱이지. 하지만 얼마 지나지 않아 너는 예순일곱이 될 거고, 그때도 비를 피할 빌어먹을 방 한 칸을 구하기 위해 그 빌어먹을 사람들 속에서 어슬렁거리고 있을 거라고."

"이 친구는 그 빌어먹을 일을 그만둬야 해!" 찰리가 층계 아래에서 고함을 쳤다. "정신 차리고 완전히 새로 시작해야 한다고!"

에밀리가 물었다. "레이먼드, 잠시 멈춰 서서 네가 누구인지 너 자신에게 물어본 적 있어? 네가 지닌 잠재력을 생각해 볼 때 부끄럽지 않니? 네가 어떤 삶을 살고 있는지 좀 봐! 이건⋯⋯ 이건 정말 짜증 나! 너무나도 화가 치민다고!"

찰리가 비옷 차림으로 문간에 나타났다. 그리고 순간 그들은 나를 향해 동시에 서로 뭐라 외쳤다. 이윽고 찰리는 말을 멈추고 그만 가 봐야겠다고, 마치 내게 넌덜머리가 난다는 듯이 말한 다음 방을 나갔다.

찰리의 출발로 인해 에밀리의 장광설이 멈춘 틈을 타서 나는 이렇게 말하며 자리에서 일어섰다.

"잠시 실례할게, 찰리가 가방 갖고 나가는 걸 도와줘야겠어."

"내 가방을 갖고 나가는 데 무슨 도움이 필요하다고 그래? 겨우 하나뿐이라고!" 찰리가 복도에서 말했다.

하지만 찰리는 내가 자신을 따라 거리로 나오는 것을 말리지 않았다. 그는 가방을 내게 맡겨 놓고 인도 가장자리를 따라 걸으며 택시가 오는지 살폈다. 지나가는 택시가 보이지 않자 그는 걱정스러운 표정으로 몸을 기울이며 한쪽 팔을 반쯤 들어올렸다.

내가 그에게로 다가가 말했다. "찰리, 일이 제대로 될 것 같지가 않아."

"뭐가 제대로 될 것 같지 않다는 거야?"

"에밀리는 나한테 넌덜머리를 내고 있어. 나를 겨우 몇 분만 본 건데도 말이야. 그러니 사흘 동안 나와 같이 지낸 후엔 어떻겠어? 도대체 자네는 어떤 근거에서 자네가 돌아올 때쯤에는 이 집에 조화와 광명이 자리 잡을 거라고 생각하는 거야?"

하지만 이렇게 말하는 동안 한 가지 생각이 떠올라 나는 입을 다물었다. 그 변화를 눈치챈 찰리가 고개를 돌리더니 주의 깊은 시선으로 나를 바라보았다.

"왜 꼭 나여야 하는지, 다른 사람이면 왜 안 되는지 지금 막 생각이 떠올랐어." 내가 말했다.

"아하, 드디어 레이가 사태를 알아챘군?"

"그래. 그런 것 같아."

"하지만 그게 뭐가 중요해? 달라지는 건 아무것도 없어. 내가 자네에게 부탁하는 것은 똑같다고." 찰리의 눈에 다시 눈물이 차올랐다. "기억나, 레이? 에밀리가 언제나 나를 믿는다고 했던 거? 에밀리는 오랜 세월 동안 그렇게 말해 왔지. 나는 널 믿어, 찰리. 넌 잘할 수 있어, 네겐 정말이지 재능이 있어. 3~4년 전까지도 에밀리는 줄곧 그렇게 말해 왔어. 그게 얼마나 사람을 힘들게 하는지 알아? 나는 아주 잘해 오고 있었어. 지금도 썩 잘하고 있고. 완벽하게 말이야. 하지만 에밀리는 내게 뭔가 다른 재능이 있다고 생각했어……. 그게 뭔지는 신만이 알겠지. 이 빌어먹을 세상의 주재자만이 말이야. 난 그저 평범한 남자로 잘해 오고 있어. 하지만 에밀리는 그것을 인정하지 않았지. 핵심에서, 중심에서 모든 게 잘못되고 있던 거야."

찰리는 깊은 생각에 잠겨 인도를 따라 천천히 걷기 시작했다. 나는 찰리의 여행 가방이 있는 곳으로 서둘러 걸어가 가방을 끌고 그를 따라갔다. 거리가 꽤 붐벼서 가방을 끌고 다른 행인들과 부딪히지 않게 조심하면서 그와 보조를 맞춰 따라가기가 힘들었다. 하지만 찰리는 그런 나의 어려움을 눈치 채지 못하고 걸음을 늦추지 않았다.

찰리는 말을 계속했다. "에밀리는 내가 나 자신의 기대를 저버렸다고 생각하고 있어. 하지만 그렇지 않아. 나는 아주 잘해 나가고 있었어. 젊은 시절에는 눈앞에 끝없는 가능성이 펼쳐져 있지. 하지만 우리 나이가 되면 어떤…… 어떤 균형감이 있어야 해. 에밀리가 그것을 참을 수 없어할 때마다 내 머릿속에 줄곧 떠올랐던 게 바로 그거야. 균형감, 에밀리에겐 균형감이 필요해. 나는 나 자신에게 되풀이해 말하지. 봐, 나는 잘하고 있어. 다른 수많은 사람들, 우리가 알고 있는 사람들을 봐. 레이를 봐. 그가 자신의 삶을 얼마나 엉망으로 만들고 있는지 보라고. 에밀리에겐 균형감이 필요해."

"그래서 나한테 와 달라고 하기로 한 거군. 에밀리에게 균형감을 주기 위해서 말이야."

마침내 찰리는 걸음을 멈추고 내 눈을 마주 보았다. "내 말을 오해하지는 마, 레이. 자네가 구제불능 실패자라는 게 아니야. 자네가 마약 중독자나 살인자가 아니라는 건 나도 잘 알지. 하지만 내 옆에서 사태를 직시해 보라고. 자네는 대단한 일을 성취해 낸 사람처럼 보이지 않아. 바로 그런 이유에서 자네에게 이 일을 해 달라고 부탁하는 거야. 우리 상황은 막바지에 다다랐어. 나는 지금 필사적이라고. 자네 도움이 필요해. 그리고 내가 해 달라고 하는 게 뭐 대단한 거라도 되나? 그저 자네의 평소 모습을 보여 달라는 것뿐이야. 그 이상도 그 이하도 아니야. 나를 위해 그래 줘, 레이먼드. 나와 에밀리를 위해서 말이야. 우리 사이는 아직 끝나지 않았어. 나는 그걸 알아. 내가 돌아올 때까지 며칠 동안 평소의 자네 모습을 보여 주기만 하면 돼. 대단한 요구도 아니잖아?"

나는 숨을 깊이 들이쉬고 말했다. "좋아, 그게 도움이 될 거라고 생각한다면 그렇게. 하지만 이 모든 걸 에밀리가 조만간 알아채지 않을까?"

"왜 그럴 거라고 생각해? 에밀리는 내가 프랑크푸르트에서 열리는 중요한 회의에 참석해야 한다는 걸 알고 있어. 그녀에게는 모든 것이 당연해 보일 거야. 에밀리는 그저 손님 한 사람을 돌보게 되는 것뿐이지. 에밀리는 그 일을 좋아하고, 또 자네를 좋아해. 이런, 택시가 오는군." 그는 정신 나간 사람처럼 손을 흔들었다. 택시가 우리 앞으로 다가오자 찰리는 내 팔을 움켜쥐었다. "고마워, 레이. 우리를 위해 그렇게 해 줄 거지? 자네가 그렇게 해 주리라고 믿어."

내가 집에 돌아왔을 때 에밀리의 태도는 완전히 달라져 있었다. 에밀리는 마치 아주 나이 많고 성격 까다로운 친척을 맞이하듯 나를 맞았다. 얼굴에는 격려의 미소를 띠고 부드럽게 내 팔을 건드렸다. 차를 마시자는 데 내가 동의하자 에밀리는 나를 데리고 주방으로 들어가서는 식탁에 앉힌 다음 걱정스러운 표정으로 나를 바라보고 잠시 동안 서 있었다. 이윽고 에밀리가 부드럽게 말했다.

"조금 전에 그런 식으로 말해서 정말 미안해, 레이먼드. 내가 너한테 그렇게 말할 자격이 없는데 말이야." 그런 다음 그녀는 차를 만들기 위해 몸을 돌리고 말을 이었다. "우리가 함께 대학 시절을 보낸 후 여러 해가 흘렀어. 나는 늘 그 사실을 잊어버려. 다른 친구에게 그런 식으로 말하는 건 꿈도 꿔 본 적이 없어. 하지만 네 경우에는, 음, 나는 너를 지금도 예전 그 시절처럼 생각하는 것 같아. 세월이 흘렀다는 걸 잊은 거지. 아까 내가 한 말 정말로 마음에 담아 두지 마."

"그럼, 그럼. 마음에 담아 둔 적 없어." 조금 전에 찰리와 나눈 대화를 생각하느라 내가 생각이 딴 데 가 있는 듯 보였을 것이다. 에밀리는 이런 내 태도를 오해한 모양이었다. 그녀의 목소리가 더 부드러워졌으니 말이다.

"신경 쓰이게 해서 정말 미안해." 그녀는 내 앞에 놓인 접시에 조심스럽게 비스킷을 내려놓는 중이었다. "문제는 말이야, 레이먼드. 그 시절 우리는 네게 그 어떤 이야기든 할 수 있었고 너는 그저 웃어넘겼다는 거야. 그래서 우리도 함께 웃었고, 그러고 나면 모든 걸 농담처럼 흘려보낼 수 있었지. 네가 여전히 그때 같을 수 있다고 생각했다니 내가 정말 어리석었어."

"음, 사실 난 여전히 그때와 비슷해. 그런 말을 심각하게 받아들이지 않았어."

에밀리는 내 말을 듣지 못한 듯 말을 이었다. "나는 깨닫지 못하고 있었어. 네가 얼마나 달라졌는지, 네가 얼마나 벼랑에 몰려 있는지 말이야."

"이것 봐, 에밀리, 내 상황이 그렇게 나쁘지는……."

"흐르는 세월이 너를 절박하게 만들어 버린 것 같아. 지금 너는 벼랑 끝에 서 있는 사람 같아. 누군가 조금만 밀어도 부서져 버릴 거야."

"그러니까 바닥으로 떨어진다는 거지."

에밀리는 주전자를 만지작거리고 있다가는, 몸을 빙 돌려 또다시 나를 응시했다. "아니, 레이먼드. 그런 식으로 말하지 마. 장난으로라도 그러지 말라고. 나는 네가 그런 식으로 말하는 게 싫어."

"아니, 내 말을 잘못 알아들었구나. 조금 전 너는 내가 부서질 거라고 했지. 하지만 내가 벼랑 끝에 서 있다 해도 떨어지는 거지, 부서지는 건 아니잖아."

"아, 가엾은 레이먼드." 에밀리는 여전히 내 말뜻을 이해하지 못한 것 같았다. "지금의 너는 그 시절의 레이먼드의 껍데기에 지나지 않아."

나는 이번에는 아무런 반응도 보이지 않는 것이 최선이라고 생각했다. 우리는 잠시 동안 입을 다물고 주전자의 물이 끓기를 기다렸다. 에밀리는 내 앞에만 잔을 놓았다.

"정말 미안한데, 레이, 난 이제 사무실로 돌아가야 해. 절대로 빠져서는 안 될 회의가 두 건 있어. 네 상태가 이렇다는 걸 미리 알았다면 너를 두고 가지 않았을 텐데. 다른 방법을 생각해 냈을 거라고. 하지만 몰랐어. 난 사무실로 돌아가야 해. 가엾은 레이먼드. 여기서 혼자 뭘 하지?"

"괜찮을 거야. 정말이야. 사실 이런 생각을 하고 있었어. 네가 일터에 가 있는 동안 우리가 먹을 저녁 식사를 준비하면 어떨까? 믿지 않겠지만 요즘 나는 요리를 꽤 잘하게 됐거든. 실제로 크리스마스 직전에 뷔페를 준비했는데……."

"그렇게 도와주려고 하다니 정말 친절하구나. 하지만 지금 너한텐 쉬는 게 최선일 것 같아. 익숙하지 않은 주방에서 일하면 스트레스가 클 수도 있거든. 긴장을 완전히 풀고 편안하게 허브 목욕을 하고 음악이나 듣는 게 어때? 저녁 식사는 내가 돌아와서 준비할게."

"하지만 직장에서 그렇게 힘든 하루를 보내고 나서 음식 걱정을 하고 싶지는 않을 텐데."

"아니야, 레이. 너는 그냥 쉬고 있어." 그녀는 명함을 꺼내 식탁 위에 올려놓았다. "여기에 내 직통 전화번호와 휴대전화 번호가 있어. 이제 가야겠어. 전화하고 싶으면 언제든 해. 잊지 마. 나 없는 동안 절대 스트레스 받는 일 하지 않는 거다."

최근 얼마 동안 나는 내 아파트에서 긴장을 풀고 편안하게 지내는 데 어려움을 겪고 있었다. 혼자 집에 있게 되면 어딘가에서 벌어지고 있을 중요한 만남을 놓치고 있는지도 모른다는 생각에 신경이 날카로워지고 조바심이 나곤 했다. 하지만 다른 사람 집에 혼자 있게 될 때면 종종 평화로움이 밀려드는 기분 좋은 경험을 할 수 있다. 나는 주위에 있는 아무 책이나 집어 들고 낯선 소파에 깊숙이 파묻히는 것이 좋다. 에밀리가 가고 나서 내가 한 일이 바로 그것이었다. 나는 『맨스필드 파크』를 한두 장 읽은 후 20여 분 동안 잠에 빠져들었다.

잠에서 깼을 때 오후 햇살이 들어오고 있었다. 나는 소파에서 내려와 집 안을 살펴보기 시작했다. 찰리와 내가 점심을 먹는 동안 청소부가 왔었거나 아니면 에밀리가 정리를 한 모양이었다. 어쨌든 널찍한 거실은 상당히 말끔해 보였다. 그곳은 깨끗했을 뿐 아니라 현대적인 디자이너 가구와 예술 작품들로 멋지게 꾸며져 있었다. 까다로운 사람이라면 인테리어가 좀 너무 뻔하다고 타박할 테지만. 나는 책들을 훑어본 다음 시디 컬렉션 쪽으로 눈길을 돌렸다. 록이나 고전 음악이 대부분이었다. 하지만 얼마간의 탐색 끝에 나는 이윽고 구석에서 프레드 아스테어, 쳇 베이커, 세라 본 같은 이들의 음반을 찾아낼 수 있었다. 에밀리가 보물로 여기는 엘피판 수집품들을 복각된 시디들로 교체하지 않았다는 사실에 어리둥절했지만, 그 점에 대해서는 깊이 생각하지 않고 천천히 주방 쪽으로 다가갔다.

혹시 비스킷이나 초콜릿 바 같은 것이 없을까 하고 찬장을 뒤지다가 식탁 위에 놓인 작은 수첩 같은 것을 보았다. 푹신한 보라색 커버가 씌워진 수첩으로, 아마도 그 때문에 매끄럽고 단순한 주방 물건들 가운데에서 눈에 띄었을 것이다. 내가 차를 마시는 동안 에밀리가 서둘러 식탁 위에서 가방을 비웠다가 다시 담을 때 잊고 간 게 분명했다. 하지만 다음 순간 내 머릿속에 다른 생각이 떠올랐다. 혹시 이 보라색 수첩이 에밀리의 일기장 같은 것이고 내가 봤으면 하는 생각에서 일부러 두고 간 것이라면? 어떤 이유에선가 터놓고 말하기가 꺼려져서 이런 방법을 동원해 마음속의 동요를 나누고 싶었던 거라면?

나는 그 수첩을 응시하며 잠시 서 있었다. 그런 다음 손을 앞으로 뻗어 엄지손가락을 중간쯤에 끼워 넣고 수첩을 들어올렸다. 에밀리의 글씨로 빽빽하게 채워진 속지가 나타나자 나는 수첩을 놓아 버렸다. 그런 다음 그곳에서 일어나고 있는 일은 내 일이 아니며 에밀리가 잠시 이성을 잃고 의도한 일이 무엇이든 간에 신경 쓰지 말자고 나 자신에게 타이르며 식탁에서 물러났다.

거실로 돌아온 나는 다시 소파에 파묻혀 『맨스필드 파크』를 몇 페이지 더 읽었다. 하지만 더 이상 독서에 집중할 수 없었다. 생각이 줄곧 그 보라색 수첩으로 향한 것이다. 혹시 그게 단순히 충동에서 비롯된 게 아니라면? 에밀리가 며칠 동안 생각 끝에 이런 계획을 한 것이라면? 내가 그 수첩을 읽도록 주의 깊게 계획한 것이라면?

다시 10분이 지났다. 나는 주방으로 돌아가 문제의 보라색 수첩을 다시 응시했다. 그런 다음 아까 차를 마시던 자리에 앉아 수첩을 끌어당겼다.

즉각 확인된 한 가지는 그 수첩이 에밀리의 내밀한 생각을 기록해 둔 것이 아니라는 사실이었다. 내 앞에 놓인 수첩은 기껏해야 약속을 적어 두는 용도로 쓰인 것이었다. 날짜 아래에 에밀리는 여러 가지 다양한 메모들을 해 두었다. 몇 가지는 분명한 바람을 담고 있었고, 굵은 사인펜으로 쓴 이런 메모도 있었다. "아직도 마틸다에게 전화를 하지 않다니, 도대체 왜 안 하는 거지? 하라고!"

또 어떤 페이지에는 이런 메모가 적혀 있었다. "빌어먹을 필립 로스를 끝낼 것. 메리언에게 돌려보낼 것!"

이윽고 페이지를 넘겨 가던 나는 이런 구절을 만났다. "레이먼드 월요일 도착. 이런, 이런."

한두 페이지를 더 넘기자 이런 글귀가 나왔다. "레이먼드 내일 도착. 이 위기를 어떻게 넘길 것인가?"

마지막으로 그날 아침에 쓴 여러 가지 메모 중 이런 구절이 있었다. "징징이 왕자 도착에 맞춰 포도주를 살 것."

징징이 왕자라니? 그 표현이 나를 가리킨다는 사실을 인정하기까지는 약간의 시간이 걸렸다. 나는 다른 온갖 가능성을 생각해 보았다. 고객 중 하나? 배관공? 하지만 날짜와 문맥으로 미루어 나를 가리키는 것이 분명하다는 사실을 받아들이지 않을 수 없었다. 그러자 에밀리가 나를 그런식으로 언급하는 것이 부당하다는 생각이 의외로 강력하게 나를 강타했고, 나도 모르게 그 문제의 페이지를 움켜쥐고 있었다.

특별히 분노에 찬 행동은 아니었다. 그 페이지를 찢어 버린 것도 아니니까 말이다. 그저 그 페이지 위에 있던 손을 한 번 움켜쥐었을 뿐이다. 나는 다음 순간 자제력을 되찾았지만 일은 이미 벌어진 다음이었다. 손을 펼치고 수첩을 내려다본 나는 문제의 속지뿐 아니라 그 아래 두 장이 내 분노에 희생되었음을 알았다. 나는 구겨진 속지들을 애써 펴 보았지만, 손을 떼자 그것들은 이내 구겨진 모양으로 되돌아갔다. 마치 동그랗게 말린 쓰레기로 변신하는 것이 그들의 깊은 소망이었던 것처럼.

나는 겁에 질린 채 그 손상된 책장들을 펴는 데 상당한 시간을 들였다. 하지만 그런 노력이 아무 소용이 없다는 사실을 인정하지 않을 수 없었다. 이미 벌어진 일을 돌이키는 데 아무런 도움도 되지 못했던 것이다. 집 안 어디에선가 전화벨이 울리고 있다는 사실을 깨달은 것은 그때였다.

나는 그 전화벨 소리를 무시하기로 마음먹고 조금 전에 일어난 일이 뜻하는 바를 생각해 보려 애썼다. 이윽고 자동 응답기가 작동하기 시작하더니 메시지를 남기는 찰리의 음성이 흘러나왔다. 그것이 구명 밧줄처럼 여겨졌을까, 아니면 이런 사태를 누군가에게 털어놓고 싶었을까? 어쨌든 다음 순간 나는 거실로 달려가 유리로 된 다탁에서 수화기를 들고 있었다.

"아, 자네, 집에 있었군." 찰리의 음성에는 자신이 메시지를 남기는 중에 내가 전화를 받은 것에 대한 가벼운 언짢음이 담겨 있었다.

"찰리, 내 말 좀 들어 봐. 내가 지금 막 어리석은 짓을 저질렀어."

"난 지금 공항이야. 비행기가 연착했어. 프랑크푸르트에서 나를 데리러 올 자동차 서비스 업체에 연락을 하고 싶은데 전화번호를 안 가져왔지 뭐야. 자네가 그 번호 좀 불러 줘."

찰리는 그 전화번호가 적힌 수첩이 어디에 있는지 말하기 시작했다. 하지만 내가 그의 말허리를 잘랐다.

"이것 봐. 내가 지금 막 어리석은 짓을 저질렀다고. 어떻게 해야 할지 모르겠어."

잠시 침묵이 흘렀다. 이윽고 찰리의 목소리가 들려왔다. "자넨 아마 이런 생각을 하고 있나 보군, 레이. 이 일에 누군가 있다고 생각하는 거야. 내가 지금 그 여자를 만나러 가고 있다고 말이야. 자네가 그런 생각을 할지도 모른다는 생각이 들었어. 어쨌든 그런 가설은 자네가 목격해 온 모든 일들과 맞아떨어지니까 말이야. 내가 떠나올 때 에밀리의 태도도 그렇고. 하지만 틀렸어."

"알겠어. 자네가 무슨 말을 하는지 알겠다고. 그런데 이것 봐, 자네에게 얘기할 게 있는데······."

"그냥 내 말을 인정해, 레이. 자네 생각이 틀렸다고 말이야. 다른 여자 같은 건 없어. 나는 폴란드에 있는 우리 에이전시를 바꾸는 문제로 프랑크푸르트에서 열리는 회의에 참석하러 가는 거야. 나는 지금 거기에 가는 거란 말이야."

"알겠어. 자네 말 알아들었다고."

"이 일에 다른 여자 같은 건 없어. 나는 다른 여자에게 한 눈을 판 적이 없어. 적어도 심각하게 그런 적은 없단 말이야. 이건 사실이야. 이론의 여지없이 틀림없는 사실이라고!"

찰리는 고함을 지르기 시작했다. 물론 시끄러운 출국장의 소음 때문에 그랬을 수도 있다. 이윽고 수화기 너머 그의 소리가 잠잠해졌다. 찰리가 또다시 울고 있는 건지 아닌지 나로서는 알 수 없었다. 내 귀에 들리는 것은 공항의 소음뿐이었다. 갑자기 찰리의 목소리가 다시 들려왔다.

"자네가 무슨 생각을 하는지 알아. 이렇게 생각하는 거지. 좋아, 다른 여자 같은 건 없다고 치자. 하지만 다른 남자는 있을 수 있지 않을까? 자, 인정하지. 이게 지금 자네가 생각하고 있는 거 아냐? 자, 인정하란 말이야."

"그렇지 않아. 자네가 게이일 거라는 생각은 한 번도 해본 적이 없어. 학기말 시험이 끝난 다음 지독하게 술에 취해 그런 척했을 때도 말이야……."

"입 닥쳐, 이 바보 같은 친구야. 내가 말하는 다른 남자란 에밀리의 애인을 말하는 거야! 에밀리에게 애인이 있을 수도 있지 않을까? 난 지금 그런 의문을 품고 있어. 그리고 그 대답은 내 판단으로는 아니, 아니, 아니라는 거야. 함께 오랜 세월을 보낸 만큼 나는 에밀리를 잘 알지. 문제는 내가 그녀를 아주 잘 알기 때문에 알 수 있는 뭔가가 있다는 거야. 에밀리가 그런 생각을 하기 시작했다는 걸 난 알 수 있어. 그래, 레이. 에밀리는 다른 남자들한테 신경을 쓰고 있어. 데이비드 코리 같은 재수 없는 남자들한테 말이야!"

"그게 누군데?"

"재수 없는 데이비드 코리는 지나치게 나긋나긋한 멍청이 바리스타로, 아주 잘나가고 있지. 그 자식이 어떻게 잘 나가는지 내가 정확히 알고 있는 건 에밀리가 극도로 자세히 나한테 말해 줬기 때문이야."

"자네 생각엔…… 두 사람이 만나고 있는 것 같아?"

"아니야, 내가 말했잖아! 아직까지는 아무것도 없다고 말이야! 어쨌든 재수 없는 데이비드 코리는 에밀리와 아침저녁으로 만날 순 없을 거야. 그는 콘데 나스트*에 다니는 화려한 여자랑 결혼했거든."

"그렇다면 안심 아니야?"

"안심하긴 이르지. 마이클 에디슨도 있거든. 또 로저 밴덴 버그도 있고. 그는 메릴 린치 사의 떠오르는 스타로 매년 세계 경제 포럼에 참석하는데……."

---

* 1909년에 창립된 미국 미디어 그룹으로, 《보그》와 같은 잡지 등 다양한 매체를 보유하고 있다.

"이봐, 찰리. 제발 내 말 좀 들어 봐. 여기, 나한테 문제가 생겼어. 별로 큰 문제가 아니라는 건 인정하지만 어쨌든 문제는 문제라고. 제발 내 말 좀 들어 봐."

마침내 나는 무슨 일이 일어났는지 찰리에게 말할 수 있었다. 나는 최선을 다해 모든 것을 자세히 이야기했다. 에밀리가 나에게 은밀한 메시지를 남겼을지도 모른다는 생각을 했다는 사실에 대해서는 입을 다물었지만.

"너무도 어리석었다는 건 알고 있어." 하고 나는 말을 마쳤다. "하지만 에밀리가 그걸 식탁 위에 두고 갔단 말이야."

"알겠어." 찰리의 목소리는 이제 훨씬 차분해졌다. "알겠다고. 그래서 자네가 말려든 거군."

그런 다음 그는 웃음을 터뜨렸다. 그 웃음에 기운을 얻어 나 역시 소리 내어 웃었다.

"내가 너무 지나치게 걱정하는 것 같군. 요컨대 에밀리의 일기장 같은 것도 아닌데 말이야. 그저 이런저런 메모를 해 두는 수첩일 뿐인데⋯⋯." 나는 말꼬리를 흐렸다. 왜냐하면 찰리가 웃음을 멈추지 않았고, 그 웃음에는 히스테릭한 뭔가가 담겨 있었기 때문이다. 이윽고 찰리는 웃음을 멈추고 심드렁하게 한마디 했다.

"만약 그 사실을 알면 에밀리는 자네 불알을 떼어 버릴걸."

잠시 침묵이 흘렀다. 공항의 소음이 들려왔다. 이윽고 찰리가 다시 말했다.

"6년 전쯤에 내가 그 수첩인지, 그해의 수첩인지를 펼쳐 본 적이 있었어. 그저 무심히 말이야. 나는 주방에 앉아 있었고, 에밀리는 뭔가를 만들고 있었어. 나는 그러니까 특별한 생각 없이 그걸 펼치면서 뭐라고 말을 했지. 에밀리는 내가 그것을 보고 있다는 걸 즉각 알아채고 마음에 안 든다고 하더군. 실제로 에밀리가 내 불알을 떼어 버리겠다고 한 게 바로 그때였어. 당시 에밀리는 밀방망이를 휘둘러 댔고, 그래서 나는 밀방망이가 그녀의 협박처럼 내 불알을 떼어 내는 데는 적당치 않을 거라고 지적했지. 그러자 에밀리는 그 밀방망이는 나중에 쓸 거라고 하더군. 떼어 낸 불알에다 말이야."

그의 목소리 너머로 비행 안내 방송이 들려왔다.

"어떻게 하면 좋지?" 내가 물었다.

"자네가 할 수 있는 일이 뭐 있겠어? 그저 그 수첩의 속지를 평평하게 펴놓는 거지. 그럼 아마 눈치 못 챌 거야."

"이미 그렇게 해 봤는데 소용없었어. 눈치 못 챌 리가 없어……."

"이것 봐, 레이. 난 생각할 게 많아. 내가 자네에게 말하고 싶은 건 그 남자들이 모두 에밀리가 꿈꾸는 잠재적인 애인은 아니라는 거야. 에밀리는 그저 그들이 성공했기 때문에

멋지다고 생각하는 것뿐이라고. 그들의 결점을 보지 못하고
있는 거지. 그들의 지독한…… 야수성을 말이야. 그들은 어
쨌든 모두 에밀리와는 어울리지 않는 사람들이야. 내 말의
요점은 이 모든 것들이 너무나도 딱하고 역설적이라는 거
지. 그러니까 내 말은, 에밀리가 마음 깊은 곳에서 나를 사
랑하고 있다는 거야. 에밀리는 여전히 나를 사랑하고 있어.
나는 알아, 알 수 있어."

"그러니까 찰리. 자네는 나한테 아무런 조언도 해 줄 수
없다는 거군."

"없지! 내겐 해 줄 조언 같은 건 없어!" 그는 또다시 악을
쓰고 있었다. "자네가 생각해 내! 자네는 자네 비행기를, 나는
내 비행기를 타는 거지. 어떤 게 추락하는지 두고 보자고!"

그 말과 함께 전화가 끊겼다. 나는 소파에 주저앉아 숨을
깊이 들이쉬었다. 나는 너무 심각하게 생각할 필요는 없다
고 되뇌었지만 두려움 때문에 약간 구역감이 올라왔다. 머
릿속에서 온갖 생각들이 난무했다. 한 가지 해결책은, 그저
이 아파트에서 걸어 나가 찰리나 에밀리와 연락을 끊고 몇
년이 지난 다음 엄선한 단어로 주의 깊게 작성한 편지를 보
낸다는 것이었다. 하지만 그 계획은 현 상황에서조차 지나
치게 필사적으로 여겨져 포기하지 않을 수 없었다. 술창고
에서 술 몇 병을 꺼내 마셔서 에밀리가 집에 돌아올 즈음에

는 고주망태가 된다는 계획은 그보다 조금 나았다. 그런 상황이라면 에밀리의 수첩을 허락 없이 펼쳐 보고, 술에 취해 판단 능력이 마비되어 충동적으로 그 페이지를 구겨 버린 일이 설명될 터였다. 실제로 술에 취해 이성을 잃은 상태에서라면 나는 그런 상처 입은 사람 역할을 할 수 있었다. 그런 구절을 읽고, 내가 항상 사랑과 우정으로 대해 온 친구가 나를 그렇게 지칭했다는 것에 얼마나 크게 상처를 받았는지 큰 소리로 지적할 수 있었다. 외롭고 낯선 이국땅에서 지독한 세월을 보내면서도 그 친구들을 생각하면서 버틸 수 있었는데 말이다. 이 계획은 실제적인 면에서는 추천할 만했지만, 무엇인가가, 근본적인 무엇인가가 나로 하여금 더 자세하게 검토할 수 없게 만들고 있었다. 나라는 사람이 그렇게 행동할 수 없다는 것을 알고 있었던 것이다.

잠시 후 전화벨이 울리기 시작했고 자동 응답기에서 다시 찰리의 목소리가 흘러나왔다. 내가 전화기를 집어 들자 찰리는 조금 전보다 훨씬 차분해진 목소리로 말했다.

"이제 게이트 앞에 와 있어. 아까는 예민하게 굴어서 미안해. 공항에 오면 언제나 그렇더라고. 게이트 앞 의자에 제대로 앉을 때까지 안정이 되지 않아. 레이, 내 말 좀 들어 봐. 나한테 생각이 하나 있어. 우리 전략에 관한 거야."

"우리 전략?"

"그래. 종합적인 우리 전략 말이야. 자네도 깨달았을 테지만, 지금은 자네 자신을 좀 더 유리하게 보이기 위해 사태를 수정할 때가 아닌 게 분명해. 자기를 과시하기 위한 선의의 거짓말을 할 때가 결코 아니란 말이야. 그럼, 그렇고말고. 처음에 자네에게 왜 이런 임무가 주어졌는지 기억하고 있을 거야. 레이, 나는 자네가 에밀리에게 있는 그대로의 모습을 보여 줄 거라고 믿어. 자네가 그렇게만 해 준다면 우리 전략은 제대로 들어맞을 거야."

"음, 이것 봐. 나는 여기서 에밀리에게 무슨 대단한 영웅적인 모습을 보이는 것과는 거리가 멀다고······."

"바로 그거야. 상황을 이해하고 있군, 정말 고마워. 그런데 지금 막 생각이 떠올랐어. 별거는 아니야. 지금 상황에 그다지 들어맞는다고 할 수 없는 자네의 여러 특징 중 하나지. 알다시피 레이, 에밀리는 자네의 음악적인 취향이 훌륭하다고 생각하고 있어."

"아하······."

"에밀리가 나를 비하하기 위해 자네를 거론하는 경우는 바로 그 음악적 취향을 언급할 때뿐이야. 그것은 지금 이 임무에 절대적으로 어울리지 않아. 그러니 레이, 그 주제에 대해서는 이야기하지 않겠다고 약속해 줘."

"이런, 맙소사······."

"나를 위해 그렇게 해 줘, 레이. 그렇게 대단한 요구도 아니잖아. 그저 그런 이야기를 시작하지 않으면 되는 거야. 에밀리가 좋아하는 그 한물간 향수 어린 음악 이야기 말이야. 혹시 에밀리가 그 이야기를 꺼내면 그저 못 들은 척해 줘. 그게 내 요구의 전부야. 그 외에는 그저 있는 그대로의 자네를 보여 주면 되는 거야. 자네를 믿어도 되겠지?"

"음, 그래도 될 거야. 어쨌든 이 모든 건 가설에 불과해. 오늘 저녁에 나와 에밀리가 무엇에 대해서든 대화를 나눌 것 같진 않으니까 말이야."

"잘됐군! 그럼 이 이야긴 끝난 거야. 이제 자네의 사소한 문제로 넘어가자고. 내가 그 문제에 대해 생각하고 있었다는 말을 들으면 기쁠 거야. 결론을 냈어. 내 말 듣고 있어?"

"그래, 듣고 있어."

"우리 집에 항상 놀러 오는 커플이 하나 있어. 안젤라와 솔리야. 좋은 사람들이지만 우리가 자주 어울리고 싶은 그런 이웃은 아니지. 어쨌든 그들은 우리 집에 자주 들러. 아무런 사전 연락도 없이 차 한잔하러 오는 거야. 그 점이 중요해. 그들은 아무 때나 들르지. 핸드릭스를 데리고 나왔을 때는 말이야."

"핸드릭스?"

"핸드릭스는 냄새가 심하고 통제가 안 되는, 잘하면 사람까지 죽일 수 있는 래브라도야. 그 빌어먹을 개는 물론 안젤라와 솔리에게는 결코 가질 수 없는 자식 같은 존재이지. 아니, 아직 갖지 못한 자식이라고 해야겠군. 아직 젊으니까 앞으로 아이를 낳을 수도 있을 테니 말이야. 아니, 그들은 자기 자식보다 그 사랑스러운 핸드릭스를 더 좋아할걸. 그들이 데려온 그 사랑스러운 핸드릭스는 무지막지한 강도처럼 우리 집을 엉망진창으로 만들어 놓지. 놈이 플로어 스탠드를 쓰러뜨리면 그들이 뭐라는지 알아? 이런, 아가. 괜찮아. 우리 강아지, 놀라지 않았니? 상황이 그려질걸. 자, 내 말 들어. 1년 전 우리는 다탁 앞에서 넘겨 보는 그런 종류의 책 한 권을 큰돈 주고 샀어. 북아프리카의 카스바* 안에서 포즈를 잡은 게이 청년들을 찍은 예술 사진들이 담긴 거야. 에밀리는 그 책의 한 페이지가 우리 소파와 어울린다고 생각해서 그 부분을 펼쳐 놓는 걸 좋아했지. 누군가 페이지를 넘겨서 그 페이지가 아닌 다른 페이지를 펼쳐 놓는다면 에밀리는 돌아 버릴걸. 어쨌든 약 1년 전의 일인데, 우리 집에 온 핸드릭스가 그 책을 다 잘근잘근 씹어 놓고 말았어. 정말 그랬지. 그 매끄러운 종이에 이빨을 박고 스무 페이지 정도를 씹어 놓은 다음에야 그 개의 어미는 놈을 설득해 겨우 그

---

* 북아프리카 도시의 토착민 구역 중 술집이나 사창가가 모여 있는 구역.

짓을 그만두게 할 수 있었어. 내가 왜 이 이야기를 하고 있는지 알겠어?"

"음, 알 것 같아. 난관을 빠져나갈 실마리를 잡은 것 같군. 하지만……."

"좋아. 콕 짚어 말하지. 자네는 에밀리에게 이렇게 말하면 되는 거야. 벨이 울려서 나가 보니 문제의 커플이 핸드릭스를 데리고 와 있었다, 자신들은 안젤라와 솔리라고 하는 친구들인데 차 한잔하러 들렀다고 그 사람들이 말했다, 자네는 그 사람들을 들어오게 했다, 그런데 핸드릭스가 집 안으로 달려 들어와 문제의 수첩을 씹었다, 이렇게 말이야. 틀림없이 그럴싸하게 들릴 거야. 뭐가 문제야? 왜 고마워하지 않지? 이게 도움이 될 거라고 생각하지 않아?"

"정말 고마워, 찰리. 그냥 그 모든 걸 생각하고 있었을 뿐이야. 이것 봐, 그런데 그 사람들이 정말로 들른다면? 에밀리가 있을 때 말이야."

"그럴 수도 있겠지. 그 경우 내가 할 수 있는 말은 자네가 정말로 재수가 없다는 것뿐이야. 그 사람들이 우리 집에 자주 들른다고는 했지만, 기껏해야 한 달에 한 번이야. 그러니 괜한 문제는 덮어 두고 내게 고마워하기나 해."

"하지만 찰리, 그 개가 하필이면 그 수첩을, 게다가 하필이면 그 페이지를 씹는다는 건 좀 너무 뻔해 보이는 우연이 아닐까?"

찰리가 한숨을 내쉬는 소리가 들려왔다. "자네가 굳이 나머지 이야기를 지어내서 말할 필요는 없지. 물론 집 안을 좀 흩뜨려 놔야겠지. 플로어 스탠드를 넘어뜨리고, 주방 바닥에 설탕을 쏟아 놓으라고. 핸드릭스가 한 것처럼 보이게 말이야. 이것 봐, 비행기를 타라는 방송이 나오고 있어. 가 봐야겠어. 독일에 도착하면 다시 전화할게."

찰리의 이야기를 듣는 동안, 누군가 자기가 꾼 꿈이나 자기 차 문에 작은 흠집이 생긴 상황에 대해 이야기할 때와 같은 느낌이 엄습했다. 천재적이라고까지 할 수 있는 그의 아주 정교한 이야기를 집에 돌아온 에밀리에게 내가 과연 할 수 있을지 확신할 수 없어서 나도 모르게 점점 더 조바심이 났다. 하지만 일단 전화를 끊자, 나는 그의 전화로 인해 최면 비슷한 것에 걸렸음을 알 수 있었다. 머릿속에서는 그의 생각이 어리석다고 일축하고 있었지만, 내 팔과 다리는 그의 '해결책'을 행동에 옮기기 시작한 것이다.

나는 플로어 스탠드를 바닥에 뉘어 놓는 일부터 시작했다. 주의 깊게 신경을 써서 그것이 다른 물건에 부딪히지 않게 하고 먼저 갓을 벗겨 낸 다음, 바닥의 모든 것을 자리 잡아 놓고 나서 다시 씌웠다. 그리고 책꽂이에서 꽃병을 내려 러그에 눕혀 그 안에 있던 말린 잎들을 사방에 흩뿌렸다. 이어 커피 테이블 근처의 적절한 위치에 휴지통을 쓰러뜨렸다. 나는 이 일들을 기묘하게 방심한 상태에서 해치웠다. 그 중 뭔가가 효과를 발휘하리라고 확신할 수는 없었지만, 그렇게 함으로써 마음이 어느 정도 진정되는 것은 분명했다. 이윽고 나는 이 모든 일이 문제의 수첩으로 연결되어야 한다는 사실을 기억해 내고 주방으로 달려갔다.

잠시 생각한 끝에 나는 찬장에서 설탕 그릇을 집어 들어서는 문제의 보라색 수첩에서 멀지 않은 탁자 위에 내려놓고 설탕이 쏟아질 때까지 천천히 기울이기 시작했다. 설탕 그릇이 탁자 가장자리로 굴러떨어지지 않게 신경을 쓰면서 이윽고 설탕 그릇이 멈추었을 때 내 신경을 곤두세우던 공포는 사라져 버리고 없었다. 꼭 평온하다고는 할 수 없었지만, 조금 전처럼 겁에 질렸던 나 자신이 이제는 어리석게 여겨졌다.

나는 거실로 돌아가 소파 위에 길게 누워 제인 오스틴의 책을 집어 들었다. 몇 줄이나 읽었을까, 거대한 피로감이 나를 덮쳤고 나도 모르는 사이에 다시 잠에 빠져들었다.

전화벨이 울리는 바람에 나는 잠에서 깼다. 자동 응답기에서 들려오는 에밀리의 목소리를 듣고 자리에서 일어나 전화를 받았다.

"아, 다행이야, 레이먼드! 거기 있었구나. 어때, 레이. 지금 기분이 어때? 좀 쉬긴 했어?"

나는 잘 쉬었다고, 사실 지금도 자다가 깼다고 대답했다.

"아, 가엾어라! 여러 주 동안 제대로 못 잔 모양이구나. 이제 드디어 잠시 쉬고 있는데 이런 전화로 방해를 하다니! 정말 미안해! 그리고 미안한 게 또 있어, 레이. 이 말을 들으면 분명 실망하겠지. 여기 상황이 최악이라서 내 바람대로 빨리 집에 갈 수 있을 것 같질 않아. 적어도 한 시간 동안은 여기에 더 있어야 할 것 같아. 너 혼자 있을 수 있겠니?"

나는 내가 얼마나 편안하고 느긋한 상태인지 다시 길게 설명했다.

"그래, 지금 목소리로는 정말 안정된 것 같군. 미안해, 레이먼드, 이제 그만 끊어야겠다. 네 집처럼 편안하게 있어. 그럼 안녕, 레이."

나는 수화기를 내려놓고 기지개를 켰다. 이제 어두워지기 시작해서 전등을 켰다. 그런 다음 '난장판이 된' 거실을 물끄러미 응시했다. 그런데 보면 볼수록 억지로 꾸며 놓은 듯 부자연스러워 보이는 것이 아닌가. 공포가 또다시 엄습하기 시작했다.

전화벨이 다시 울렸다. 이번에는 찰리였다. 프랑크푸르트 공항의 짐 나오는 곳 옆이라는 것이었다.

"정말 더럽게 오래 걸리는군. 아직 짐이 하나도 안 나오고 있어. 거기는 어때? 부인께서는 아직 귀가 전이신가?"

"그래, 아직이야. 이것 봐 찰리, 자네의 계획 말이야. 잘될 것 같지가 않아."

"무슨 말이야, 잘될 것 같지가 않다니? 줄곧 생각만 굴리면서 손 하나 꼼짝 안 했다는 말은 아니겠지."

"자네가 하라는 대로 하긴 했어. 거실과 주방을 난장판으로 만들었지만 그럴싸해 보이지 않아. 개가 와서 한 짓처럼 보이지 않는단 말이야. 꼭 무슨 설치 미술 같다고."

찰리는 잠시 말이 없었다. 아마도 짐이 나오는지 살펴보는 모양이었다. 이윽고 찰리의 목소리가 다시 들려왔다.

"자네 문제가 뭔지 알겠어. 자네에게 그곳은 다른 사람의 집이야. 낯선 게 당연하지. 그러니 내 말 잘 들어. 내가 정말이지 망가졌으면 좋겠다고 생각하는 물건들을 몇 가지 알려 줄 테니. 내 말 들리지? 내팽개칠 것들의 목록이야. 그 빌어먹을 도기로 된 황소상. 시디플레이어 옆에 있어. 빌어먹을 데이비드 코리가 라오스 여행에서 돌아오면서 선물한 거야. 그걸 제일 처음 내던지는 게 좋겠어. 박살나도 상관없어. 산산조각 내 줘!"

"찰리, 흥분 좀 가라앉혀."

"알았어, 알았다고. 하지만 그 아파트는 쓰레기들로 가득 차 있어. 지금 우리의 결혼 생활이 그런 것처럼 말이야. 지긋지긋한 쓰레기들로 가득 차 있다고. 스펀지로 속을 채운 빨간 소파 말이야, 뭘 말하는지 알겠지, 레이?"

"그래, 사실 지금까지 그 위에서 자고 있었어."

"그건 틀림없이 쓰레기 수거함에 있었던 걸 가져온 걸 거야. 그걸 칼로 그어서 속을 꺼내지 그래?"

"찰리, 정신 좀 차려. 자네 나를 도와주려는 생각이 없는 것 같군. 그저 자네의 분노와 욕구 불만을 표출시키는 도구로 나를 이용하는 것 같단 말이야."

"이런, 말도 안 되는 소리 집어치워. 당연히 자네를 도우려고 하는 거야. 그리고 당연히 훌륭한 계획이라고. 효과 있을 거라고 내 장담하지. 에밀리는 그 개를 증오하고 안젤라와 솔리를 싫어하니까 그들을 증오할 기회라면 기꺼이 붙잡을 걸. 내 말 좀 들어 봐." 갑자기 찰리의 목소리가 속삭임에 가까울 정도로 작아졌다. "자네에게 중요한 조언을 해 줄게. 에밀리를 납득시킬 수 있는 비밀 병기 말이야. 전에 이 문제에 대해 생각해 봤거든. 에밀리가 올 때까지 시간이 얼마나 남았어?"

"한 시간 정도……."

"잘됐군. 내 말 잘 들어. 냄새야. 그래. 집 안에서 개 냄새가 나게 하는 거지. 집에 들어오자마자 에밀리는 그 냄새를 맡게 될 거야. 무의식중에 맡게 된다고. 그런 다음 거실로 들어가서는 친애하는 데이비드가 준 도기로 된 황소가 바닥에 내동댕이쳐져 있고, 그 천박한 빨간 소파의 속이 밖으로 삐져나와 있는 걸 보는 거지."

"이것 봐, 자네 말대로 하겠다고는 아직 말하지 않았어……"

"그냥 내 말 좀 들으라니까! 에밀리는 그 난장판을 보고, 의식적이든 무의식적이든 간에 즉각 개 냄새와 연관시킬 거야. 모든 정황이 핸드릭스와 연관되어 머릿속에 생생하게 떠오를걸. 자네가 무슨 말이든 하기 전에 말이야. 정말 멋지지 않아!"

"자네 지금 장난하는군, 찰리. 좋아, 그렇다면 내가 어떻게 해야 여기에서 개 냄새가 풍길까?"

"개 냄새를 어떻게 만들어 내는지 정확히 알지." 찰리의 목소리는 여전히 흥분 어린 속삭임에 가까웠다. "내가 그 냄새를 만드는 방법을 정확히 알고 있는 건, 12학년 때 토미 바턴과 함께 만든 적이 있기 때문이야. 그건 토미의 비법이었지만 난 그것을 더욱 발전시켰어."

"뭐 때문에?"

"뭐 때문이냐고? 토미의 비법대로 하면 개 냄새라기보다는 양배추 냄새에 더 가까웠거든. 그게 이유였지."

"아니, 내 말은 왜 그런 걸 만들었느냐는……. 이런, 상관

없어. 계속해, 나보고 나가서 화학 약품을 사 오라는 것만 아니라면 말이야."

"좋아, 이제 말을 좀 알아듣는 것 같군. 펜을 들어, 레이. 내 말을 받아 적으라고. 아, 저기 드디어 짐이 나오는군." 찰리가 휴대전화를 주머니에 넣은 것이 분명했다. 다음 몇 분동안은 웡웡거리는 소리밖에 들을 수 없었기 때문이다. 이윽고 다시 그의 목소리가 들려왔다.

"이제 가야겠어. 그러니 내 말을 받아 적어. 준비됐어? 중간 크기의 소스 팬을 준비해. 아마 레인지 위에 이미 올려져 있을 거야. 거기에 500밀리리터 정도 물을 부어. 그런 다음 비프 스톡 두 개, 커민 한 찻숟가락, 파프리카 분말 한 수저, 식초 두 수저 그리고 월계수 잎을 넉넉하게 넣는 거야. 알아들었어? 거기에다 가죽 구두나 부츠를 거꾸로 세워. 그러니까 구두창이 용액에 잠기지 않게 세우란 말이지. 그렇게 하면 고무 타는 냄새가 안 나거든. 가스 불을 켜고 끓을 때까지 가열해서 김이 피어오르게 해. 그럼 잠시 후에 문제의 냄새가 나기 시작할 거야. 그렇게까지 역하지는 않아. 토니 바턴의 원래 비법에는 뜰에 기어 다니는 민달팽이를 넣게 되어 있지만 지금 말해 준 게 훨씬 더 확실해. 영락없는 개 냄새가 난다니까. 이제 문제의 재료들을 어디서 구할 수 있느냐고 묻고 싶겠지. 허브 종류는 모두 주방 찬장에 있어. 그리고 층계 아래의 벽장을 열면 안 신는 부츠들이 있을 거고. 내 말은, 웰링턴 부츠가 아니라 낡고 해져서 더 이상 신발이라고 할 수 없는 것들이 있을 거란 말이지. 내가 공원에서 신던 것들이 있어. 그 신발들은 다 망가져서 버려야 할 것들이야. 그중 하나를 집어 들어. 왜 그래? 이것 봐, 레이. 그저 이렇게만 하면 돼. 알겠어? 힘을 아끼라고. 단언하는데, 일단 에밀리는 화가 났다 하면 장난이 아니야. 이제 가야겠어. 아, 그리고 잊지 마. 자네의 훌륭한 음악 지식을 과시하는 건 금물이라고."

미심쩍긴 했지만 명료한 지시를 받은 것만으로도 효과가 있었다. 수화기를 내려놓자 건조하고 사무적인 기분이 나를 엄습했다. 나는 지금부터 할 일을 분명히 알고 있었다. 일단 주방으로 달려가 전등을 켰다. 레인지위에 놓인 중간 크기의 소스 팬이 다음 임무를 기다리고 있었다. 나는 거기에 절반쯤 물을 부어 다시 레인지에 올려놓았다. 그러는 동안 일을 더 진행하기 전에 해야 할 일이 한 가지 있음을 깨달았다. 그러니까 내가 이 일을 하는 데 어느 정도 시간을 쓸 수 있는지 정확히 알아야 했던 것이다. 나는 거실로 달려가 수화기를 집어 들고 에밀리의 직장으로 전화를 걸었다.

전화를 받은 그녀의 비서는 에밀리가 회의 중이라고 했다. 나는 상냥하지만 단호하게 '그녀가 정말로 회의 중이라

해도' 나와서 전화를 받게 해 달라고 고집을 부렸다. 다음 순간 수화기 너머에서 에밀리의 음성이 들려왔다.

"무슨 일이야, 레이먼드. 도대체 무슨 일이야?"

"별일은 없어. 그저 네가 어떤가 해서 전화한 것뿐이야."

"레이, 네 목소리가 이상해. 도대체 무슨 일이야?"

"내 목소리가 이상하다니, 그게 무슨 소리야? 난 그저 네가 언제 돌아오는지 알고 싶어서 전화한 것뿐이야. 네가 날 게으름뱅이로 여기는 건 알아. 하지만 사실 난 시간표대로 움직이는 걸 좋아하거든."

"레이먼드, 그렇게 발끈할 건 없잖아. 음, 잠깐만. 아마 한 시간 정도 더 걸릴 거야……. 아니 한 시간 반 정도. 정말 미안해. 하지만 여기 상황이 워낙 긴박해서……."

"그러니까 한 시간 내지 한 시간 반 후에 온다는 거지? 좋아, 그걸 알고 싶었을 뿐이야. 좋아, 조금 후에 만나. 이제 일 봐."

에밀리는 뭔가 다른 말을 하려 했지만, 나는 전화를 끊고는 지금의 단호한 태도를 잃지 않겠다고 결심하고 주방으로 돌아갔다. 실제로 나는 신명이 나기 시작했다. 조금 전에 어떻게 그런 대책 없는 상태에 빠져들었는지 이해할 수 없었다. 나는 찬장을 살펴보고 필요한 허브들을 가스레인지 냄비 받침대 옆에 가지런히 늘어 놓았다. 그런 다음 계량을 해

팬에 넣고 재빨리 저은 다음 부츠를 찾으러 나섰다.

층계 아래 벽장에는 엉망으로 보이는 신발 무더기가 있었다. 잠시 뒤적거린 끝에 나는 찰리의 설명에 꼭 맞는 부츠를 찾아냈다. 유난히 낡은 그 부츠 깔창 가장자리에는 진흙이 딱딱하게 굳어 있었다. 그것을 손가락 끝으로 집어 들어 주방으로 돌아와 밑창이 천장을 향하게 조심조심 팬에 담았다. 가스 불을 켜고 화력을 중간 정도로 조절한 다음 식탁 앞에 앉아 문제의 용액이 끓기를 기다렸다. 다시 전화벨이 울렸다. 나는 그 팬을 내버려 두고 전화를 받으러 가는 것이 내키지 않았다. 하지만 자동 응답기에서 찰리의 목소리가 들려왔으므로 불꽃을 줄이고 가서 수화기를 집어 들었다.

"지금 무슨 말을 하고 있었지? 유난히 불만스러워하는 것 같던데, 내가 바빠서 잘 못 들었어." 내가 말했다.

"지금 여긴 호텔이야. 겨우 별 세 개짜리라니. 이런 부당한 대우가 있나! 그렇게 큰 회사에서 말이야! 이렇게 작고 형편없는 방을 주다니!"

"하지만 겨우 하루 이틀만 묵으면 되잖아⋯⋯."

"내 말 좀 들어 봐, 레이. 내가 자네에게 완벽하게 솔직하게 말하지 못한 게 있어. 그런데 자네에게 그래선 안 될 것 같아. 자네가 나를 위해 최선을 다하고, 에밀리와 함께 지내며 사태를 수습하기 위해 노력하고 있다는 걸 감안하면 여기서 나는 최소한 자네에게 솔직하기라도 해야 할 것 같아."

"개 냄새를 풍기는 제조법에 대한 거라면 이미 늦었어. 이미 자네가 하라는 대로 했단 말이야. 혹시 허브나 뭔가를 더 넣어야 할 게 있다면……."

"내가 아까 자네에게 솔직하게 말하지 못했던 건 생각해 보니 나 자신에게 솔직하지 못했기 때문이었어. 이제 그곳을 떠나오니 사태가 더 명확하게 보여. 레이, 아까는 자네에게 아무도 없다고 했지만 엄밀히 말해서 사실이 아니야. 여자가 하나 있어. 그래, 아주 젊은 여자지. 기껏해야 30대 초반일걸. 그 여잔 개발도상국의 교육과 세계 무역이 더 공정해지는 것에 아주 관심이 많아. 내가 그녀에게 끌린 건 사실 성적 매력 때문이 아니었어. 그건 그저 부수적인 거였지. 그 여자의 때 묻지 않은 이상주의가 문제였어. 그게 내게 과거의 우리를 떠올리게 했지. 생각나, 레이?"

"미안해, 찰리. 하지만 난 자네가 특별히 이상적이었던 때가 있었는지 기억이 안 나. 사실 자네는 언제나 극도로 이기적이고 향락적이었지."

"맞아, 아마 그 당시 우리 모두가 퇴폐적이었을 거야. 우리 패거리들 말이야. 하지만 내 내부 어딘가에는 다른 사람이 있었어. 밖으로 끌어내 주길 원하면서 말이야. 그리고 바로 그 인물이 나를 그녀에게로 끌고 간 거지……."

"그게 언제야? 언제 그랬느냐고?"

"뭐 말이야?"

"그 연애 사건 말이야."

"연애 사건이라니, 그게 무슨 말이야! 난 그녀와 섹스를 한 적 없어. 아무 일도 없었어. 심지어 그녀와 점심조차 함께 먹어 본 적이 없어. 그저…… 그저 그녀와의 만남이 끊기지 않게 신경 썼을 뿐이라고."

"무슨 말이야? 만남이 끊기지 않게 신경을 썼다니?"

그즈음 나는 주방으로 돌아가 그 특별한 용액을 들여다보고 있었다.

"그러니까 줄곧 그녀를 만났다는 말이야. 다시 말해서 줄곧 그녀를 보기 위해 약속을 잡았지."

"그 여자가 콜걸이라는 거야?"

"아니, 그렇지 않아. 조금 전에 말한 대로 우리는 한 번도 섹스를 한 적이 없다고. 그래, 그녀는 치과 의사야. 나는 여기가 아프다, 저기 땜질한 게 불편하다, 하는 이유를 만들어 줄곧 그녀를 만나러 갔어. 알다시피, 그러니까 최대한 늘여서 진료를 받은 거지. 당연한 거지만 결국은 에밀리가 눈치를 챘어." 순간 찰리는 흐느낌을 억누르는 듯했다. 이윽고 울음이 터져 나왔다. "에밀리가 알아 버렸어……. 알아 버렸단 말이야……. 왜냐하면 내가 치실질을 너무 해 댔거든." 이제 그는 거의 소리를 질러 대고 있었다. "에밀리가 이렇게 말하더군. '당신이 그렇게 많은 치실을 사용한 적은 결코 없었어!'"

"하지만 그건 말이 안 되잖아. 치아에 신경을 쓰면 쓸수록 자네가 그 치과 의사를 만나러 갈 이유가 없어지는 거 아냐?"

"말이 되고 안 되고가 뭐가 중요해? 나는 그저 그 여자를 기쁘게 해 주고 싶었다는 거야!"

"이것 봐, 찰리. 자네는 그 여자와 데이트도 하지 않았고, 섹스도 하지 않았어. 그렇다면 뭐가 문제야?"

"문제는 내가 그렇게도 누군가를 원했다는 거야. 이 다른 나를, 내 안에 갇혀 있는 그 사람을 끌어내 줄 누군가를 말이야……."

"찰리, 내 말 좀 들어 봐. 아까 자네와 마지막으로 통화한 다음에 나는 그런대로 냉정을 되찾았어. 솔직히 말해서 자네도 냉정을 되찾아야 해. 이 이야기는 자네가 돌아온 다음에도 할 수 있어. 그런데 여기는 한 시간 후면 에밀리가 들이닥칠 테고, 모든 대비를 해야 해. 여기서 나는 할 일이 많단말이야, 찰리. 내 목소리로도 알겠지만 말이야."

"정말 기가 차군! 자네 사정이 우선이라는 거지. 대단해! 그러고도 무슨 친구라고……."

"찰리, 호텔이 마음에 안 들어서 자네 신경이 날카로워진 것 같아. 하지만 냉정을 되찾아야지. 사태를 전체적으로 보라고. 그리고 자신감을 가져. 여기서 난 일을 제대로 처리하고 있어. 이 개 문제를 해결할 거고 자네를 위해서 최선을 다하고 이렇게 말할 거야. 에밀리, 에밀리, 날 좀 봐, 내가 얼마나 한심한지 좀 보라고. 대부분의 사람들이 이렇게 한심한 게 사실이야. 하지만 찰리, 그 친군 달라. 찰리는 다른 범주에 속한 친구야."

"그렇게 말하면 안 되지. 몹시 부자연스럽게 들려."

"물론 이렇게 직접적으로 말하지는 않을 거야, 이 멍청한 친구야. 이것 봐, 내게 맡겨 줘. 이제는 상황을 통제할 수 있다고. 그러니 마음 놔. 이제 전화 끊어야겠어."

나는 전화기를 내려놓고 소스 팬을 살폈다. 이제 내용물이 끓기 시작해서 김이 모락모락 올라오기 시작했다. 하지만 아직 아무 냄새도 나지 않았다. 내용물 전체가 부글부글 끓어오르게 불꽃을 조절했다. 그러자 시원한 바깥바람을 쐬고 싶어졌다. 마침 그 집의 루프 테라스에 가 보지 못했다는 생각이 들어 주방 문을 열고 밖으로 나갔다.

6월 초 영국의 저녁 날씨치고는 놀라울 정도로 따뜻했다. 살랑거리며 부는 바람만이 나에게 그곳이 스페인이 아님을 말해 주고 있었다. 하늘은 아직 완전히 어두워지지는 않았지만 이미 별들로 가득 차 있었다. 테라스 담 너머로 이

윗집 뒤뜰과 수킬로미터에 걸쳐 펼쳐진 창문들이 보였다. 많은 창문들에 불이 켜져 있었다. 눈을 가늘게 뜨고 보면 멀리 있는 창문들은 마치 별들의 연장선상에 있는 듯했다. 그 테라스는 그리 넓은 공간은 아니었지만 감출 수 없는 낭만이 깃들어 있었다. 바쁜 도시의 삶에서 어느 따뜻한 날 저녁에 사랑하는 두 사람이 그곳에 나와 병에 담긴 음료를 마시면서 서로의 품에 안겨 하루 동안 있었던 일들을 이야기하는 장면을 상상할 수 있는 것이다.

나는 테라스에 좀 더 오래 있고 싶었지만 모처럼 받은 탄력을 잃을까 두려웠다. 주방으로 다시 들어온 나는 부글거리며 끓고 있는 팬을 지나 거실 문지방에서 걸음을 멈추고 조금 전에 해 놓은 일을 살펴보았다. 핸드릭스 같은 개의 시각으로 사태를 보지 않았다는 게 커다란 실수로군 하는 생각이 머릿속을 스쳤다. 이제 나는 핸드릭스의 관점과 생각으로 침잠하는 것이야말로 성공의 열쇠임을 알 수 있었다.

일단 이런 관점에서 살펴보자, 조금 전에 내가 해 놓은 일이 참으로 부적절했다는 것뿐 아니라 찰리의 제안이 대부분 한심하기 짝이 없는 것이었음을 알 수 있었다. 힘이 넘쳐 날뛰는 개가 하이파이 스테레오 세트 중에서 하필이면 그 작은 황소상을 골라 바닥에 팽개친다는 게 말이 되는가? 소파의 표면을 뜯어내고 충전재를 끄집어낸다는 것도 어리석은 생각이었다. 그러려면 핸드릭스의 이가 면도날 정도는 돼야 할 것이다. 주방에 설탕 그릇을 뒤집어 놓은 것은 괜찮았지만, 거실의 경우는 기본 발상부터 재점검해야 했다.

나는 몸을 잔뜩 굽힌 채 거실로 들어갔다. 핸드릭스의 눈높이로 보기 위해서였다. 다탁 위에 쌓여 있는 매끄러운 종이로 된 잡지들이 제일 먼저 눈에 띄었다. 그래서 나는 그것을 개의 주둥이가 움직일 만한 범위에 걸쳐 흩어 놓았다. 잡지들이 바닥에 떨어진 모습이 상당히 그럴듯해 보였다. 용기를 얻은 나는 쭈그리고 앉아 잡지 하나를 펼쳐서는 몇 장을 손으로 구겼다. 에밀리가 문제의 수첩을 보고 이 페이지를 떠올리기를 바라면서. 하지만 결과는 실망스러웠다. 개의 이빨이 아니라 사람의 손으로 했다는 것이 너무 뻔히 드러났던 것이다. 그러니까 나는 아까의 잘못을 되풀이한 셈이었다. 헨드릭스의 입장에 충분히 몰입하지 못한 것이다.

그래서 나는 기어가는 자세를 취하고 문제의 잡지를 향해 고개를 낮춘 다음 책장에 이를 박아 넣었다. 잡지에서 향수 맛이 나기는 했지만 그리 나쁘지는 않았다. 이어 바닥에 떨어진 다른 잡지의 가운데쯤을 펼쳐서 같은 행동을 되풀이했다. 축제 마당 같은 곳에서 하는, 물 위에 떠 있는 사과를 손을 사용하지 않고 물어 올리는 게임을 할 때와 흡사한 기술이 필요하다는 것을 알 수 있었다. 아래위 턱을 줄곧 유연하게 움직이면서 가볍게 베어 무는 것이 가장 효과적이었다. 그렇게 하면 책장들이 헝클어져서 제대로 구길 수 있었다. 반면 지나치게 힘을 주면, 책장에 잇자국만 선명하게 찍힐 뿐 원하는 효과를 기대할 수 없었다.

더 많은 섬세함을 요구하는 바로 그 동작에 너무 몰두하는 바람에 나는 에밀리가 거실 앞 복도에 서서 나를 지켜보고 있다는 사실을 좀 더 빨리 의식하지 못한 것 같다. 에밀리가 거기에 서 있다는 것을 깨닫고 처음 느낀 감정은 당혹감이나 두려움이 아니었다. 그것은 배신감이었다. 자기가 집에 왔음을 어떤 식으로든 내게 알리지 않은 채 거기에 그렇게 가만히 서 있다는 사실에 상처를 받은 것이다. 사실 나는 바로 이런 상황을 미연에 방지하기 위해 번거로움을 감수하고 조금 전 에밀리의 사무실로 전화까지 걸지 않았던가. 내 꾀에 내가 넘어가고 말았다는 씁쓸함이 몰려왔다. 내가 기어가는 자세를 풀고 몸을 일으키려는 시도조차 하지 않은 채 맥없이 한숨을 내쉰 것은 아마 그래서였을 것이다. 내 한숨 소리를 들은 에밀리가 거실로 들어와서는 내 등에 부드럽게 손을 얹었다. 에밀리 역시 무릎을 꿇고 앉았는지는 알 수 없었지만, 그녀가 입을 열었을 때 그녀의 얼굴이 내 얼굴 가까이에 있음을 알 수 있었다.

"레이먼드, 나 왔어. 우리 좀 앉지 않을래?"

에밀리가 나를 부축해 일으키려 했으므로 나는 손을 떨쳐 버리고 싶은 충동을 억눌러야 했다.

"이거 좀 이상한걸. 몇 분 전만 해도, 넌 회의에 들어가야 한다고 했잖아." 내가 말했다.

"그랬지, 맞아. 하지만 네 전화를 받고 나서 더 급한 일은 집으로 돌아오는 일이란 걸 깨달았어."

"더 급한 일이라니, 그게 무슨 말이야? 에밀리, 부탁인데 그렇게 내 팔을 잡고 있을 필요는 없어. 난 넘어지지 않는다고. 집으로 돌아오는 게 더 급하다는 게 무슨 말이냐니까?"

"네 전화 말이야. 난 그 의미를 깨달았어. 그건 구조 요청이었어."

"결코 그런 게 아니었어. 난 그저……." 나는 말꼬리를 흐렸다. 에밀리가 놀라움 가득한 눈빛으로 방 안을 둘러보고 있었기 때문이다.

"오, 레이먼드." 에밀리가 거의 혼잣말처럼 중얼거렸다.

"조금 전에 내가 좀 어설픈 짓을 저지르고 있었어. 정리를 말끔히 해 놓을 작정이었지. 그런데 네가 예상보다 빨리 온 거야."

나는 나동그라진 플로어 스탠드를 세우려고 몸을 굽혔다. 하지만 에밀리가 그런 나를 만류했다.

"그런 건 중요하지 않아, 레이. 전혀 중요한 게 아니라고.

나중에 함께 치우면 돼. 우선 자리에 앉아서 좀 진정해."

"이것 봐, 에밀리. 여긴 다른 사람이 아닌 바로 네 집이기는 하지만 왜 그렇게 소리 없이 살금살금 들어온 거지?"

"살금살금 들어오지 않았어, 레이. 집 안으로 들어오면서 네 이름을 불렀지만, 네가 여기 없는 것 같았어. 그래서 화장실에 들어갔다가 나왔지. 그랬더니, 그러니까 네가 여기 있었던 거야. 그런데 그걸 왜 확인하는 거야? 그런 건 전혀 중요한 게 아니잖아. 이제 내가 집에 왔으니, 함께 편안하게 저녁을 보낼 수 있어. 제발 좀 앉아, 레이먼드. 차를 좀 끓일게."

그렇게 말하며 에밀리는 이미 주방으로 가고 있었다. 플로어 스탠드의 갓을 씌우는 중이었던 나는 현재 주방의 상태를 떠올리는 데 잠시 시간이 걸렸다. 그리고 그 사실을 깨달았을 때는 이미 늦었다. 나는 에밀리의 반응에 귀를 기울였지만, 아무 소리도 들려오지 않았다. 이윽고 스탠드의 갓을 다 씌운 나는 주방으로 향했다.

소스 팬 안의 내용물은 여전히 기세 좋게 부글부글 끓고 있었고, 거꾸로 처박힌 구두의 창 주위로 김이 펄펄 올라오고 있었다. 그때까지는 거의 몰랐지만 이제 주방에서는 분명히 문제의 냄새를 맡을 수 있었다. 상당히 자극적인 카레 같은 냄새였다. 오랫동안 땀을 내며 걸은 다음 부츠를 벗었을 때 나는 발 냄새라고 하는 것이 가장 정확했을 것이다.

에밀리는 안전거리를 확보하느라 레인지에서 한두 걸음 떨어진 곳에 서서 팬 안을 좀 더 잘 들여다보기 위해 고개를 팬 쪽으로 길게 빼고 있었다. 그 안을 들여다보는 데 몰두한 듯했다. 내가 들어왔음을 알리기 위해 작게 웃음을 터뜨렸을 때도 에밀리는 몸을 돌리기는커녕 눈길조차 들지 않았다.

나는 에밀리 앞을 지나 주방 식탁 앞에 앉았다. 그제야 그녀는 친절한 미소를 띠고 내게로 몸을 돌렸다. "너무나도 친절한 생각을 했구나, 레이먼드."

에밀리 자신의 의지와는 반대로 다음 순간 그녀의 시선은 다시 가스레인지로 향했다.

엎어진 설탕 그릇 그리고 문제의 수첩이 눈에 들어왔다. 다음 순간 엄청난 피로감이 나를 엄습했다. 문득 이 모든 것을 감당할 수가 없었다. 나는 이 모든 게임을 집어치우고 솔직히 말하는 것밖에는 선택의 여지가 없다고 생각했다. 숨을 깊이 들이쉰 다음 나는 입을 열었다.

"이봐, 에밀리. 여기 사태가 좀 이상하게 보일 거야. 이 모든 게 네 수첩 때문이었어. 여기 이 수첩 말이야." 나는 수첩을 열어 구겨진 페이지를 펼쳐 보여 주었다. "이건 변명의 여지없는 내 잘못이야. 정말 미안해. 하지만 난 이 페이지를 펼쳤고, 그리고 음, 이 페이지를 움켜쥐게 됐어. 이렇게 말이야……." 나는 훨씬 부드러운 동작으로 아까의 내 행동을 재연해 보인 다음 에밀리의 눈길을 응시했다.

놀랍게도 에밀리는 그 수첩에 대충 힐긋 시선을 주었을 뿐, 다시 소스 팬을 향해 눈길을 돌리며 말했다. "아, 그건 그저 메모 수첩일 뿐이야. 일기장 같은 게 아니라고, 그걸 봤다고 걱정할 필요 없어, 레이." 그런 다음 그녀는 내용물을 좀 더 잘 들여다보기 위해 소스 팬을 향해 한 걸음 더 다가갔다.

"무슨 말이야? 걱정하지 말라는 게 무슨 뜻이냐고? 어떻게 그렇게 말할 수가 있지?"

"왜 그래, 레이먼드? 그건 그저 내가 잊어버릴까 봐 이것저것 적어 두는 수첩일 뿐이라고."

"하지만 찰리는 네가 완전 뒤집어질 거라던데!" 나에 대해 적어 놓은 내용을 에밀리가 잊고 있다는 사실 때문에 이제 나는 더 화가났다.

"정말? 내가 화를 낼 거라고 찰리가 그랬어?"

"그래, 그 작은 수첩을 들여다보다가 들키는 날엔 불알을 떼어 버리겠다고 네가 그랬다던데!"

에밀리의 당혹한 표정이 내 말 때문인지, 아니면 소스 팬의 충격 때문인지 나로서는 잘 알 수가 없었다.

이윽고 에밀리가 대답했다. "아냐, 그건 다른 일 때문이었어. 이제 기억이 난다. 작년 이맘때쯤 찰리는 무엇 때문인가에 무척 낙담했어. 그러더니 자기가 자살한다면 나 보고 어떻게 할 거냐고 묻더라고. 그저 날 떠보려고 한 말이었을 거야. 찰리는 자살 같은 걸 하기에는 너무 겁이 많거든. 어쨌든 그렇게 묻기에 대답해 줬지. 그런 짓을 저지른다면 불알을 떼어 버리겠다고 말이야. 내가 그런 말을 한 건 그때가 처음이자 마지막이야. 내 말은 그러니까, 그런 말은 자주 하지 않는다는 거야."

"도대체 무슨 말인지 모르겠는걸. 찰리가 자살을 한다면 네가 찰리를 죽이겠다는 거야? 자살한 다음에 또?"

"그러니까 말이 그렇다는 거지, 레이먼드. 난 그저 찰리가 자살하는 걸 내가 얼마나 싫어하는지 표현하고 싶었을 뿐이야. 찰리에게 자기 자신의 가치를 느끼게 해 주고 싶었다고."

"내 말을 못 알아듣는군. 내 말은 죽은 다음에 그런 일을 해 봤자 자살을 막을 순 없다는 거야, 안 그래? 아니, 어쩌면 네가 옳은지도 모르겠다. 그러니까……."

"레이먼드, 그 문제는 잊자. 이 모든 일을 잊자고. 어제 해 놓은 양고기 캐서롤이 있어. 반 이상 남았거든. 어젯밤에 아주 맛있었으니까 오늘 저녁에는 더 맛있을 거야. 그리고 맛있는 보르도산 포도주를 한 병 딸 수도 있어. 나를 위해 요리를 시작하다니 친절하기도 하지. 하지만 오늘 저녁엔 그

캐서롤이 딱 맞는 거 같아, 안 그래?"

이제는 상황을 제대로 설명하려는 모든 시도가 무의미해 보였다. "좋아, 좋아. 양고기 캐서롤이라. 정말 안성맞춤이군. 그래, 그렇게 하자고."

"그럼…… 이제 이거 좀 치워도 될까?"

"그럼, 그럼. 제발 그러자. 제발 치워 줘."

나는 자리에서 일어나 거실로 갔다. 그곳 역시 난장판이었지만 이제 나는 정리할 기운이 없었다. 그 대신 나는 소파에 앉아 물끄러미 천장을 바라보았다. 어느 순간 에밀리가 방 안으로 들어오는 것 같았다. 나는 에밀리가 복도를 걷고 있다고 생각했는데, 이제 그녀는 거실 반대편 구석에 웅크리고 앉아 하이파이 스테레오를 조작하고 있었다. 다음 순간 거실에는 풍성한 현악기와 블루스풍의 혼 소리와 함께 「러버 맨」을 부르는 세라 본의 음성이 울려 퍼졌다.

안도감과 편안함이 밀려왔다. 나는 두 눈을 감고 느린 박자에 맞춰 고개를 까딱거렸다. 에밀리와 함께 그녀의 기숙사 방에서 빌리 홀리데이와 세라 본 두 사람 중에서 누가 더 그 노래를 잘 부르는지를 두고 한 시간 넘게 토론했던 일이 떠올랐다.

에밀리가 내 어깨를 살짝 건드리더니 적포도주 한잔을 내밀었다. 그녀는 업무용 정장 위에 프릴 달린 앞치마를 두르고 손에는 자기 포도주 잔을 들고 있었다. 그런 다음 소파의 반대편 끝, 그러니까 내 발치에 앉아 포도주를 한 모금 삼키고는 리모컨으로 전축의 음량을 조금 낮추었다.

"정말 끔찍한 날이었어. 내 말은, 엉망이었던 게 회사 일만이 아니었다는 거야. 찰리의 출장도 그렇고 모든 게 그래. 화해하지 않은 채 찰리를 그렇게 외국으로 출장 보내는 게 아무렇지도 않았을 거라고는 생각하지 말아 줘. 그런데 설상가상으로 너까지 정신이 나가 버린 거야." 그녀가 길게 한숨을 내쉬었다.

"그렇지 않아, 사실 말이지, 에밀리, 사태가 그렇게까지 나쁜 건 아냐. 우선 찰리는 너를 아주 좋아해. 그리고 나로 말하자면, 난 괜찮아. 정말 괜찮다고."

"헛소리 집어치워."

"아냐, 정말 난 괜찮아……."

"찰리가 날 좋아한다는 헛소리 집어치우라는 말이야."

"아, 그거. 음, 그걸 헛소리라고 여긴다면 정말 크게 잘못 생각하는 거야. 정말 내가 알기로 찰리는 그 어느 때보다도 널 사랑하고 있어."

"네가 그걸 어떻게 알아, 레이먼드?"

"어떻게 아느냐 하면…… 음, 그러니까 우선 우리가 점심 식사를 할 때 찰리가 그렇게 말했거든. 아니 찰리가 콕 짚어 그렇게 말하지 않았더라도 난 알 수 있어. 이것 봐, 에밀리, 지금 상황이 좀 힘들다는 건 나도 알아. 하지만 가장 중요한 걸 잊어선 안 돼. 찰리가 여전히 널 사랑하고 있다는 사실 말이야."

에밀리는 또다시 한숨을 내쉬었다. "알다시피 난 이 음반을 몇 년 동안 듣지 못했어. 찰리 때문이야. 내가 이런 음반을 들으려고 하면 투덜대기 시작했거든."

우리는 잠시 동안 말없이 세라 본의 노래에 귀를 기울였다. 이윽고 노래가 멈추고 연주 부분이 시작되자 에밀리가 말했다. "레이먼드, 넌 세라 본이 이 노래를 다르게 녹음한 걸 더 좋아하지. 피아노와 베이스 반주에 맞춰서 부르는 거 말이야."

나는 대답하지 않았다. 그저 포도주를 좀 더 편하게 마시기 위해 몸을 약간 일으켰을 뿐.

"틀림없어. 넌 다른 녹음을 더 좋아해, 안 그래, 레이먼드?"

"음. 사실 잘 모르겠어. 솔직히 말해서 예전에 좋아했던 그 녹음이 어떤 건지 더 이상 기억이 나질 않아." 내가 대답했다.

소파 반대쪽 끝에서 에밀리가 자세를 바꾸는 것이 느껴졌다. "농담이겠지, 레이먼드."

"어이없게 들리겠지. 하지만 난 요즘 이런 음악을 별로 듣지 않아. 사실 이런 음악에 대해서는 거의 잊어버렸어. 지금 나오는 이 노래가 뭔지도 잘 모르겠는걸." 나는 나직하게 웃음을 터뜨렸다. 하지만 그다지 자연스럽게 들리지 않은 것 같았다.

"도대체 무슨 말을 하는 거야?" 에밀리의 목소리에 갑자기 짜증기가 어렸다. "정말 어이가 없네. 뇌 수술을 받은 게 아닌 한 그걸 잊을 수는 없어."

"음, 세월이 많이 흘렀잖아. 여러 가지가 달라졌고 말이야."

"도대체 무슨 말을 하는 거야?" 이제 에밀리의 목소리에는 두려움이 서려 있었다. "그 정도까지 달라질 순 없어."

나는 그 화제에서 벗어나기 위해 거의 필사적이었다. 그래서 이렇게 말했다. "회사 일이 그렇게 엉망이라니 정말 안타깝다."

에밀리는 이 말을 완전히 무시했다. "그러니까 지금 도대체 무슨 말을 하고 있는 거냐고? 이 노래가 좋지 않다는 거야? 그러니까 내가 이 음악을 끄기를 바라는 거야, 그런 거야?"

"아냐, 아냐, 에밀리, 제발 그러지 마. 이 음악은 좋아. 이건…… 추억을 되살려 주는군. 제발 조금 전처럼 긴장을 풀고 편안하게 있자고."

에밀리는 다시 한번 한숨을 내쉬었다. 다시 입을 열었을 때 그녀의 목소리는 다시 부드러워져 있었다.

"미안해, 레이. 잊고 있었어. 너에게 가장 하지 말아야 할 게 소리 지르는 일이라는 걸 말이야. 미안해."

"아니, 아니야, 괜찮아." 나는 앉은 자세 정도로 몸을 일으켰다. "알다시피, 에밀리, 찰리는 괜찮은 녀석이야. 썩 괜찮은 친구라고. 그리고 찰리는 널 사랑해. 너희는 잘해 나갈 거야."

에밀리는 어깨를 으쓱해 보이고는 포도주를 조금 더 마셨다. "네 말이 맞을지도 몰라. 게다가 우리는 더 이상 젊지도 않아. 사이가 그렇게 나쁜 건 아니야. 우리는 운이 좋았다고 생각해야 해. 하지만 만족할 줄 몰랐던 것 같아. 이유는 모르겠어. 문득 하던 일을 멈추고 생각해 보면, 내가 찰리가 아닌 다른 사람을 원하지 않는다는 걸 알겠거든."

다음 몇 분 동안 에밀리는 포도주를 마시면서 음악을 들었다. 이윽고 그녀가 다시 입을 열었다. "그러니까 말이야, 레이먼드, 네가 파티에 갔다고 해 보자, 댄스파티에 말이야. 느린 댄스 곡이 나오고 네가 진정으로 원하는 누군가와 함께라면, 그 방의 다른 사람들의 존재는 의미가 없어야 마땅해. 하지만 이유는 알 수 없지만 그렇지 않아. 그냥 그렇지가 않은 거야. 어떤 남자라도 지금 안고 있는 남자의 절반에도 못 미친다는 걸 알고 있어. 그런데도…… 음, 방 안에 있는 다른 남자들이 여전히 눈에 들어오는 거야. 그들이 나를 혼자 내버려 두질 않아. 관심을 끌기 위해 소리를 지르고 손짓을 하고 바보 같은 짓을 하는 것 같다고. '이런, 네가 어떻게 그 정도에 만족할 수가 있지? 훨씬 더 나은 사람과 함께 있을 수 있잖아! 여길 좀 보라고!' 그들이 줄곧 그렇게 외치는 것 같아. 그러고 나면 상황이 엉망이 되어서, 지금 안고 있는 남자와 조용히 춤을 출 수가 없는 거야. 내 말이 무슨 뜻인지 알겠어, 레이먼드?"

나는 잠시 생각해 본 후에 대답했다. "음, 난 너와 찰리처럼 운이 좋지 않아. 너처럼 특별한 누군가가 곁에 없다고. 하지만 알겠어, 네가 무슨 말을 하는지 알겠다고. 어디에 정착할 것인지 알기는 어렵지. 누구한테 정착할 것인지도 그렇고 말이야."

"두말하면 잔소리지. 그 불청객들이 모두 사라져 줬으면 좋겠어. 이 일을 우리끼리 해결하도록 그들은 제 갈 길을 가면 좋겠다고."

"에밀리, 내가 조금 전에 한 말, 농담이 아니야. 찰리는 널 진심으로 좋아해. 너와 일이 제대로 돌아가지 않아서 찰리는 신경이 곤두서 있어."

에밀리는 내게 등을 돌린 채 꽤 오랫동안 아무 말도 하지 않았다. 이윽고 세라 본의 노래가 흘러나오기 시작했다. 아름답지만 좀 너무 느린 듯한 「에이프릴 인 패리스」였다. 그러자 에밀리는 세라 본이 마치 자기 이름을 부르기라도 한 것처럼 흠칫 놀라서는 고개를 흔들며 내게 몸을 돌렸다.

"이 생각을 떨쳐 버릴 수가 없어, 레이. 네가 어떻게 이런 음악을 이제는 안 듣는다는 건지 이해할 수가 없다고. 그 시절에 우리 함께 이런 음반을 즐겨 들었잖아. 내가 대학에 들어가기 전에 엄마가 사 주신 그 작은 전축으로 말이야. 그걸 어떻게 잊을 수가 있지?"

나는 자리에서 일어나 손에 포도주 잔을 든 채 두 짝으로 된 유리문으로 다가갔다. 테라스를 내다보면서 나는 내 두 눈에 눈물이 차 있음을 깨달았다. 나는 문을 열고 나가 에밀리가 눈치채지 못하게 눈물을 닦았다. 하지만 그녀가 바로 내 뒤를 따라왔으므로 정말 그녀가 눈치를 못 챘는지는 잘 모르겠다.

저녁 공기는 기분 좋게 따뜻했고 세라 본과 그 밴드가 들려주는 음악이 테라스까지 흘러나왔다. 별들은 조금 전보다 빛나는 듯했고, 이웃집 불빛들은 아까처럼 밤하늘이 이어진 것처럼 반짝이고 있었다.

"난 이 노래가 참 좋아. 넌 이 노래 역시 잊었겠지만 말이야. 노래는 잊었다 해도 노래에 맞춰 춤은 출 수 있겠지, 안 그래?"

"그래, 그럴 수 있을 거야."

"우리, 프레드 아스테어와 진저 로저스처럼 출 수 있을 것 같아."

"그래, 그럴 수 있을 거야."

우리는 석재 탁자 위에 포도주 잔을 내려놓고 춤을 추기 시작했다. 우리가 특별히 춤을 잘 추는 편은 아니었다. 줄곧 서로 무릎이 부딪힌 것이다. 하지만 에밀리를 바짝 당겨 안자 그녀가 입고 있는 옷의 감촉, 그녀의 머리카락, 그녀의 피부가 온몸 가득히 느껴졌다. 그렇게 에밀리를 안고 있자 그동안 그녀의 체중이 상당히 불었다는 사실이 다시 떠올랐다.

"네 말이 맞아, 레이먼드. 찰리는 괜찮은 남자야. 우린 이 난국을 잘 극복해야 해." 에밀리가 내 귀에 대고 조용히 말했다.

"그래, 그래야지."

"넌 좋은 친구야, 레이먼드. 네가 없었다면 우린 어떻게 됐을까?"

"내가 좋은 친구라니 나도 기뻐. 왜냐하면 나는 뭐 잘하는 게 없으니까. 실제로 난 쓸모없는 인간이야."

에밀리가 내 어깨를 홱 잡아당기는 것이 느껴졌다. 그녀가 나직하게 말했다.

"그런 말 하지 마. 그런 식으로 말하지 말라고." 순간 입을 다물었다가 에밀리가 다시 말했다. "넌 참 좋은 친구야, 레이먼드."

세라 본의 이 「에이프릴 인 패리스」는 1954년 녹음으로 클리퍼드 브라운의 트럼펫 연주와 함께한 것이었다. 그러므로 그것은 적어도 8분간 이어지는 긴 트랙이었다. 나는 그 사실이 고마웠다. 왜냐하면 그 노래가 끝나면 우리의 춤도 끝날 것이므로. 집 안으로 들어가 캐서롤을 먹을 것이므로. 그리고 내가 아는 한 에밀리는 내가 자기 수첩을 구겨 버린 일을 다시 생각할 것이 분명했다. 그리고 이번에는 그렇게 쉽게 넘어가 주지 않을 터였다. 어쩐다? 하지만 그런 걱정을 적어도 몇 분 동안만은 유예할 수 있었다. 우리는 별빛 가득한 하늘 아래에서 스텝을 밟았다.

몰번힐스

나는 그해 봄을 런던에서 보냈다. 그리고 계획했던 것을 모두 성취하지는 못했다 해도 그 시기는 전체적으로 보아 흥미진진한 막간인 셈이었다. 하지만 한 주 한 주 시간이 지나고 여름이 다가오자 해묵은 갑갑증이 다시 나를 괴롭히기 시작했다. 그 한 가지로 나는 대학교 동창들과 또 마주치는 데 대한 약간의 피해망상이 있었다. 캠던타운을 어슬렁거리거나, 돈이 없어 웨스트엔드의 대형 매장에서 사지 못한 시디들이 혹시 중고로 나와 있는지 뒤지고 다닐 때 이미 너무 많은 동창들을 만난 것이다. 그들은 내게 다가와 '부와 명예'를 찾아 떠난 후에 어떻게 지냈는지 물었다. 내가 그때까지 어떻게 지냈는지 그들에게 설명하는 것이 당혹스럽다는 말이 아니다. 문제는 그들 중 예외적인 한두 명을 제외하고는 대부분 이 특별한 시점에 나에게 어떤 것이 진정으로 '성공적인' 시간이고 어떤 것이 그렇지 않은지를 파악하지 못한다는 사실이었다.

앞서 말한 대로 나는 애초에 세운 목표를 모두 성취해 내지는 못했다. 하지만 내 목표들이라는 것이 언제나 단기적인 것이 아니라 장기적인 것이었고, 내가 치른 오디션들은 정말 따분하기는 했지만 아주 유용한 경험이었다. 거의 모든 경우에서 일종의 교훈을 얻을 수 있었다. 런던의 음악계나 음악업계 전반에 대해 배울 수 있었던 것이다.

오디션들 중 몇몇은 거의 프로 수준이었다. 용도 변경된 주차 건물이나 창고로 들어가면 매니저나 밴드 단원의 여자 친구인 듯한 사람이 이름을 적은 다음 기다리라고 하면서 차를 권한다. 그러는 동안 칸막이가 쳐진 바로 옆 공간에서 문제의 밴드가 우레 같은 굉음으로 주변을 뒤흔들면서 연주를 시작했다가 중단했다가 하는 것이다. 하지만 이런 경우는 드물고 대부분의 오디션은 훨씬 난장판인 상황에서 벌어졌다. 실제로 대부분의 밴드가 어떤 식으로 움직이는지를 보고 나면 런던의 음악계가 어째서 그렇게 그 자리에서 죽어가고 있는지 알게 된다. 런던 외곽의 아무 특징 없는 주택가를 따라 걷다가 통기타를 들고 낯선 층계를 올라가 곰팡

내 나는 플랫 안으로 들어가기를 얼마나 여러 번 반복했던가. 그런 플랫의 바닥에는 매트리스와 침낭들이 깔려 있고, 그곳의 밴드 단원들은 상대방의 눈을 거의 쳐다보지 않은 채 중얼거린다. 그런 곳에서 나는 노래를 하고 기타를 연주했다. 그동안 그들은 공허한 눈빛으로 나를 물끄러미 응시했다. 이윽고 그들 중 하나가 이렇게 말함으로써 그 일이 끝나는 것이다. "됐습니다. 음, 어쨌든 고마워요. 하지만 우리 음악과는 좀 다르군요."

얼마 지나지 않아 나는 그들의 그런 태도가 대부분 숫기가 없거나 오디션에서 심사를 보는 일을 어색하게 느끼기 때문이고, 대신 다른 문제에 대해 이야기하면 그들이 훨씬 더 편안한 태도를 취한다는 것을 알게 되었다. 내가 각종 유용한 정보들을 얻을 수 있는 것은 바로 그런 경우였다. 흥미로운 클럽들이 어디에 있는지, 어떤 밴드에서 새로 기타리스트를 구하는지 하는 것들 말이다. 때로는 새로운 밴드를 확인해 보라는 귀띔을 얻기도 했다. 앞서 말한 대로 빈손으로 돌아오는 경우는 없었다.

그들은 대개 내 연주를 좋아했고 많은 이들이 내 노래가 멋진 화음을 만들어 내는 데 도움이 될 것이라고 평가했다. 하지만 이내 내게 불리한 두 가지 요소가 수면에 떠올랐다. 첫째는 내게 장비가 없다는 것이었다. 많은 밴드들이 출연

스케줄에 맞출 준비가 돼 있는, 일렉트릭 기타와 앰프, 스피커, 가급적 차량까지 갖고 있는 사람을 원했다. 하지만 나는 상당히 낡은 통기타를 들고 걸어 다녔다. 따라서 그들이 내 목소리나 리듬감 있는 연주가 아무리 마음에 들었다 해도 나를 돌려보내는 수밖에는 선택의 여지가 없었던 것이다. 그것은 부당한 처사가 아니었다.

이보다 훨씬 더 받아들이기 힘들었던 것은 다른 장애물이었다. 그리고 나로서는 그것이 장애물이 된다는 것에 정말 깜짝 놀랐다고 고백하지 않을 수 없다. 내가 노래를 직접 만든다는 것이 실제로 문제가 된 것이다. 어느 우중충한 아파트에서 아무런 표정 없는 얼굴들에 둘러싸인 채 내가 연주를 시작하면 15초나 30초간의 침묵 후 그들 중 하나가 회의적인 목소리로 이렇게 묻곤 했다. "그러니까 이 곡은 누구 거죠?" 그래서 내가 내 작품 중 하나라고 대답하면 눈앞에서 문이 닫히는 것을 보게 된다. 그들은 어깨를 으쓱해 보이고 고개를 내젓고 자기들끼리 미소를 교환한 다음 나에게 재빨리 거절의 말을 내뱉는 것이다.

이런 일이 여러 번 반복되자 나는 너무 화가 나서 이렇게 말했다. "이것 보십시오, 이해가 안 가는군요. 영원히 남의 노래만 부르는 커버 밴드로 남고 싶은 겁니까? 혹시 그게 당신들이 원하는 거라고 해도 그런 노래들은 어디에서 나왔을 것 같습니까? 예, 맞습니다. 누군가 만든 거라고요!"

하지만 이 말을 듣더니 내 앞의 사내는 공허한 눈길로 나를 응시한 다음 이렇게 대답했다. "반박할 생각은 없소. 그저 노래를 만들면서 떠돌아다니는 재수 없는 친구들이 너무 많다는 것뿐이지."

런던 음악계를 정확히 대변하는 듯한 이런 한심한 입장을 두고 나는, 여기 밑바닥 단계에서 벌어지는 사태에 완전한 부패까지는 아니라도 극도로 천박하고 불순한 것이 있다는 것, 그것이 분명 최고 단계에 이르기까지 런던 음악 사업의 전체적인 상황을 반영하고 있다고 여길 근거를 확보할 수 있었다.

이런 깨달음과 그해 여름이 다가옴에 따라 잘 곳이 없어져 가는 상황 때문에 나는 당시의 런던 생활의 매력에도 불구하고(그에 비하면 내 대학 시절은 잿빛으로까지 보였다.), 잠시 그곳을 벗어나 휴식을 취하는 게 좋겠다고 생각하기에 이르렀다. 그래서 몰번힐스*에서 남편과 함께 카페를 경영하고 있는 매기 누나에게 전화를 걸었다. 그렇게 해서 나는 그해 여름을 누나네와 보내기로 한 것이다.

---

* 영국 서부 우스터셔주와 해리퍼드셔주 사이의 구릉지대로, 길게 펼쳐진 특유의 풍경으로 영국 10대 명소로 꼽힌다.

나보다 네 살 위인 매기 누나는 언제나 나를 걱정해서 내가 그곳에 오는 것을 환영한다는 것을 나는 알고 있었다. 실제로 누나는 과외의 일손을 얻게 된 데 기뻐하는 것이 분명했다. 조금 전에 누나의 카페가 몰번힐스에 있다고 했지만, 사실 그곳은 그레이트몰번이나 일급 국도변이 아니라 말 그대로 구릉지 안에 있었다. 그 오래된 빅토리아 시대풍의 건물은 서쪽에 면해 있어서, 날씨가 좋을 때는 차와 케이크를 들고 카페테라스로 나가 헤리퍼드셔가 꽉 차게 내려다보이는 전망을 즐길 수 있었다. 매기 누나와 제프 매형은 겨울에는 카페 문을 닫아야 했다. 하지만 여름이면 그곳은 주로 그곳 주민들인 손님들로 붐볐다. 사람들은 100미터 아래에 있는 웨스트 오브 잉글랜드 주차장에 차를 세우고 꽃무늬 원피스에 샌들 차림으로 오솔길을 올라오는 것이다.

나한테 급료는 줄 수 없다고 매기 누나는 말했다. 내게는 그 편이 썩 잘된 일이었다. 그런 조건이라면 너무 힘들게 일하지 않아도 될 것이기 때문이었다. 그렇기는 해도 어쨌든 거기에서 숙식을 하기 때문에 내가 그곳의 세 번째 직원이라는 암묵적 합의가 있는 것 같기는 했다. 모든 것이 좀 불분명했다. 그래서 처음에 특히 매형은 일을 제대로 안 한다고 내 엉덩이를 걷어차야 할지, 나를 손님으로 여겨서 어떤 일이든 부탁하는 것을 미안해해야 할지 갈피를 잡지 못하는 것 같았다. 하지만 얼마 지나지 않아 우리 사이의 일은 일정한 형식을 갖추게 되었다. 일은 결코 어렵지 않았으므로(특히 나는 샌드위치 만드는 데 뛰어났다.) 나는 때때로 나 자신에게 내가 이 시골에 온 진짜 이유를 일깨워야 했다. 가을에 런던에 돌아갈 때까지 일련의 새로운 노래들을 만들어야 했던 것이다.

나는 원래 일찍 일어나는 형이었지만, 그 카페에서 아침 식사 시간에 일하는 것은 끔찍하다는 것을 이내 깨달았다. 달걀을 이런 식으로 해 달라, 토스트를 저런 식으로 해 달라, 모든 메뉴를 완전히 익혀 달라 등등 온갖 주문이 쏟아졌다. 그래서 나는 11시경까지는 절대로 아래층에 내려가지 않기로 했다. 아래층에서 요란하게 딸그락거리는 소리를 들으며 나는 내 방의 커다란 퇴창을 열고 널찍한 창턱에 앉아 수킬로미터에 걸쳐 펼쳐진 시골 풍경을 굽어보며 기타를 쳤다. 내가 도착한 이후 청명한 아침이 이어져서 아득히 먼 곳까지 볼 수 있을 것 같은 장엄한 느낌이 들었다. 기타줄을 튕길 때면 내 연주가 영국 전체에 울릴 것 같았다. 아래층 카페 테라스가 내려다보이고, 개와 유모차를 밀고 왔다 갔다 하는 사람들을 의식하게 되는 건 몸을 돌려 창밖으로 고개를 내밀 때뿐이었다.

나는 이 지역이 처음이 아니었다. 매기 누나와 나는 여기에서 몇 킬로미터 떨어진 퍼쇼에서 성장했고, 부모님을 따라 산책 삼아 이 언덕에 올랐다. 하지만 어린 시절에 나는 그런 산책을 그리 좋아하지 않았고, 어느 정도 나이가 들자 이내 부모님을 따라 다니기를 거부했다. 하지만 그해 여름에는 그곳이 세상에서 가장 아름답게 느껴졌다. 여러 가지 점에서 그곳이 내 고향이고 내가 그곳에 속해 있다고 느낀 것이다. 당시 미장원 맞은편에 있던 자그마한 잿빛 주택을 내가 더 이상 '우리 집'이라고 여기지 않았던 이유는 아마도 우리 부모님들이 헤어진 것과 관련이 있을 것이다. 어쨌든 그해 여름 무렵 나는 유년기에 그 지역에 대해 느끼던 폐쇄공포증 같은 것 대신 애정을, 나아가 향수를 느꼈다.

실제로 나는 의식하지 못하는 사이에 매일같이 언덕들을 산책했다. 이따금 비가 내리지 않을 것 같다는 확신이 들면 기타를 가져가기도 했다. 특히 그 지역 북쪽 끝에 있는, 당일치기 행락객들은 거들떠보지도 않는 테이블힐과 엔드힐이 좋았다. 그곳에서라면 거의 아무도 마주치지 않은 채 여러 시간 동안 생각에 잠길 수 있었다. 마치 내가 처음으로 그 언덕들을 발견한 듯했고 마음속에서 솟구치는 새로운 노래들의 아이디어를 음미할 수 있었다.

하지만 카페에서 일하는 것은 좀 달랐다. 샐러드를 만드는 동안 아는 사람의 목소리가 들려오기도 하고 카운터로 다가오는 사람의 얼굴을 알아보고 과거를 떠올리게 되는 것이다. 부모님의 옛 친구들이 오면 지금까지 무엇을 하고 살았는지 말하라고 다그치는 바람에 나를 가만히 내버려 둘 때까지 허세를 곁들여 이야기를 늘어놓아야 했다. 그 사람들은 대개 이런 말로 이야기를 끝맺었다. "음, 적어도 넌 바쁘게는 살고 있구나." 그러고는 얇게 썬 빵과 토마토를 고갯짓으로 가리킨 다음 잔을 접시에 받쳐 들고 자신들의 테이블로 돌아가는 것이다. 혹은 고등학교 때 알던 누군가가 들어와서는 '대학 이후'의 목소리로 이야기를 시작하기도 한다. 약은 체하는 말투로 최신 「배트맨」 영화를 해부한다든지 세계의 빈곤이 사라지지 않는 진짜 이유가 무엇인지에 대해 늘어놓는 것이다.

나는 이런 것들에 대해서는 아무런 유감이 없다. 사실 이들 중 몇몇과 만난 것은 무척 즐거웠다. 하지만 어느 날 카페로 들어오는 어떤 여자의 얼굴을 보는 순간 나는 온몸이 얼어붙는 것 같았다. 주방으로 들어가 숨어야겠다는 생각이 떠올랐을 즈음에는 그 여자가 이미 나를 본 후였다.

그 여자는 바로 프레이저 부인이었다. 우리는 그 여자를 '프레이저 할망구'라고 불렀다. 그 여자가 진흙투성이의 작은 불도그 한 마리를 데리고 카페로 들어서는 순간 나는 즉각 누구인지 알아보았다. 나는 카페 안으로 개를 데리고 들어오면 안 된다고 말하고 싶었다. 개를 데리고 온 사람들이 자리에 앉기 위해서가 아니라 무엇인가를 가지러 잠깐 들어올 때면 늘 그렇게 하지만 말이다. 프레이저 할망구는 내가 퍼쇼에서 다니던 학교 교사 중 한 명이었다. 고맙게도 그 여자는 내가 대학교 입시 준비 과정인 6학년에 올라가기 전에 은퇴했다. 하지만 내 기억 속에서 그 여자의 그림자는 학교생활 전체에 드리워져 있다. 그 존재만 제외하면 학교생활은 그리 나쁜 편이 아니었다. 하지만 그 여자는 처음부터 나를 몹시 미워했다. 열한 살짜리 아이로서는 그런 여자로부터 자기 자신을 방어할 도리가 없다. 그 여자가 나를 골탕 먹이는 방법은 마음이 뒤틀린 교사들이 흔히 쓰는 것으로, 수업 시간에 내가 대답하지 못할 게 분명한 질문들만 골라 해서 나를 일으켜 세워 놓고 급우들의 웃음거리로 만드는 것이었다. 그 방법은 점점 더 정교해졌다. 열네 살 때의 어느 날이 기억난다. 새로 온 트레비스 선생님이 수업 시간에 나하고 농담을 주고받은 적이 있었다. 그것은 나를 놀리는 농담이 아니라 동등한 위치에서 주고받은 것이었다. 급우들 모두가 웃음을 터뜨렸고, 나는 기분이 좋았다. 하지만 2~3일 후에 나는 복도를 걸어가다가 트레비스 선생님이 반대쪽에서 바로 '그 여자'와 이야기를 하면서 오는 것을 보았다. 내가 지나가는 순간 그 여자는 걸음을 멈추고는 지난번 숙제인가를 언

급하며 말 그대로 나를 잡아 죽이려 들었다. 그 여자의 의도
는 트레비스 선생님에게 내가 '문제아'라는 것, 혹시 그가 한
순간이라도 나를 존중받을 만한 아이로 생각했다면 커다란
실수임을 알려 주려는 것이었다. 그 여자의 나이가 많았기
때문인지는 몰라도 다른 교사들은 도대체 그녀의 실체를
꿰뚫어보지 못하는 것 같았다. 그들은 모두 그 여자가 말하
는 것을 불변의 진리인 양 받아들였다.

그날 카페에 들어선 프레이저 할망구는 내가 누구인지
기억하는 것이 분명했다. 하지만 그녀는 미소를 짓지도 내
이름을 부르지도 않았다. 그 여자는 차 한 잔과 커스터드 크
림 한 통을 사서는 테라스로 가지고 나갔다. 나는 그것으로
그녀와의 일이 끝났다고 생각했다. 하지만 잠시 후 그녀는
다시 안으로 들어와서는 카운터 위에 빈 찻잔과 접시를 내
려놓으며 말했다. "네가 테이블을 치우러 오지 않아서 내가
이것들을 직접 들고 왔다." 그녀는 보통의 경우보다 좀 더 길
게 나를 주시한 다음 카페를 나갔는데, 거기에는 예전에 보
았던 특유의 '한 대 때릴 수만 있다면 얼마나 좋을까.' 하는
눈빛이 담겨 있었다.

내 안에서 그 늙은 여자에 대한 증오가 되살아났다. 잠시
후 매기 누나가 아래층으로 내려왔을 때 나는 극도로 열 받
은 상태였다. 누나는 내 상태를 즉각 알아채고 무슨 일인지

물었다. 손님은 테라스에만 한두 명 있었을 뿐 카페 안은 비어 있어서 나는 프레이저 할망구를 온갖 고약한 명칭으로 불러 대며 소리를 지르기 시작했다. 그 여자는 그렇게 불리는 게 마땅했다. 누나는 나를 진정시킨 다음 이렇게 말했다.

"그런데 그 여자는 이제 교사가 아니야. 그저 남편한테서 버림받은 늙은이일 뿐이야."

"놀랄 일도 아니지."

"하지만 조금쯤은 안됐다는 마음을 가져야 해. 은퇴 생활을 즐길 수 있을 거라고 기대했던 바로 그때 남편이 젊은 여자랑 떠나 버렸거든. 그래서 지금은 그 '비앤비'를 혼자서 경영하고 있어. 사람들 말로는 쓰러지기 일보직전이라더라."

이 소식에 나는 원기가 크게 회복되었다. 나는 이내 프레이저 할망구의 일을 잊어버렸다. 한 무리의 사람들이 카페로 쏟아져 들어와 참치 샐러드를 잔뜩 만들어야 했기 때문이다. 그로부터 2~3일 후 나는 주방에서 매형과 이야기하면서 그 여자에 대한 정보를 몇 가지 더 얻었다. 그 여자의 남편이 마흔 몇 살일 때 자기 비서와 떠났다는 것, 그들의 호텔은 처음 시작할 때는 괜찮았지만 지금은 투숙객들이 환불을 요구하거나 입실한 지 몇 시간 지나지 않아 체크아웃을 한다는 그런 이야기들이었다. 얼마 전 누나를 도와 도매로 물건을 구입해 오면서 나는 그곳을 본 적이 있었다. 프레이저 할망구의 호텔은 엘가로(路)에 자리 잡은 상당히 크고 튼튼한 화강암 건물로, '몰번 산장'이라는 어울리지 않게 커다란 간판이 달려 있었다.

하지만 지금 프레이저 할망구에 대해 자세한 이야기를 늘어놓고 싶진 않다. 그 여자나 그 여자의 호텔에 강박증 같은 것은 없다. 내가 지금 여기서 이런 이야기를 하는 이유는 그다음에 벌어진 일, 그러니까 틸로 부부가 카페로 들어온 후에 생긴 일 때문이다.

그날 매형이 그레이트몰번에 가고 없었으므로 카페를 지키고 있는 것은 나와 누나뿐이었다. 가장 붐비는 점심 식사 시간은 지났지만 그 부부가 들어왔을 때 우리는 아직도 할 일이 많았다. 그들의 억양을 듣는 순간 나는 그들을 '독일인'이라고 머릿속에 기록했다. 나는 인종차별주의자는 아니다. 하지만 카운터 뒤에 서서 누가 비트를 빼 달라고 했는지, 누가 빵을 더 달라고 했는지, 누구의 주문서에 어떤 내용을 기록했는지를 기억해야 하는 상황에서는 모든 손님들의 특징을 포착해서 별명을 짓거나 신체 특징에 주목하는 것 외에는 달리 방법이 없다. 원숭이 얼굴에겐 플라우맨스 런치*와 커피 두 잔, 위스턴 처칠과 그의 아내에겐 참치 마요네즈

---

* 빵과 치즈 등 바로 먹을 수 있는 음식을 접시나 보드 위에 그대로 내는 요리. 농부(플라우맨)의 새참에서 명칭이 유래했다.

바게트, 하는 식이었다. 이런 이유에서 틸로와 소냐에게 '독일인'이라는 별명을 붙인 것이다.

그날 오후는 몹시 더웠지만 대부분 영국인들인 손님들은 여전히 테라스에 앉고 싶어 했다. 그들 중 몇몇은 파라솔조차 이용하지 않아 햇빛에 피부가 붉게 달아올랐다. 하지만 그 독일인들은 그늘진 실내에 들어와 앉았다. 그들은 통 넓은 낙타색 바지에 티셔츠와 운동화 차림이었는데 어딘지 모르게 기품이 있어 보였다. 유럽인들 특유의 멋스러움 말이다. 그들은 40대, 어쩌면 50대 초반일 것 같았는데 그 단계에서 나는 그들에게 별다른 관심을 기울이지 않았다. 나직하게 대화를 나누며 점심을 먹는 모습은 여느 유쾌한 유럽 출신 중년 부부의 모습과 다름없었다. 잠시 후 남자가 일어나서 카페 안을 왔다 갔다 하기 시작했다. 그는 걸음을 멈추고 매기 누나가 벽에 걸어 놓은 1915년 당시 그 건물의 모습이 담긴 빛바랜 사진을 살펴보았다. 그런 다음 두 팔을 벌리며 말했다.

"이곳 영국의 시골은 기막히게 멋지군요! 우리 스위스에도 멋진 산들이 많지요. 하지만 이곳은 달라요. 이곳은 언덕들이에요. 힐스라고 부르더군요. 이 언덕들에는 부드럽고 친근한 특유의 매력이 있어요."

"아, 두 분은 스위스에서 오셨군요. 늘 거기에 가 보고 싶었는데. 알프스, 케이블카 같은 것들이 너무 환상적일 것 같아서요." 누나가 특유의 예의 바른 어조로 대답했다.

"물론입니다, 우리나라에는 아름다운 곳들이 많지요. 하지만 여기 이 지방에는 특별한 매력이 있네요. 우리는 오래전부터 여기에 와 보고 싶었답니다. 언제나 이곳에 대한 이야기를 했는데 이제 마침내 여기 와 있네요!" 그는 사람 좋은 웃음을 터뜨렸다. "여기 오게 되어서 참으로 행복하답니다!"

"멋지군요. 이곳을 충분히 즐기시길 바랍니다. 오래 계실 건가요?" 누나가 물었다.

"사흘 더 있다가 다시 일을 시작해야 합니다. 아주 오래전 엘가에 대한 멋진 다큐멘터리 영화를 본 후로 꼭 한 번 와 보고 싶었어요. 엘가가 좋아하는, 그 사람이 자전거를 타고 구석구석 누볐을 이 언덕들에 말입니다. 그런데 지금 마침내 여기에 와 있는 거예요!"

누나는 잠시 동안 그들이 영국에서 이제까지 어디를 갔었는지에 대해, 이 지역에서 무엇을 봐야 하는지에 대해, 관광객에게 하게 마련인 일반적인 사항에 대해 그와 이야기를 나누었다. 나는 그런 이야기를 수없이 들어 왔으므로 좀 무심코 그들의 대화를 흘려듣기 시작했다. 그 사람들은 사실은 스위스인들이고 차를 빌려 여행을 하고 있었다. 남자는 영국이 얼마나 멋진 곳인지, 모두들 얼마나 친절한지를 줄곧 이야기하면서 누나가 조금이라도 재미있는 이야기를 하면 매번 크게 웃음을 터뜨렸다. 하지만 조금 전에 말한 대로 나는 그들의 말을 흘려들으며 그들을 상당히 지루한 커플로 치부하고 있었다. 내가 잠시 후 그들에게 다시 관심을 갖기 시작한 것은, 남자는 자기 아내를 그 대화에 끌어들이기 위해 줄곧 애를 쓰는데, 여자는 가이드북에 시선을 고정한 채 옆에서 들리는 대화를 전혀 의식하지 않는 듯 줄곧 침묵을 지키고 있다는 사실을 깨달으면서부터였다. 바로 그즈음부터 나는 그들을 좀 더 주의 깊게 관찰하기 시작했다.

그들은 둘 다 자연스럽고 고르게 햇빛에 그을린 모습이었다. 건물 밖에 있는 땀방울 맺힌 가재 같은 현지인들의 모습과는 상당히 달랐다. 그리고 나이가 상당히 많은데도 둘 다 날씬하고 탄탄해 보였다. 남자의 머리는 반백이었지만 풍성했고, '아바'의 남성 멤버들을 연상시키는 1970년대의 풍으로 잘 손질되었다. 여자는 머리카락이 거의 눈(雪)빛에 가까운 밝은 금발로 엄한 표정에 입 주위에는 잔주름이 잡혀 있었다. 그것만 아니라면 아름다운 중년 여인의 얼굴이라고 할 만했다. 앞서 말했듯이 남자는 여자를 대화에 끌어들이기 위해 애쓰고 있었다.

"물론 제 아내도 엘가를 무척 좋아해서 그가 태어난 생가에 몹시 와 보고 싶어 했답니다."

침묵.

"고백하건대, 전 파리를 그렇게 좋아하는 편은 아닙니다. 전 런던이 훨씬 더 좋아요. 하지만 여기에 있는 제 아내 소냐는 파리를 사랑한답니다."

또 침묵.

이런 식의 언급을 할 때마다 그 남자가 구석에 앉아 있는 여자를 돌아보았으므로 매기 누나 역시 그 여자를 건너다보지 않을 수 없었다. 하지만 여자는 여전히 가이드북에서 눈길을 들려 하지 않았다. 남자는 이런 아내의 태도에 별로 개의치 않는 듯 유쾌하게 이야기를 계속했다. 그런 다음 그는 다시 두 팔을 앞으로 뻗으며 말했다. "괜찮으시다면 전 잠깐 밖에 나가서 이 나라의 멋진 풍경에 감탄을 표하고 싶습니다."

그 남자는 밖으로 나갔다. 그가 테라스를 왔다 갔다 하는 것이 보였다. 이윽고 그의 모습이 시야에서 사라졌다. 여자는 여전히 구석에 앉아 가이드북을 읽고 있었다. 잠시 후 매기 누나가 여자의 테이블로 가서 잔들을 치우기 시작했다. 여자는 누나의 존재를 완전히 무시하고 있었다. 하지만 누나가 롤케이크가 아주 조금 남아 있는 접시를 들어 올리자 갑자기 탁 소리를 내며 책을 덮고는 필요 이상으로 큰 소리로 말했다. "다 먹은 게 아니라고요!"

누나는 죄송하다고 말하고 접시를 놓아두었다. 나는 여자가 남은 롤케이크에 손도 대지 않는 것을 보았다. 누나는 걸어가며 나에게 시선을 던졌고 나는 어깨를 으쓱해 보였다. 잠시 후 누나는 아주 공손하게 여자에게 더 필요한 것이 없는지 물었다.

"아뇨, 아무것도 필요 없어요."

나는 그 여자의 말투에서 혼자 있고 싶어 한다는 것을 감지할 수 있었지만, 누나는 습관적으로 행동했다. 누나는 진심으로 알고 싶다는 듯 물었다. "뭐 불편한 건 없으셨어요?"

그 질문이 떨어지고 나서 최소한 5~6초 동안 여자는 마치 질문을 듣지 못한 것처럼 책에서 눈을 떼지 않았다. 그러더니 다시 책을 내려놓고는 누나를 물끄러미 응시했다.

"그렇게 물으니 말하지요. 음식은 꽤 괜찮았어요. 이 근처의 끔찍한 식당들보다 훨씬 낫더군요. 하지만 샌드위치와 샐러드 하나를 먹기 위해서 우리는 35분을 기다려야 했어요. 35분을 말이에요."

그때 나는 여자의 얼굴이 분노로 납빛이 되어 있음을 알았다. 갑자기 확 올랐다가 사라지는 그런 종류의 분노가 아니었다. 그랬다. 장담하건대 그 여자는 아까부터 그런 극도의 분노 상태였던 것이 분명했다. 그것은 지독한 두통처럼 다가와서는 아주 심해지지도 않고 그렇다고 적절한 출구도 찾지 못한 채 일정한 강도로 머물러 있는 그런 분노였다. 쉽게 흥분하는 편이 아니었던 매기 누나는 상대의 진짜 상태를 알아채지 못하고 그 여자가 흔히 하듯 가벼운 불평을 하고 있다고 여긴 모양이었다. 누나는 가볍게 사과한 다음 이렇게 덧붙이기 시작한 것이다. "하지만 아시겠지만 붐비는 점심 식사 시간을 보낸 참이라서……."

"그런 일은 매일같이 일어나는 거 아닌가요? 그렇지 않아요? 여름이고 날씨가 좋으면 매일같이 그 시간에 붐비는 거 아니냐고요? 그렇죠? 그렇다면 어째서 그것에 대비하지 않은 거죠? 매일같이 일어나는 일이 뜻밖에도 당신을 놀라게 했다, 지금 그런 얘기를 하고 있는 건가요?"

여자는 줄곧 누나를 응시하고 있었다. 내가 카운터 뒤에서 나와 누나 옆에 가서 서자 그 여자는 내게로 시선을 옮겼다. 내 얼굴에 나타난 표정을 보더니 그 여자의 분노 수치가 좀 더 올라간 것 같았다. 누나는 몸을 돌리고 나를 바라보며 부드럽게 떠밀기 시작했지만 나는 밀리지 않고 그 여자를 줄곧 응시했다. 나는 그 여자에게 이 일이 그녀와 매기만의 문제가 아님을 알려 주고 싶었다. 이제 일이 어떻게 전개될지 알 수 없었다. 하지만 그 순간 그 여자의 남편이 들어왔다.

"정말 멋진 전망이에요! 멋진 전망, 멋진 점심 식사, 멋진 나라예요!"

나는 지금 카페 안의 분위기가 어떤지 그가 알아채도록 잠시 가만히 있었다. 하지만 혹시 알아챘다 한들 그는 그것을 문제 삼을 생각이 없는 듯했다. 그는 자기 아내를 향해 미소를 지어 보이고는, 아마도 우리를 배려해서인 듯 영어로 말했다. "소냐, 당신도 가서 한 번 봐야 해. 저 작은 오솔길 끝까지만 걸어가면 돼!"

그 여자는 독일어로 말한 다음 다시 가이드북을 들여다보기 시작했다. 남자가 카페 안쪽으로 더 들어와 우리에게 말했다.

"원래는 오늘 오후에 웨일스로 넘어갈 생각이었습니다. 하지만 이곳의 몰번힐스가 너무나 아름다워서 남은 휴가 사흘 동안 이 지역에서 머물까 합니다. 아내가 동의한다면 정말 좋겠어요!"

그가 여자를 바라보자 여자는 어깨를 으쓱해 보이고는 독일어로 말했다. 남자는 그 말에 특유의 커다랗고 편안한 웃음을 터뜨렸다.

"잘됐군! 아내도 그러자는군요! 그럼 정해졌네요. 우리는 웨일스로 가지 않을 겁니다. 이 근처에서 앞으로 사흘 동안 어슬렁거리며 지낼 거예요!"

그 남자가 빛나는 눈빛으로 우리를 바라보자 매기가 격

려의 말을 했다. 여자가 책을 내려놓고 갈 준비를 하는 것을 보고 나는 마음이 놓였다. 남자 역시 테이블로 가서는 작은 배낭을 집어 들어 어깨에 멨다. 그런 다음 매기에게 말했다.

"혹시 이 근처에 묵을 만한 작은 호텔이 있을까요? 너무 비싸지 않으면서도 편안하고 쾌적한 곳이면 좋겠습니다. 그리고 가능하다면 영국적인 풍취가 담긴 그런 곳 말입니다!"

누나는 이런 질문에 조금 당황해서 잠시 대답을 지체하며 이런 말을 늘어놓았다. "어떤 호텔을 원하세요?" 그때 내가 재빨리 말했다.

"이 근처에서 가장 좋은 곳은 프레이저 부인의 호텔입니다. 워체스터로 가는 길가에 있지요. 이름이 '몰번 산장'이랍니다."

"몰번 산장이라니! 바로 우리가 찾던 곳 같군요!"

누나가 하는 수 없다는 듯 몸을 돌리고 테이블을 치우는 척하는 동안 나는 그들에게 프레이저 할망구의 호텔을 찾아가는 법을 자세히 설명해 주었다. 이윽고 그 부부는 카페를 나갔다. 남자는 활짝 웃으며 우리에게 감사를 표했고 여자는 뒤를 돌아보지 않았다.

누나가 나에게 피곤하다는 눈길을 주고는 고개를 저었다. 나는 그저 어깨를 으쓱해 보인 다음 말했다.

"저 여자랑 프레이저 할망구가 잘 어울릴 거라는 건 누나도 인정해야 해. 이런 기회를 놓칠 순 없잖아."

"너는 그런 장난을 쳐도 아무 상관 없겠지. 하지만 난 여기 살아야 하잖아." 누나가 내 옆을 지나 주방으로 가면서 말했다.

"그래서 어쨌다는 거야? 이것 봐, 누나가 저 독일인들을 다시 만날 일은 없을 거야. 그리고 프레이저 할망구가 우리가 지나가는 관광객한테 자기 호텔을 권했다는 걸 알면 불평은 하지 않을걸, 안 그래?"

누나는 고개를 내저었다. 하지만 이번에는 얼굴에 웃음기를 머금었다.

그 후 카페의 손님이 뜸해졌고 이어 매형이 돌아왔으므로 나는 그날 하루분의 몫 이상을 한 것 같아서 위층으로 올라왔다. 내 방에 들어온 다음 나는 한동안 기타를 들고 퇴창에 앉아서 반쯤 완성된 노래에 몰두했다. 하지만 이윽고, 사실 시간이 그리 많이 지난 것 같지도 않았는데, 오후의 붐비는 티타임이 시작되는 소리가 들려왔다. 언제나 그런 것처럼 손님이 너무 많으면 누나는 나에게 내려와서 일을 도와 달라고 청할 터였다. 그런데 지금까지 내가 한 몫을 감안하면 그건 정말이지 부당한 처사였다. 그래서 나는 집을 빠져나가 언덕으로 가서 그곳에서 하던 일을 계속하는 것이 최선이라고 결론지었다.

나는 아무도 만나지 않은 채 뒷문으로 나왔다. 나오자마자 바깥 공기가 무척 상쾌하게 느껴졌다. 하지만 기타를 들고 있어서 더 그랬겠지만, 상당히 더워서 그나마 바람이 부는 것이 다행이었다.

나는 그 전 주에 찾아낸 특별한 장소를 향해 걷기 시작했다. 그곳까지 올라가려면 집 뒤에 있는 가파른 오솔길로 접어들어 몇 분간 좀 더 완만한 경사를 따라 올라가야 했다. 그러면 그 벤치가 나온다. 내가 애써 그곳을 고른 이유는 그곳 전망이 환상적이어서만이 아니라, 사람들이 지친 아이들을 데리고 비틀비틀 걸어 올라와 벤치에 이미 앉아 있는 사람 옆에 털썩 주저앉는 그런 교차로가 아니기 때문이었다. 그렇다고 아주 한적한 곳은 아니었다. 이따금 지나가는 사람이 "안녕하세요!"라고 인사를 건네며 걸음을 멈추지 않은 채 내 기타에 대해 한두 마디 덧붙일 수 있는 그런 곳이었다. 나는 그런 것 정도는 전혀 개의치 않았다. 그곳에서는 청중이 있는 동시에 없는 상태가 될 수 있었고, 그것은 내 상상력에 필요한 약간의 긴장감을 주었다.

그곳의 내 벤치에 앉은 지 30분 정도 지났을까. 언제나처럼 짧게 인사를 건네고 지나간 사람들이 몇 미터 떨어진 곳에서 걸음을 멈추고 나를 지켜보고 있다는 것을 깨달았다.

그 때문에 신경이 쓰여서 나는 약간 빈정대는 투로 말했다.

"괜찮습니다. 동전 같은 건 던지실 필요 없습니다."

이에 대한 답으로 커다랗고 사람 좋은 웃음이 돌아왔다. 나는 누구의 웃음인지 알 수 있었다. 나는 고개를 들고 벤치를 향해 다가오는 '독일인들'을 바라보았다.

프레이저 할망구의 호텔을 찾아간 그들이 나한테 속았다는 것을 깨닫고 앙갚음을 하러 온 것인지도 모른다는 생각이 머릿속을 스쳤다. 하지만 그때 남자뿐 아니라 여자 역시 활짝 웃음을 짓고 있는 모습이 보였다. 그들은 천천히 걸어와 걸음을 늦추고 내 앞에 섰다. 해가 질 때쯤이어서 광활한 오후 하늘을 배경으로 선 그들의 모습이 그 순간 두 개의 실루엣처럼 보였다. 이윽고 그들이 더 가까이 다가왔을 때 나는 그들 둘 다 내가 연주하는 기타를 행복하고 경이적인 눈길, 사람들이 아기를 바라보는 그런 눈길로 골똘히 쳐다보고 있음을 알았다. 놀랍게도 여자는 내 노래의 박자에 발장단을 맞추고 있었다. 나는 좀 어색해져서 연주를 멈추었다.

"계속해요! 지금 연주한 부분, 참 좋아요." 여자가 말했다.

"그래요, 멋지군요! 멀리서 당신 음악을 들었어요." 남자가 멀리 한 지점을 손가락으로 가리켰다. "우리는 저기 저 산등성이에 있었어요. 내가 소냐에게 말했어요. '어디선가 음악

소리가 들리는 것 같아.'"

"노랫소리도 들린다고 내가 틸로한테 대답했답니다. 들어
봐요, 누군가 노래를 부르고 있어요. 내 말 맞죠, 그렇죠?
조금 전에 당신은 노래를 부르고 있었어요." 여자가 말을 받
았다.

나는 지금 내 앞에서 웃고 있는 이 여자가 점심시간에 우
리에게 그렇게 고약하게 굴던 바로 그 여자라는 사실을 믿
기 어려웠다. 그래서 내가 혹시 사람을 잘못 본 것일지도 모
른다는 생각이 들어 주의 깊게 다시 살펴보았다. 하지만 그
들은 아까 입었던 것과 똑같은 옷을 입고 있었고, 남자의
'아바' 스타일 머리가 바람에 약간 흐트러지긴 했지만 아까
본 것임에는 의심의 여지가 없었다. 어쨌든 다음 순간 남자
가 말했다.

"당신은 아까 그 기분 좋은 식당에서 우리에게 점심 식사
를 만들어 준 바로 그 신사분인 것 같군요."

나는 그렇다고 대답했다. 그러자 여자가 말했다.

"조금 전에 당신이 부른 그 멜로디 말이에요. 그걸 저기에
서 바람결에 처음 들었어요. 소절 끝마다 내려가는 음들이
참 좋더군요."

"고맙습니다. 제가 지금 만들고 있는 곡이에요. 아직 완성
되지 않았죠." 내가 말했다.

"당신이 직접 작곡한 거라고요? 그렇다면 분명 굉장한 재능이 있는 거예요! 부디 조금 전에 한 것처럼 그 멜로디를 다시 들려주세요."

"잘 아시겠지만, 이 노래를 녹음할 때는 프로듀서에게 당신이 '이런' 사운드를 원한다고 알려 줘야 해요. 바로 이런 거 말입니다!" 남자가 우리 앞에 펼쳐져 있는 헤리퍼드셔를 가리켰다. "당신이 원하는 사운드, 다시 말해서 노래의 배경으로 바로 이런 걸 원한다고 짚어 줘야 한다고요. 그러면 당신의 노래를 듣는 사람들이 오늘 우리가 들은 것을 들을 수 있을 거예요. 언덕의 사면을 내려오면서 우리가 바람결에 들었던 바로 그것처럼……."

"하지만 물론 좀 더 분명해야 해요. 그렇지 않으면 가사를 알아들을 수 없을 테니까요. 하지만 틸로 말이 옳아요. 야외를 연상시키는 게 있어야 해요. 바람이나 메아리 같은 거 말이에요." 여자가 거들었다.

그들은 지금 언덕 가운데에서 또 다른 엘가를 만나기라도 한 것처럼 흥분했다. 조금 전의 의혹이 사라지지 않았지만 나는 그들을 따뜻하게 대하지 않을 수 없었다.

"음, 제가 이 곡의 대부분을 여기에서 썼으니까 곡에 이곳의 분위기가 담긴 것도 이상할 게 없지요." 내가 말했다.

"맞아요, 그래요." 둘 다 고개를 끄덕이며 동의했다. 그런 다음 여자가 말했다. "민망하시거나 한 건 아니죠. 부디 우리에게 당신 음악을 들려주세요. 너무나도 멋지더군요."

"좋습니다." 나는 한두 소절을 튕겨 보았다. "좋아요. 정말로 원하신다면, 두 분께 한 곡 불러 드리죠. 아직 완성되지는 않았지만요. 이건 다른 곡이에요. 그런데 잠깐만요. 그렇게 바로 앞에 서 계시면 연주를 할 수가 없어요."

"아, 그렇군요. 생각이 짧았어요. 소냐와 나는 괴상하고 힘든 조건에서 연주를 해야 했기 때문에 다른 뮤지션들이 필요로 하는 것에 둔감해졌답니다." 틸로가 말했다.

그는 주위를 둘러보더니 오솔길 근처의 풀숲으로 가서 내게 등을 돌린 자세로 탁 트인 전망을 바라보며 앉았다. 여자는 내게 격려의 미소를 지어 보인 다음 남편 옆에 가서 앉았다. 여자가 앉자마자 남자는 한쪽 팔로 그녀의 어깨를 감싸 안았다. 이어 여자가 그에게 몸을 기댔다. 그들은 마치 내가 그곳에 없는 듯 늦은 오후의 시골 풍경을 내려다보며 친밀하고 달콤한 순간을 즐기고 있었다.

"좋아요, 이제 노래 나갑니다." 내가 말했다. 그런 다음 나는 오디션에서 대개 시작 곡으로 부르는 노래를 연주하기 시작했다. 나는 지평선 쪽을 바라보며 노래를 불렀지만 틸로와 소냐에게 줄곧 눈길이 갔다. 표정을 볼 수는 없었지만 그들이 편안하게 서로에게 몸을 밀착하고 있는 것으로 미루어 내 음악을 즐기고 있음을 알 수 있었다. 연주를 마치자 그들은 활짝 웃음을 띠고 내게로 몸을 돌리고는 언덕에 메아리 칠 정도로 박수를 쳤다.

"환상적이에요! 정말 굉장하군요!" 소냐가 말했다.

"아주 멋지군요, 멋져요." 틸로도 동의했다.

나는 이런 반응이 약간 당혹스러워서 기타를 매만지는 척했다. 내가 다시 시선을 들었을 때 그들은 여전히 바닥에 앉아 있었지만 이제는 방향을 바꿔 나를 바라보고 있었다.

"그러니까 두 분은 뮤지션이신가요? 제 말은 프로 뮤지션이신가 하는 겁니다." 내가 물었다.

"그래요. 프로 뮤지션이라고 해도 될 것 같군요. 소냐와 나는 호텔이나 식당에서 듀오로 연주합니다. 결혼식이나 파티에 불려 가기도 하고 말이죠. 우리가 가장 일하기 좋아하는 곳은 스위스와 오스트리아이지만 대개 유럽 전체를 돌아다녀요. 우리는 이런 일을 해서 먹고살아요. 그러니 맞아요. 우리는 프로 뮤지션입니다." 틸로가 대답했다.

"하지만 우리가 음악을 연주하는 건 다른 무엇보다도 음악을 믿기 때문이에요. 그리고 당신도 그렇다는 걸 나는 알 수 있어요." 소냐가 말했다.

"더 이상 내 음악을 믿지 않게 된다면 난 음악을 그만둘 겁니다." 내가 대답했다. 그런 다음 이렇게 덧붙였다. "나는 진심으로 프로 뮤지션이 되고 싶어요. 틀림없이 멋진 삶이 될 거예요."

"아, 그래요. 멋진 삶이죠. 지금의 일을 할 수 있다니 우리는 몹시 운이 좋은 셈이에요." 틸로가 말했다.

"잠깐만요. 그런데 제가 말씀 드린 그 호텔로 가셨나요?" 내가 약간 갑작스럽게 물었다.

"이렇게 예의가 없다니! 당신 음악에 매혹되는 바람에 감사의 말을 한다는 걸 까맣게 잊었어요. 그래요, 우리는 그곳에 갔고 그곳은 정말이지 안성맞춤이더군요. 다행히 아직 빈 방이 있었어요." 틸로가 말했다.

"우리가 원하던 곳이에요. 고마워요." 소냐가 말했다.

나는 다시 한번 기타를 매만지는 척했다. 그런 다음 가능한 한 자연스럽게 말했다. "말이 나왔으니 말인데, 제가 아는 호텔이 하나 더 있어요. 그곳이 몰번 산장보다 나을 것 같아요. 호텔을 바꾸시는 게 좋겠어요."

"아, 하지만 우리는 그곳에 자리를 잡았어요. 이미 짐을 모두 풀었지요. 게다가 그곳은 우리에게 딱 맞는 바로 그런 호텔입니다."

"그렇겠죠. 하지만…… 음, 그러니까 어떻게 된 건가 하면, 아까 두 분이 호텔에 대해 물으셨을 때 전 두 분이 뮤지션인 줄 몰랐어요. 은행의 간부나 뭐 그런 사람들이라고 생각했지요."

둘 다 웃음을 터뜨렸다. 마치 내가 기막힌 농담이라도 던진 것처럼. 틸로가 말했다.

"아니, 그렇지 않아요. 우리는 은행 간부가 아니랍니다. 그랬으면 좋겠다고 생각한 적은 많지만 말이에요!"

"내 말은 아티스트들에게 훨씬 잘 맞는 호텔들이 있다는 겁니다. 낯선 사람이 호텔을 추천해 달라고 했을 때 그들이 어떤 사람들인지 알기 전에는 적절한 호텔을 권하기가 어렵죠." 내가 말했다.

"그런 걱정을 해 주다니 정말 친절하시군요. 하지만 그런 걱정은 더 이상 하지 마세요. 지금 묵고 있는 호텔도 완벽합니다. 게다가 사람이란 그리 다르지 않지요. 은행 간부든 뮤지션이든 우리 모두가 결국 삶에서 바라는 건 같아요." 틸로가 말했다.

"하지만 꼭 그렇다고는 할 수 없어요. 여기 있는 우리의 젊은 친구는 은행 일자리를 찾고 있지 않잖아요. 이 사람의 꿈은 다른 데 있어요." 소냐가 말했다.

"당신 말이 맞는 것 같군, 여보. 어쨌든 호텔은 지금으로 만족해요."

나는 기타 줄 위로 몸을 굽히고 혼자 또 다른 소절을 튕겼다. 잠시 동안 아무도 말을 하지 않았다. 이윽고 내가 물었다. "그렇다면 두 분은 어떤 음악을 연주하시나요?"

틸로가 어깨를 으쓱해 보였다. "소냐와 나는 여러 가지 악기를 연주해요. 둘 다 건반 악기 전공이지만, 나는 클라리넷을 좋아하고 소냐는 바이올린 연주를 잘할 뿐 아니라 뛰어난 가수랍니다. 우리가 가장 좋아하는 연주는 스위스의 민속 음악을 현대적 방식으로 연주하는 거예요. 우리 연주를 들으면 때로 너무 앞서 나간다고 생각할 수도 있어요. 우리는 같은 길을 걸은 위대한 작곡가들로부터 영감을 얻습니다. 예를 들어 야나체크 같은 음악가 말이에요. 영국에는 본 윌리엄스가 있지요."

"하지만 요즘은 그런 음악을 그다지 많이 연주하지 않아요." 소냐가 말했다.

그들은 한 줄기 긴장감이 서린 것 같은 시선을 교환했다. 이윽고 틸로의 얼굴에 평소의 미소가 돌아왔다.

"그래요. 지금 아내가 지적한 대로 실제로 우리가 연주해야 하는 건 대부분 청중이 좋아할 만한 곡들입니다. 그래서 우리는 많은 히트 곡들을 연주하죠. 비틀스나 카펜터스 그리고 최신 곡들을 말이에요. 그런 곡들은 아주 반응이 좋죠."

"아바의 노래는 어떤가요?" 내가 충동적으로 물었다. 그런 다음 즉각 그렇게 말한 것을 후회했다. 하지만 틸로는 내 말에서 조롱의 기미 같은 것은 눈치채지 못한 것 같았다.

"그래요. 물론 우리는 아바의 곡들도 연주해요. 「댄싱 퀸」은 언제나 환영받죠. 실제로 「댄싱 퀸」의 중간에 나오는 짤막한 하모니 부분을 내가 직접 불러요. 내 목소리가 얼마나 끔찍한지는 아내가 말해 줄 거예요. 그래서 우리는 신경 써서 고객들이 한창 식사 중일 때 이 노래를 부르죠. 그럼 아무도 도망치지 못할 테니까!"

그는 특유의 커다란 웃음을 터뜨렸고, 그렇게 큰 소리는 아니었지만 소냐 역시 소리 내어 웃었다. 검은 잠수복 같은 것을 갖춰 입은 사이클 광팬이 우리 곁을 지나갔다. 이어 잠시 동안 우리는 순식간에 멀어져 가는 그의 뒷모습을 바라보았다.

"스위스에 한 번 가 봤어요. 두어 해 전 여름이었죠. 인터라켄에요. 그곳 유스호스텔에 묵었답니다."

"아, 그렇군요. 인터라켄은 아름다운 곳이에요. 스위스 사람들 중에는 그곳이 관광객에게나 맞는 경박한 곳이라고 여기는 이들이 있지만 말이에요. 하지만 소냐와 나는 언제나 그곳에서 연주하는 게 좋아요. 실제로 여름 저녁에 그곳 인터라켄에서 세계 각지에서 온 행복한 사람들 앞에서 연주하는 건 정말이지 멋진 일이지요. 그곳 방문이 즐거웠기를 바라요."

"예, 멋진 여행이었어요."

"우리는 매해 여름 며칠 동안 인터라켄의 어느 식당에서 연주하는 일정이 있어요. 우리는 그 식당의 캐노피 아래 자리를 잡고 식사하는 사람들을 마주 보며 연주를 하죠. 그런 여름 저녁이면 물론 식사 테이블들이 야외에 놓인답니다. 그래서 연주를 하면서 우리는 별들 아래에서 식사를 하며 이야기를 나누는 관광객들을 볼 수 있어요. 우리 앞에는 넓은 벌판이 펼쳐져 있는데, 낮 동안 그곳에는 패러글라이더가 착륙하지만 밤에는 주도로인 회에베크를 따라 가로등이 켜 있어요. 좀 더 멀리 시선을 던지면 들판을 지나 알프스를 볼 수 있죠. 아이거 봉, 뮌히 봉, 융프라우 봉의 윤곽이 보인답니다. 공기는 기분 좋게 따뜻하고 주위에는 우리가 연주하는 음악이 가득 차는 거죠. 그곳에 있을 때면 나는 언제나 우리가 특권을 누리고 있다는 느낌이 들어요. 그래요, 이렇게 사는 건 좋은 것 같아요."

"그런데 작년에 그 식당 매니저가 우리에게 정식으로 의상을 갖춰 입고 연주해 달라고 요구하더군요. 날씨가 몹시 더웠는데도 말이죠. 정말 불편했어요. 그래서 우리는 의상을 입고 안 입고가 무슨 차이가 있는가, 우리가 거추장스러운 조끼와 스카프와 모자를 써야 할 이유가 어디 있는지 물었죠. 블라우스만 입어도 말쑥하고 스위스적으로 보이는데 말이에요. 하지만 그 식당의 매니저 말이 의상을 완전히 갖춰 입지 않을 거면 연주를 할 수 없다는 거예요. 연주를 안 하는 건 우리의 자유라고 하면서 가 버리더군요."

"하지만 여보, 그건 어떤 직업이나 마찬가지야. 그러니까 언제나 고용주들이 입으라는 차림, 유니폼 같은 게 있는 거지. 그건 은행 간부들도 마찬가지라니까! 우리의 경우 적어도 그건 우리가 믿는 그 무엇, 그러니까 스위스의 문화, 스위스의 전통 같은 거잖아."

그들 사이에는 다시 한번 살며시 어색한 기운이 감돌았다. 하지만 그것은 아주 짧은 순간이었을 뿐 이내 두 사람 모두 미소를 지으며 다시 내 기타를 응시했다. 나는 무슨 말이든 해야 할 것 같아서 입을 열었다.

"두 분 일은 재미있을 것 같아요. 여러 나라를 돌아다니며 연주를 할 수 있다니 말이에요. 그렇게 해서 감각을 유지하고 청중을 민감하게 의식할 수 있겠지요."

"그래요. 온갖 종류의 사람들을 위해 연주하는 건 좋은 일이죠. 비단 유럽의 경우만이 아니라 말이에요. 많은 도시들이 대개 멋지다는 걸 알게 되었답니다." 틸로가 대답했다.

"뒤셀도르프가 그래요." 하고 소냐가 말을 받았다. 이제 그 여자의 목소리에는 뭔가 다른 것, 좀 더 딱딱한 기운이 서려 있었다. 나는 그런 여자에게서 아까 카페에서 만난 그 인물을 다시 느낄 수 있었다. 하지만 틸로는 아무것도 눈치

채지 못한 듯 자연스럽게 말했다.

"뒤셀도르프에는 우리 아들이 살고 있답니다. 그 애는 바로 당신 나이예요. 어쩌면 좀 더 많을지도 모르겠군요."

"올해 초에 우리는 뒤셀도르프에 갔었어요. 그곳에 연주 일정이 있었거든요. 늘 있는 흔한 연주가 아니라 우리가 원하는 진짜 음악을 연주할 수 있는 기회였답니다. 그래서 우리는 그 애에게 전화를 걸었어요. 우리 아들, 하나밖에 없는 우리 자식에게 말이에요. 우리가 그곳에 왔다는 걸 말하려고 전화를 걸었는데 그 애가 전화를 받지 않아서 메시지를 남겼지요. 여러 통이나 말이에요. 하지만 아무런 대답도 없더군요. 마침내 뒤셀도르프에 도착해서 우리는 또다시 메시지들을 남겼지요. 우리가 여기, 네가 사는 도시에 왔다고요. 여전히 연락이 없더군요. 남편은 걱정 말라고 했어요. 그 애가 그날 밤 우리의 연주회에 올 거라면서 말이에요. 하지만 그 애는 오지 않았어요. 우리는 연주를 했고 그 후 다음 일정을 위해 다른 도시로 갔지요."

틸로가 쿡쿡거리며 웃었다. "피터는 자라면서 우리 음악을 질리도록 들은 것 같아요! 짐작하겠지만 그 애는 가엾게도 거의 매일같이 우리의 연습 연주를 들어야 했답니다."

"좀 힘든 일일 수도 있겠네요. 뮤지션으로 활동하면서 아이들을 기르는 거 말입니다."

"우리에겐 자식이 그 애 하나뿐이에요. 그러니까 그렇게 힘든 편은 아니었고. 물론 운도 좋았어요. 우리가 멀리 가야 할 때 그 애를 데려갈 수 없으면 부모님께서 언제나 기꺼이 도와주셨으니까요. 피터가 좀 더 나이를 먹자 우리는 그 애를 좋은 기숙학교에 보낼 수 있었어요. 또다시 부모님이 도움을 주셨죠. 그렇지 않았다면 학비를 댈 수 없었을 거예요. 그러니 운이 아주 좋았던 거죠." 틸로가 말했다.

"맞아요, 우리는 운이 좋았어요. 피터가 그 학교를 몹시 싫어했다는 것만 빼면요." 소냐가 말했다.

조금 전의 흐뭇한 분위기는 이제 완전히 사라져 버렸다. 분위기를 좀 바꿔 보려고 내가 재빨리 말했다. "음, 어쨌든 두 분 모두 하시는 일을 진정으로 즐기고 계신 것 같네요."

"아, 그래요. 우리는 우리 일을 즐기고 있어요. 일은 우리의 모든 것이에요. 그렇긴 해도 이렇게 휴가를 갖게 되어 몹시 기뻐요. 사실 제대로 된 휴가는 3년 만이에요."

이 말을 듣자 나는 마음이 몹시 불편해져서는 그들을 설득해서 호텔을 옮기게 해야겠다고 생각했지만, 그게 얼마나 우스꽝스럽게 보일지 알 수 있었다. 그저 프레이저 할망구가 손님들에게 잘해 주기를 바랄 수밖에. 그래서 정말로 하고 싶은 말 대신에 이렇게 말했다.

"잠깐만요. 두 분이 원하신다면 조금 전에 만들고 있던 곡을 연주해 드리고 싶습니다. 아직 완성된 게 아니고, 대개 완성 전에는 공개하지 않습니다만 두 분은 이미 그 노래를 들으셨으니 써 놓은 부분까지 연주해도 될 것 같군요."

소녀의 얼굴에 다시 미소가 돌아왔다. "그래요, 들려주세요. 정말 아름답더군요."

내가 연주할 준비를 하자 그들은 다시 몸을 돌려서는 조금 전처럼 내게 등을 돌리고 풍경을 마주 보았다. 하지만 이번에는 서로 껴안는 대신 둘 다 햇빛을 가리기 위해 한 손을 이마에 댄 채 놀랍도록 반듯한 자세로 풀밭에 앉아 있었다. 내가 연주하는 동안 줄곧 그들은 그렇게 앉은 채 이상할 정도로 꼼짝도 하지 않았다. 그런 식으로 오후의 햇빛에 긴 그림자를 드리우고 있는 그들의 모습은 전시된 한 점의 그림처럼 보였다. 나는 미완성 노래를 그럭저럭 마무리했다. 잠시 동안 그들은 움직이지 않았다. 이윽고 그들은 동작을 풀고 박수를 쳤다. 하지만 아까처럼 열렬한 기쁨에 찬 그런 박수는 아니었다. 틸로가 칭찬을 늘어놓으며 자리에서 일어섰고 이어 소녀에게 손을 내밀어 일어나는 것을 도와주었다. 그 순간에야 비로소 나는 그들이 실제로 상당히 나이가 들었음을 떠올릴 수 있었다. 어쩌면 그들은 좀 피곤했을 뿐인지도 모른다. 그들은 나와 마주치기 전에 이미 상당한 거리를 걸었을 것이다. 어쨌든 그들은 몸을 일으키기가 몹시 힘들어 보였다.

"정말 멋진 연주였습니다. 지금 우리가 관광객 입장이고 다른 누군가가 우리를 위해 연주해 주다니! 정말 기분 좋은 변화가 아닐 수 없군요." 틸로가 말했다.

"완성된 다음에 그 곡을 들어 보고 싶어요." 소냐가 말했다. 진심인 것 같았다. "어쩌면 언젠가 라디오에서 흘러나오는 이 곡을 들을 수 있을지도 모르지요. 안 그래요?"

"그렇지. 그리고 소냐와 내가 이 노래를 커버 버전으로 고객들에게 연주하는 거예요!" 틸로가 말했다. 그의 커다란 웃음이 대기를 울렸다. 그런 다음 그는 예의 바르게 허리를 숙여 인사를 하고는 말했다. "그러니까 오늘 우리는 당신에게 세 번이나 빚을 진 셈이군요. 멋진 점심 식사를 하고, 멋진 호텔을 추천받고, 이 언덕에서 멋진 연주를 들었으니 말입니다!"

작별 인사를 나누면서 나는 그들에게 사실을 털어놓고 싶은 충동이 들었다. 내가 고의적으로 그들을 이 근처에서 가장 고약한 호텔로 보냈다고 고백하고 늦기 전에 호텔을 바꾸라고 경고하고 싶었다. 하지만 애정에 찬 동작으로 나와 악수를 하는 그들을 보자 사태를 바로잡기가 더욱 힘들어졌다. 이윽고 그들은 언덕을 내려가고 나는 다시 그 벤치에 홀로 남았다.

내가 언덕에서 내려왔을 즈음 카페 문은 닫혀 있었다. 누나와 매형은 녹초가 된 모습이었다. 누나는 카페가 문을 연 후로 가장 바쁜 날이었다고 말했고 그 사실에 기뻐하는 것 같았다. 카페에서 남은 음식으로 저녁 식사를 하면서 매형 역시 같은 이야기를 했지만 부정적인 면을 중점에 두었다. 자기 두 사람은 줄곧 몹시 힘들게 일했는데 그들을 도와야 할 내가 어디에 가 있었느냐는 식이었다. 누나는 내가 오후를 어떻게 보냈는지 물었다. 나는 틸로와 소냐를 만난 이야기를 하지 않았다. 너무 복잡하게 느껴졌기 때문이다. 다만 슈거로프 언덕까지 올라가서 노래를 만들었다고 말했다. 진전이 좀 있느냐는 누나의 물음에 내가 그렇다고, 이제 실제로 진전이 있다고 대답하는데 매형이 접시에 아직 음식이 남아 있었는데도 피곤한 듯이 자리를 떴다. 누나는 그 모습을 못 본 척했다. 한참 후, 그러니까 몇 분 후에 매형은 캔 맥주 하나를 들고 돌아와 앉아 말없이 신문을 읽기 시작했다. 나는 누나와 매형 사이의 불화의 원인이 되고 싶지 않아서 잠시 후에 자리를 빠져나와 문제의 노래를 좀 더 다듬을 생각으로 위층으로 올라갔다.

내 방은 낮 동안에는 멋진 영감을 선사하는 곳이었지만 해가 진 다음에는 별로 그렇지 못했다. 우선 방의 커튼이 창 전체를 가리지 못했다. 그 말은, 숨 막히는 열기를 참지 못하고 창문을 열면 주위의 날벌레들이 불빛을 보고 모조리 방으로 몰려든다는 뜻이다. 그리고 방의 유일한 조명인, 천장의 전선 고정 장치에 매달려 있는 갓 없는 알전구는 방 전체에 어둑한 그림자를 던져 그곳이 여분의 방임을 더욱 강조했다. 그날 저녁 나는 불을 켜고 일을 하고 싶었다. 머릿속에 떠오르는 노랫말들을 적어 두고 싶었던 것이다. 하지만 방 안이 너무나 답답해서 결국 알전구의 스위치를 끄고 커튼을 젖힌 다음 창문을 활짝 열지 않을 수 없었다. 그런 다음 낮에 했던 대로 기타를 들고 창턱에 앉았다.

나는 그곳에 앉아 브리지 패시지*로 쓸 만한 여러 가지를 시험해 보기 시작했다. 한 시간 정도 지났을까. 노크 소리가 들리더니 누나가 문을 열고 고개를 들이밀었다. 방 안은 물론 캄캄했지만 아래층 바깥 테라스의 보안등 덕분에 누나의 얼굴이 보였다. 누나의 얼굴에는 어색한 미소가 떠올라 있었다. 나는 누나가 나에게 내려와서 다른 일을 도와 달라는 부탁을 할 모양이라고 생각했다. 하지만 누나는 방 안으로 들어와서는 문을 닫고 이렇게 말했다.

"미안해, 얘. 근데 네 매형이 오늘 밤 정말 피곤하대. 줄곧 힘들게 일했거든. 그 사람이 지금 평화롭게 텔레비전을 좀

---

* 두 개의 주제를 잇는 간주 악절.

볼 수 없을까?"

누나가 그 말을 그렇게, 마치 질문처럼 말하는 바람에 그 말이 기타 연주를 중단해 달라는 요구라는 것을 알아듣기까지는 시간이 걸렸다.

"하지만 지금 중요한 대목을 쓰고 있는데." 내가 말했다.

"알아. 하지만 네 매형이 오늘 밤 몹시 피곤하대. 그 사람 말이 네 기타 소리 때문에 편안히 쉴 수가 없다는 거야."

"매형이 알아야 할 게 있는데, 매형한테는 매형이 해야 할 일이 있고 나한텐 내 일이 있다는 거야." 내가 대답했다.

누나는 이 말에 대해 생각해 보는 것 같았다. 이윽고 누나는 한숨을 내쉬었다. "그 말을 그대로 전해선 안 될 것 같다."

"왜? 어째서 그렇게 전하지 않겠다는 거지? 매형도 이제 실상을 알아야 한다고."

"왜 전하지 않느냐고? 그 사람이 들어서 좋아할 말이 아니니까. 그게 전하지 않는 이유야. 그리고 매형이 자기 일과 네 일을 같은 수준에 놓고 생각할 것 같지도 않고."

나는 순간 할 말을 잃고 물끄러미 누나를 응시했다. 그런 다음 다시 말했다. "지금 말도 안 되는 소리를 하고 있군. 왜 그런 헛소리를 하는 거지?"

누나는 힘없이 고개를 내저을 뿐 아무 대답도 하지 않았다.

"누나가 왜 그런 말도 안 되는 소리를 하는지 이해할 수가 없어. 그것도 내 일이 아주 잘 풀리고 있는 이런 때 말이야."

"네 일이 아주 잘 풀리고 있니, 애?" 누나는 어스름한 빛 속에서 줄곧 나를 바라보았다. "음, 됐어." 이윽고 누나가 다시 말했다. "너랑 다투고 싶지 않아." 누나는 몸을 돌려 문을 열었다. "원한다면 아래로 내려와서 우리랑 같이 있어도 좋아."

분노로 몸이 뻣뻣해진 채 나는 닫힌 문을 응시했다. 이제 나는 아래층에서 들려오는 한 풀 죽은 텔레비전 소리를 들을 수 있었다. 몹시 화가 난 상태였음에도 내 머릿속 한 부분은 나에게 이 분노가 누나가 아니라 매형을 향해야 하는 것이라고 알려 주었다. 내가 이곳에 온 이래 매형은 차츰차츰 내 기본 권리를 침해하려 들었다. 그런데도 내가 실제로 화가 난 대상은 바로 누나였다. 내가 이 집에 온 이후 누나는 틸로나 소냐가 했던 것처럼 내게 노래를 들려 달라고 청한 적이 한 번도 없었다. 친누나가 그래 주었으면 하고 바라는 것은 분명 지나친 요구가 아니지 않은가? 게다가 기억하건대 누나는 10대 때 음악을 몹시 좋아하지 않았던가? 그런데 이제 누나는 내가 한창 노래를 만들고 있는데 불쑥 들어와서는 그런 어이없는 이야기를 늘어놓는 것이다. 누나가 어떤 식으로 "됐어, 너랑 다투고 싶지 않아." 하고 말했는지를 떠올릴 때마다 새로운 분노가 나를 휩쓸고 지나갔다.

나는 창턱 아래로 내려서서 기타를 내려놓고는 매트리스

위로 몸을 던졌다. 그런 다음 잠시 동안 천장의 무늬를 물끄러미 응시했다. 나를 이곳에 오게 한 것은 나를 진정으로 초대하고 싶어서가 아니라, 바쁜 시기에 값싼 도움을 얻기 위해서, 나아가 돈을 지불할 필요조차 없는 얼간이를 구하기 위해서였음이 분명해 보였다. 그리고 매기 누나는 내가 자기의 멍청한 남편이 성취해 낸 것보다 훨씬 가치 있는 것을 해내려고 애쓰고 있음을 이해하지 못했다. 내가 이곳을 떠나 런던으로 돌아간다면 그들 둘 다에게 공정한 처사가 될 터였다. 나는 이 문제를 생각하고 또 생각하기를 거듭하다가, 마침내 한 시간 정도 후에 조금 진정이 되어서 일단 그날 밤은 자고 나서 생각하기로 했다.

카페가 붐비는 아침 식사 시간이 끝난 직후 평소처럼 아래층으로 내려간 나는 두 사람 모두에게 그다지 말을 많이 하지 않았다. 나는 토스트와 커피를 만들고 남아 있는 스크램블드에그를 먹은 다음 카페 구석에 자리를 잡았다. 아침 식사를 하는 동안 줄곧 내 머릿속에서는 다시 언덕으로 올라가면 틸로와 소냐를 만날 수 있을 거라는 생각이 떠나지 않았다. 그리고 그렇게 하면 프레이저 할망구의 호텔 문제로 비난을 받아야 하겠지만, 그래도 나는 내가 그들을 다시 만나고 싶어 한다는 것을 알았다. 실제로 프레이저 할망구의 대우가 몹시 엉망이었다 해도 그들은 내가 나쁜 의도에서 추천했다는 생각을 할 리가 없었다. 그리고 나로서는 여러 가지 핑계를 댈 수 있었다.

누나와 매형은 그날 점심 식사 시간에 내가 다시 도와주기를 기대했을 것이다. 하지만 그들은 고마워해야 할 다른 사람의 도움을 당연시하면 어떤 결과가 닥치는지 깨달아야 했다. 그래서 아침 식사가 끝난 다음 나는 위층으로 올라가 기타를 들고 뒷문으로 빠져나갔다.

날씨가 다시 정말이지 더워져서 내 벤치로 통하는 오솔길을 걸어 올라가는 동안 얼굴에서 줄곧 땀이 흘러내렸다. 아침 식사를 하면서 틸로와 소냐를 생각한 것은 사실이었지만 그즈음 나는 그들을 거의 잊었다. 그래서 마지막 비탈길을 걸어 올라가며 벤치 쪽에 눈길을 주었을 때 거기 소냐가 혼자 앉아 있는 것을 보고는 깜짝 놀라지 않을 수 없었다. 소냐는 즉각 나를 알아보고 손을 흔들었다.

나는 아직도 소냐에 대해, 특히 틸로가 주위에 없을 때는 경계심을 풀 수 없어서 그 곁에 앉고 싶은 생각이 별로 없었다. 하지만 그 여자가 활짝 미소를 지어 보이고는 한쪽으로 몸을 옮겨 내가 앉을 자리를 만드는 바람에 어쩔 수가 없었다.

우리는 인사를 주고받은 다음 한동안 말없이 나란히 앉아 있었다. 처음에는 별로 이상하지 않았다. 내가 아직 줄곧 숨을 고르고 있었기 때문이기도 했고, 멋진 전망 덕분이기도 했다. 어제보다는 안개와 구름이 많았지만 주의 깊게 바라보면 여전히 웨일스 변경 너머 블랙마운틴까지 볼 수 있었다. 바람이 꽤 강하게 불었지만 그렇다고 불쾌할 정도는 아니었다.

"그런데 남편분은 어디 계신가요?" 이윽고 내가 물었다.

"틸로 말인가요? 아……." 그녀는 한 손을 눈 위로 올려 햇빛을 가렸다. 그런 다음 멀리 한 지점을 가리켰다. "저기요. 보여요? 저기 말이에요. 저게 바로 틸로랍니다."

나는 멀리 있는 사람을 알아볼 수 있었다. 초록색 티셔츠를 입고 하얀 선캡을 쓴 사람이 우스터셔비컨으로 향하는 오르막길을 오르고 있었다.

"산책을 하고 싶다더군요." 소냐가 말했다.

"함께 가고 싶지 않으셨나 보죠?"

"그래요. 난 여기에 앉아 있기로 했어요."

지금의 그녀는 어제 카페에서 보았던 바로 그 격분하던 카페 손님이라고는 할 수 없었지만, 그렇다고 어제 그토록 나를 따뜻하게 대하며 격려해 주던 그 사람 같지도 않았다. 지금은 분명 심상치 않은 것이 느껴졌으므로 나는 프레이저 할망구의 호텔에 대해 변명할 말을 준비하기 시작했다.

"그건 그렇고 어제 그 노래에 화음을 좀 추가하고 있답니다. 원하신다면 들려 드리지요."

여자는 내 제안을 잠시 생각해 보는 듯하더니 이윽고 대답했다. "지금은 때가 아닌 것 같아요. 사실 말인데 틸로와 난 얘기를 좀 했답니다. 의견 충돌이라고 할 수도 있겠죠."

"아, 그러셨군요. 유감입니다."

"그런 다음 남편은 혼자 산책을 가 버린 거예요."

또다시 우리는 입을 다물었다. 이윽고 내가 한숨을 내쉬고 말했다. "모두 제 잘못인 것 같군요."

소냐는 몸을 돌리고 나를 바라보았다. "당신 잘못이라고요? 왜 그렇게 생각하는 거죠?"

"두 분이 싸우신 이유, 두 분의 휴가가 엉망이 된 이유가 저 때문이에요. 문제는 그 호텔 아닌가요? 그리 좋은 곳이 아니죠, 맞죠?"

"호텔요?" 그녀는 어리둥절한 기색이었다. "아, 그 호텔 말이군요. 음, 그 호텔에는 몇 가지 문제가 있어요. 하지만 여느 호텔과 다름없이 평범한걸요."

"하지만 두 분은 아신 거잖아요, 맞죠? 모든 단점들을 보셨죠. 틀림없이 그럴 거예요."

소냐는 내 말을 생각해 보는 듯하다가 고개를 끄덕였다. "그래요. 난 그곳의 문제점들을 알아챘어요. 하지만 틸로는 아니에요. 틸로는 그 호텔이 아주 멋지다고 생각하고 있어요. 우린 무척 운이 좋아, 그는 항상 그렇게 말하죠. 무척 운이 좋아서 그런 호텔을 찾을 수 있었다고요. 그리고 오늘 아침 우리는 그곳에서 아침 식사를 했어요. 틸로에게는 아주 근사한 식사였어요. 여태껏 먹은 것 중 최고라고요. 내가 말했죠. '여보, 바보 같은 소리 마요. 이건 근사한 아침 식사가 아니고, 이곳은 좋은 호텔이 아니에요.' 그가 대답하더군요. '아니, 그렇지 않아. 우리는 무척 운이 좋아.' 그래서 난 화가 났어요. 나는 호텔의 주인에게 잘못된 사항들을 지적했어요. 그러자 틸로가 나를 끌고 나왔지요. '산책이나 가지.' 하면서요. '그러면 당신 기분이 나아질 거야.' 그래서 우리는 이곳으로 나왔어요. 그러더니 그 사람이 말하더군요. '소냐, 저 언덕들을 좀 봐. 너무나도 아름답지 않아? 휴가 동안 이렇게 멋진 곳에 오게 된 게 행운이 아니란 말이야?' 이 언덕들은 우리가 엘가를 들을 때 그가 상상했던 것 이상으로 멋지다고 하더군요. 그 사람이 내게 물었어요. '그렇지 않아?' 나는 다시 화가 나는 것 같았어요. 내가 그에게 말했죠. 이 언덕들은 그렇게까지 멋지지는 않다고요. 내가 엘가의 음악을 들을 때 상상하던 대로가 아니라고요. 엘가의 언덕들은 장엄하고 신비로웠는데 이곳은 그저 공원에 불과하다고요. 나는 바로 그렇게 그 사람에게 말했어요. 그러자 이번에는 그 사람이 화가 난 것 같더군요. 그 사람이 말했어요. 그렇다면 자기 혼자 산책을 가겠다고요. 그 사람이 말하더군요. 우리 그만 끝내자고요. 우리는 이제 그 어느 것에도 의견의 일치를 볼 수 없다고요. '그래, 여보. 당신과 나는 이제 끝난 거야.' 그런 다음 가 버렸어요! 그때 당신이 나타난 거예요. 그래서 그 사람은 저기 위에 있고 나는 여기 아래에 있는 거예요." 소녀는 다시 한번 손으로 눈 위를 가리고 틸로가 얼마만큼 올라갔는지 살폈다.

"정말 유감입니다. 제가 처음부터 두 분을 그 호텔로 보내지만 않았더라도……." 내가 말했다.

"제발 그런 말씀 마세요. 그 호텔은 중요하지 않아요." 여자는 틸로의 모습을 좀 더 잘 보려는 듯 몸을 앞으로 기울였다. 그런 다음 내게 몸을 돌리고 미소를 지어 보였다. 소녀의 두 눈에 눈물이 어린 것 같았다. "말해 봐요, 오늘도 새로운 곡들을 쓸 생각인가요?" 여자가 물었다.

"계획은 그렇습니다. 아니 적어도 지금 쓰고 있는 곡을 마치고 싶습니다. 어제 들으신 곡 말입니다."

"그건 아름다웠어요. 그런데 여기서 당신의 노래를 다 쓰고 난 다음에는 뭘 할 건가요? 무슨 계획이라도 있나요?"

"런던으로 돌아가서 밴드를 만들 겁니다. 이 노래들에는 잘 맞는 밴드가 필요하거든요. 그렇지 않으면 효과를 제대로 발휘하지 못할 겁니다."

"정말 흥미롭군요. 행운이 함께하길 빌어요."

잠시 후 내가 상당히 나직한 어조로 말했다. "반대로 그런 번거로운 일을 벌이지 않을지도 모르죠. 아시다시피 쉬운 일이 아니니까요."

소냐는 대답하지 않았다. 여자가 내 말을 듣지 못했을지도 모른다는 생각이 머릿속을 스쳤다. 왜냐하면 소냐는 또다시 몸을 돌리고 틸로 쪽을 바라보았기 때문이다.

"사실 젊었을 때 나는 어떤 것에도 화를 내지 않았어요. 하지만 이제는 많은 것들에 화가 난답니다. 어떻게 이렇게 됐는지 나도 잘 모르겠어요. 좋은 게 아니죠. 음, 내 생각에 틸로는 여기로 돌아올 것 같지 않아요. 호텔로 가서 틸로를 기다려야겠어요." 그녀는 멀리 보이는 틸로의 모습에서 눈을 떼지 않은 채 자리에서 일어섰다.

나 역시 몸을 일으키며 말했다. "휴가 중에 다투시다니 안타깝습니다. 어제 제가 연주할 때 두 분은 너무나도 행복해 보였는데."

"그래요, 좋은 시간이었어요. 그런 시간을 갖게 해 줘서 고마워요." 갑자기 소냐는 따뜻한 미소를 지어 보이며 내게 악수를 청했다. "당신을 만나서 정말 좋았답니다."

우리는 여자들이 하는 식으로 살며시 악수를 했다. 소냐는 몇 걸음 걷다가는 걸음을 멈추고 나를 바라보았다.

"틸로가 여기에 오면, 아마 당신에게 말하겠지요. 결코 용기를 잃지 말라고요. 그 사람은 당연히 이렇게 말하겠죠. 런던으로 가서 밴드를 만들기 위해 노력하라고요. 당신은 틀림없이 성공할 거라고요. 그게 바로 틸로가 당신에게 할 말이에요. 왜냐하면 그게 그 사람 방식이니까요."

"그럼 당신이라면 어떻게 말씀하시겠습니까?"

"나도 똑같은 말을 하고 싶어요. 왜냐하면 당신은 젊고 재능이 있으니까요. 하지만 난 확신할 수 없어요. 지금 같은 상황에서는 인생에서 많은 실망을 만나게 될 테니까요. 게다가 그런 꿈을 갖고 있다면……." 여자는 다시 미소를 짓고는 어깨를 으쓱해 보였다. "하지만 이런 말은 하면 안 될 것 같아요. 난 본보기가 될 만한 사람이 아니니까요. 게다가 당신은 나보다는 틸로랑 훨씬 비슷해요. 실망이 닥친다 해도 계속 노력할 거예요. 틸로처럼 당신도 말하겠죠. 난 무척 운이 좋다고." 잠시 동안 여자는 내 모습을 머릿속에 담아 두려는 듯 지그시 나를 응시했다. 바람이 그녀의 머리카락을 흩어놓아서 평소 모습보다 나이가 들어 보였다. "당신에게 행운이 함께하길 빌어요." 이윽고 그녀가 말했다.

"당신에게도 행운이 함께하길 빕니다. 그리고 두 분이 화해하시길 바랄게요." 내가 말했다.

그녀는 마지막으로 손을 흔들고는 오솔길을 내려가 내 시야에서 사라졌다.

나는 케이스에서 기타를 꺼내 벤치에 앉았다. 하지만 한동안 연주를 시작하지 않고 멀리 우스터셔비컨을 향해 올라가는 깨알만 한 틸로의 모습을 바라보았다. 태양이 언덕의 그쪽 면을 비추고 있어서인 듯, 실제로는 아까보다 멀어져 있었지만 나에게는 조금 전보다 훨씬 더 또렷하게 그의 모습이 보였다. 그는 오솔길에서 잠시 걸음을 멈추고 주위의 언덕들을 둘러보는 모양이었다. 마치 그것들을 다시 평가하려는 듯. 이윽고 그의 모습이 다시 움직이기 시작했다.

나는 잠시 동안 노래를 만드는 일에 몰두했지만 자꾸 집중이 흐트러졌다. 소냐가 그날 아침 호텔의 문제점을 지적했을 때 프레이저 할망구가 어떤 표정을 지었을까 하는 생각이 떠오른 것이다. 이윽고 나는 구름을, 발아래 펼쳐진 땅덩이를 지그시 응시한 다음 다시 내 노래에, 아직 완벽한 것 같지 않은 브리지 패시지에 신경을 집중하기로 마음먹었다.

녹턴

이틀 전까지만 해도 린디 가드너가 내 옆방에 있었다. 그
렇다. 린디 가드너와 이웃이라는 말에 당신은 내가 베벌리
힐스에 살고 있다고 생각할 것이다. 영화 제작자나 배우, 뮤
지션쯤 될 거라고 말이다. 음, 내가 뮤지션인 것은 사실이다.
하지만 나는 이른바 성공한 뮤지션은 아니다. 이름이 알려
진 연주자들 뒤에서 반주를 한 적이 있기는 하지만 말이다.
여러 해 동안 나와 좋은 친구로 지내온 내 매니저 브래들리
스티븐슨의 주장에 따르면 내겐 크게 성공할 자질이 있다
고 한다. 그저 세션 연주자로서 성공하는 정도가 아니라 진
짜 스타가 될 자질 말이다. 색소포니스트는 더 이상 스타 연
주자가 될 수 없다는 건 사실이 아니라면서 그는 마르코 라

이트푸트, 실비오 타렌티니 같은 이름을 주워섬긴다. 그들은 모두 재즈 연주자들 아니냐고 내가 지적하면 그는 이렇게 응수한다. "자네 역시 재즈 연주자가 아니면 뭐지?" 하지만 이제 나는 가장 깊숙한 내 꿈속에서만 재즈 연주자이다. 현실에서는 ─ 지금은 얼굴 전체에 붕대를 감고 있지만 ─ 어떤 밴드에서 정식 단원이 그만두었거나 스튜디오 작업이 필요할 때 동원되는 임시직 테너 색소폰 연주자일 뿐이다. 사람들이 팝 음악을 원하면 나는 팝을 연주한다 리듬 앤드 블루스라면? 그것도 좋다. 자동차 광고, 토크쇼를 위해 하나의 주제를 연주하기도 한다. 요즘 내가 재즈 연주자일 때는 내 골방에서 연주할 때뿐이다.

나는 거실에서 연주하는 편이 더 좋지만, 우리가 사는 아파트는 싸구려 자재로 지어져서 그럴 경우 같은 복도에 사는 이웃들이 즉각 불평을 시작한다. 그래서 나는 집에서 가장 작은 방을 연습실로 만드는 조치를 취했다. 그 방은 정말 벽장만 했다. 사무용 의자를 하나 들여놓으면 끝이었으니 말이다. 하지만 나는 그 방에 폼러버와 달걀판 그리고 매니저 브래들리가 사무실에서 가져온 충격 방지 패드가 덧입혀진 낡은 봉투들을 동원해 방음 장치를 했다. 나와 함께 살때 아내 헬렌은 내가 색소폰을 들고 그 방으로 들어갈 때면 웃음을 터뜨리며 마치 화장실로 들어가는 것 같다고 말했다. 사실 때때로 나도 그런 느낌이었다. 다시 말해서 그 침침하고 퀴퀴한 골방에 앉아 누구와도 부딪힐 일이 없는 사적인 일을 보고 있는 것 같았던 것이다.

이제 여러분은 지금 말하는 이 아파트 옆집에 린디 가드너가 살 리가 없다는 사실을 눈치챘을 것이다. 내가 골방 밖에서 연주를 할 때마다 주먹으로 문을 두드려 대는 이웃들 중 하나일 리가 없다고 말이다. 그 여자가 내 옆방에 있다고 말한 것은 그러니까 다른 의미였고 이제부터 그 이야기를 하련다.

이틀 전까지 린디는 바로 이 호화로운 호텔 옆방에 있었고 나처럼 얼굴에 붕대를 감고 있었다. 린디는 이 근처에 크고 안락한 집이 있었고 도와줄 고용인들도 있어서 닥터 보리스는 그녀가 집에 가는 것을 허락했다. 사실 엄밀하게 의학적 관점에서 보자면 그녀는 훨씬 오래전에 집으로 갈 수 있었다. 하지만 고려해야 할 다른 점들이 있었다. 그중 하나가 린디가 자기 집에 있으면 가십 칼럼니스트들이나 카메라로부터 숨기가 어렵다는 것이었다. 또한 내 느낌에 닥터 보리스의 높은 명성은 100퍼센트 합법적이지 않은 절차에도 일부 신세를 지고 있는 것 같다. 그런 이유에서 자기 환자들을 일반 직원들과 고객들의 출입이 통제된 이 호텔의 은밀한 층으로 데려와서는 꼭 필요한 경우가 아니라면 방을 떠나지 말라는 지시를 내리는 것이다. 만약 여러분이 이곳 전체를 볼 수 있다면, 할리우드의 샤토마르몽 호텔에서 한 달 동안 보는 것보다 많은 스타들을 일주일 안에 볼 수 있을 것이다.

그렇다면 나 같은 사람이 어떻게 이 도시 최고의 의사에게 얼굴 수술을 받고 스타와 백만장자들에게만 허락된 이곳에 오게 되었을까? 이 모든 것이 매니저 브래들리로부터 시작된 것 같다. 그는 그렇게 성공한 사람이 아니었고 생긴 것도 조지 클루니와는 나만큼이나 거리가 멀었다. 2~3년 전 우스갯소리처럼 처음 시작한 이후 이 이야기를 꺼낼 때마다 그는 점점 더 진지해졌다. 간단히 말해서 그의 논지는 내가 못생겼다는 것이었다. 그리고 바로 그 이유 때문에 내가 성공하지 못하고 있다는 것이었다.

"마르코 라이트푸트를 좀 봐. 크리스 버고스키를 좀 보라고. 아니면 타렌티니라도 좋아. 그들 중 누구라도 자네처럼 개성 있는 사운드를 낼 줄 알아? 그렇지 않아. 그들에게 자네가 가진 부드러움이 있어? 자네 같은 균형감은? 그들이 자네 테크닉의 반이라도 구사할 줄 알아? 아니야. 하지만 그들은 잘생겼기 때문에 줄곧 기회가 열려 있는 거지."

"그럼 빌리 포겔은? 지독히 못생겼지만 잘하고 있잖아."

"빌리가 못생긴 거야 사실이지. 하지만 빌리는 섹시한 '악

당형 추남'이잖아. 반면 자네는 말이야, 스티브, 자네는……
그러니까 따분한 실패자형 추남이야. 못생긴 종류가 다르단
말이지. 내 말 좀 들어 봐. 혹시 얼굴을 조금만 손볼 생각 없
어? 성형수술 말이야."

나는 집으로 가서 헬렌에게 그의 말을 그대로 들려주었
다. 헬렌 역시 나만큼이나 재미있어하리라고 생각했기 때문
이다. 처음에는 브래들리 덕택에 많이 웃었다. 이윽고 헬렌
은 다가와 나를 얼싸안고는 적어도 자기한테는 내가 우주
에서 가장 잘생긴 남자라고 말했다. 그런 다음에는 한 걸음
뒤로 물러서더니 입을 다물었다. 내가 뭐가 잘못되었느냐고
묻자 헬렌은 잘못된 것은 아무것도 없다고 대답했다. 그러
더니 어쩌면, 어쩌면 브래들리의 말이 맞을지도 모르겠다고
덧붙였다. 얼굴을 좀 손보는 것을 고려해 보라는 것이었다.

"그런 눈빛으로 쳐다볼 필요 없어! 다들 하잖아. 게다가
당신에겐 직업적인 이유가 있어. 누군가 멋진 차를 몰고 싶
다면 가서 멋진 차를 사잖아. 당신 경우도 다를 게 없다고!"

하지만 그 단계에서 나는 그 문제를 더 이상 생각하지 않
았다. 내가 '실패자형 추남'이라는 생각을 인정하기 시작했
다 해도. 우선 내게는 그럴 돈이 없었다. 실제로 헬렌이 멋
진 차 운운하던 바로 그즈음 우리에게는 9,500달러의 빚이
있었다. 그것이 바로 헬렌의 특징이었다. 여러 가지 장점이

있었지만 우리 재정의 실상을 까맣게 잊고 굵직한 물건을 질러 대는 사람이 바로 헬렌이었다.

돈 문제 말고도 나는 누군가 내 살을 잘라 꿰맨다는 것이 마음에 들지 않았다. 나는 그런 일에 비위가 약한 편이다. 헬렌과 교제를 시작할 무렵 그녀가 나에게 함께 조깅을 하자고 한 적이 있었다. 쌀쌀한 겨울 아침이었고 나는 조깅을 그다지 즐기지 않았지만 그녀에게 반한 상태여서 강한 인상을 주고 싶어 안달이 나 있었다. 우리는 공원 가장자리를 따라 달리기 시작했다. 그녀와 보조를 맞춰 뛰다가 나는 땅에서 튀어나온 단단한 것에 부딪혔다. 발이 아팠지만 그렇게 심하지는 않았다. 하지만 스니커즈와 양말을 벗자 엄지발가락 발톱이 마치 히틀러식 경례라도 하는 것처럼 살과 분리되어 들어 올려진 것이 눈에 띄었다. 그것을 보자 나는 속이 메슥거리고 현기증이 났다. 그게 바로 나다. 이제 여러분은 내가 얼굴 성형에 적극적일 수 없는 이유를 알았을 것이다.

그리고 당연히 원칙의 문제도 있었다. 그렇다. 아까 말했듯이 나는 예술적인 순수성 면에서 까다롭게 구는 사람은 아니다. 먹고 살기 위해 10대 취향의 온갖 록 음악을 연주한다. 하지만 성형수술은 좀 다른 문제이다. 내게는 아직 자존심이 남아 있다. 브래들리의 말에서 적어도 한 가지는 옳다. 나는 이 도시에 있는 대부분의 뮤지션들보다 두 배는 더 재능이 있다. 하지만 요즘 중요한 것은 재능이 아닌 것 같다. 이미지, 마케팅 능력, 잡지에 기사가 실린다거나 텔레비전 쇼에 출연한다거나 파티에 참석하는 것, 누구와 점심을 먹는가 하는 것이 더 중요한 것이다. 나는 이 모든 것에 염증이 난다. 나는 뮤지션이다. 어째서 이런 게임에 동조해야 하는가? 어째서 내가 아는 최고의 방식으로 음악을 연주하는 것으로 부족하단 말인가? 내 골방에서만 연주하는데도 내 음악은 점점 나아지고 있지 않은가? 언젠가는 순수한 음악 애호가들이 내 노래를 즐기고 내 방식을 좋아하게 될 것이다. 성형수술 따위로 얻는 것이 뭐란 말인가?

처음에 헬렌은 내 생각을 이해하는 듯했다. 그 화제는 한동안 자취를 감추었다. 그러니까 헬렌이 시애틀에서 전화를 걸어와 이제 나를 떠나 크리스 프렌더가스트와 살겠다고 말할 때까지는 말이다. 크리스 프렌더가스트는 헬렌이 고등학교 때부터 알고 지내 온 친구로 지금은 워싱턴에 성공적인 식당 체인을 갖고 있다. 나는 지난 몇 년 동안 이 프렌더가스트라는 친구를 두어 차례 만난 적이 있지만(한 번은 우리 집에 와서 저녁 식사를 함께했다.) 전혀 그런 눈치를 채지 못했다. "자네 골방의 방음 장치 말이야. 그게 골방의 소리만 막아 주는 건 아니야." 일이 그렇게 되자 브래들리가 한마디 했다. 그의 말도 일리가 있는 것 같다.

하지만 나는 지금 헬렌과 프렌더가스트의 일을 곱씹고
싶지는 않다. 내가 이런 상황이 되기까지 그들이 한 역할을
설명하고 싶은 것뿐이다. 어쩌면 여러분은 내가 해안 도로
를 달려가 그 행복한 커플과 대치했을 거라고 생각할지도
모른다. 내가 남자 대 남자로 라이벌과 대치한 후에 성형수
술의 필요성을 느꼈다고 말이다. 낭만적인 이야기지만 천만
에, 사실은 그렇게 된 것이 아니다.

일이 어떻게 된 것인가 하면, 그런 전화를 걸어온 지 며
칠 후 헬렌은 이사하기 전에 자기 물건을 정리하기 위해 우
리 아파트에 들렀다. 그녀는 서글픈 얼굴로 아파트 안을 돌
아다녔다. 요컨대 그곳에서 우리는 행복한 시간을 보냈던 것
이다. 나는 헬렌이 울음을 터뜨릴 것이라고 생각했지만 그녀
는 자제력을 발휘하며 정리를 계속했다. 하루 이틀 안에 누
군가 와서 그것들을 가져갈 것이라고 헬렌은 말했다. 이윽고
내가 테너 색소폰을 집어 들고 골방을 향해 걸어가자 그녀
가 고개를 들더니 차분하게 말했다.

"스티브, 제발. 그 골방에 들어가는 것 좀 그만해, 우리 얘
기 좀 해."

"무슨 얘기를 하자는 거야?"

"스티브, 제발."

나는 색소폰을 다시 케이스에 넣고 헬렌과 함께 작은 주

방으로 들어가 식탁을 사이에 두고 마주 앉았다. 그때 헬렌이 그 이야기를 꺼낸 것이다.

헬렌의 결정을 되돌릴 가능성은 없었다. 헬렌은 프렌더가스트와 행복하다고 했다. 고등학교 시절부터 줄곧 그를 마음에 두고 있었다는 것이다. 하지만 나를 떠나는 것, 특히 내 일이 잘 풀리지 않는 이런 때 나를 떠나는 것이 영 불편하다고 했다. 헬렌은 사태를 곰곰이 생각해 본 다음 프렌더가스트와 대화를 나누었는데, 그 역시 나로 인해 마음이 몹시 불편하다는 것을 알았다는 것이다. 그는 이렇게 말한 모양이었다. "스티브가 우리의 행복에 대가를 치러야 한다는 건 정말 너무 부당한 일이야." 그래서 이런 합의점을 생각해 보았다고 했다. 내가 이 도시 최고의 의사에게 얼굴 성형수술을 받는 비용을 프렌더가스트가 기꺼이 지불하겠다는 것이다. 내가 헬렌을 멍한 눈빛으로 바라보자 그녀가 말했다. "정말이야. 그 사람은 진심에서 하는 말이라고. 여기 최고의 의사한테 수술받는 모든 비용을 댈 거야. 병원비랑 회복비용 등을 말이야." 일단 얼굴만 고치고 나면 내 성공을 가로막는 것은 아무것도 없을 것이라고 헬렌은 말했다. 내가 곧장 정상에 오를 것이라고 말이다. 나처럼 재능 있는 사람이 성공하지 못할 리가 없다는 것이다.

"스티브, 왜 나를 그런 눈으로 바라보는 거지? 이건 정말 멋진 제안이야. 그 사람이 6개월 후에도 지금처럼 적극적으로 나올지는 아무도 몰라. 지금 당장 좋다고 하고 이 행운을 받아들여. 몇 주만 불편하게 지내면 돼. 그다음에는 와우! 삶이 완전히 달라질 거라고!"

15분 후에 아파트를 나가면서 헬렌은 훨씬 엄하게 말했다. "그러니까 지금 무슨 말을 하는 거야? 나머지 인생 동안 저 작은 골방에서 연주하는 게 행복하다는 거야? 이렇게 실패자로 사는 게 좋다는 거야?" 그런 다음 헬렌은 가 버렸다.

다음 날 일거리가 있는지 알아보기 위해 브래들리의 사무실에 들른 나는 웃어넘길 것이라고 생각하면서 헬렌의 일을 언급했다. 하지만 브래들리는 웃기는커녕 정색을 하고 말했다.

"그 친구 부자군? 그리고 자네에게 최고의 성형수술 비용을 기꺼이 대겠다는 거고? 크레스포한테 받게 해 줄 거야. 아니 보리스한테 받게 해 줄지도 몰라."

그렇게 해서 이제 브래들리까지 합세해 그 기회를 놓치지 말아야 한다고, 그렇지 않으면 평생을 실패자로 살게 된다고 나를 설득하기에 이르렀다. 나는 무척 화가 나서 사무실을 나왔다. 하지만 브래들리는 그날 오후에 전화를 걸어 와 다시 그 이야기를 꺼냈다. 내가 망설이는 것이 혹시 전화를 거는 것 때문이라면, 그러니까 수화기를 집어 들고 헬렌에게 그래, 그렇게 해 줘, 그렇게 하고 싶어, 부디 당신 남자 친구에게 말해서 거액의 수표에 서명하게 해 줘, 하고 말하는 것이 자존심 상한다면, 그것 때문에 망설이는 거라면 자기가 나를 대신해 기꺼이 모든 협상을 해 주겠다는 것이었다. 나는 그에게 쓸데없는 말 집어치우라고 소리치고 전화를 끊었다. 하지만 브래들리는 한 시간 후에 또 전화를 걸어 와서는 모든 것을 생각해 봤는데, 이 제안을 받아들이지 않는다면 나는 바보 천치라는 것이었다.

"헬렌은 주의 깊게 계획을 세웠어. 헬렌의 입장을 좀 생각해 주라고. 헬렌은 자네를 사랑하고 있어. 하지만 자네의 외모는 그러니까, 사람들 앞에 나서면 당혹감을 불러일으킨단 말이야. 성적인 짜릿함 같은 게 없단 말이지. 헬렌은 자네가 그 문제에 조치를 취하기를 바랐지만 자네는 거부했어. 그러니 그녀가 어쩌겠어? 음, 헬렌이 다음으로 취한 조치는 정말이지 눈부시다고. 섬세함이 넘치지. 프로 매니저로서 나는 그 사실을 인정하지 않을 수 없어. 헬렌은 그 친구와 눈이 맞아 떠나지. 그래, 그녀가 줄곧 그에게 연정을 품고 있었을지도 몰라. 하지만 사실 헬렌은 그를 사랑하는 게 아니야. 헬렌은 그 친구로 하여금 자네의 성형수술 비용을 대게 하려는 거야. 자네가 일단 수술을 받고 회복되고 나면 그녀는 자네에게 돌아올 거야. 자네의 잘생긴 모습을 보고 그녀는 자네의 몸을 갈망하게 될 테고, 자네와 함께 식당에 가서 사람들의 시선을 받고 싶어서 조바심을 치게 되겠지……."

이 대목에서 나는 그의 말을 중단시키고, 그가 매니저로서의 이익에 부합하는 일을 하자고 나를 설득할 때 얼마나 깊이 내려갈 수 있는지 여러 해에 걸쳐 익히 알고 있지만, 지금의 음모는 어쩌나 깊은 구덩이 속에 있는지 한 줄기 빛조차 비추지 않아서 막 싸 놓아 김이 오르는 말똥*이라도 금방 얼어 버리겠다고 빈정거렸다. 그의 성정으로 미루어 말똥을 줄곧 삽질할 수밖에 없다는 건 이해한다고, 1~2분 동안이라도 나의 관심을 끌 만한 종류의 전략을 생각해 내야 그에게도 좋을 거라고 덧붙인 다음 전화를 끊었다.

다음 몇 주 동안 일거리가 점점 더 뜸해지는 듯했다. 뭔가 할 일이 없는지 알아보기 위해 브래들리에게 전화를 걸 때마다 그는 이런 식으로 응수했다. "스스로 돕지 않는 사람을 돕기란 어려운 일이거든." 마침내 나는 이 문제 전체를 실용적 관점에서 고려해 보기 시작했다. 먹고 살아야 한다는 엄연한 사실로부터 도망칠 수는 없었다. 그리고 이 방법을 택함으로써 더 많은 사람들이 내 음악을 듣게 된다면 결과적으로 그렇게 나쁜 것은 아니잖은가? 그리고 언젠가 내 밴드

---

* 'horseshit'에 말똥 혹은 허튼소리라는 뜻이 있음을 이용해 중의적으로 쓰인 표현이다.

를 이끌겠다는 계획은? 그런 일이 대체 언제나 되어야 일어날까?

마침내 헬렌이 그 제안을 한 지 약 6주 후에 나는 브래들리에게 지나가는 투로 그 문제를 다시 생각해 보고 있다고 말했다. 그런 언급만으로 충분했다. 그는 행동을 개시했다. 전화를 걸고 약속을 잡고 고함을 쳐 대고 흥분했다. 공정하게 말하자면 그는 자기 말을 실천에 옮겼을 뿐이다. 그가 중간에서 모든 일을 처리해서 나로서는 프렌더가스트와는 물론 헬렌과도 단 한 차례의 굴욕적인 대화를 할 필요가 없었다. 이따금 브래들리가 나를 위해 협상을 하고 있다는, 내게 뭔가 팔 만한 것이 있다는 착각까지 들었다. 그렇더라도 나는 하루에도 여러 번 회의를 품지 않을 수 없었다. 그러다가 그 일이 갑자기 닥쳤다. 브래들리가 전화를 걸어와서는, 닥터 보리스의 환자 하나가 마지막 순간에 예약을 취소했으니 그날 오후 3시 30분까지 짐을 싸서 모처로 가라고 한 것이다. 그 시점에서 내가 마지막 망설임을 내비쳤나 보다. 브래들리가 큰 소리로 용기를 내라고 하면서 자기가 직접 나를 데리러 오겠다고 한 것을 보면 말이다. 다음 순간 나는 그의 차에 실려 할리우드 언덕의 커다란 건물 앞에 이르렀고, 레이먼드 챈들러의 소설 속 인물처럼 마취대 위에 누웠다.

2~3일이 지난 어느 날 어둠이 내리고 난 후 나는 뒷문으

로 베벌리힐스 호텔의 이 복도로 옮겨졌다. 이 호텔의 정규 영역과는 완전히 분리된 이곳으로.

처음 일주일 동안은 얼굴 전체가 욱신거렸고 전신마취 때문에 메스꺼운 느낌이 떠나지 않았다. 잠은 베개를 받치고 자야 했는데, 그것은 제대로 잘 수 없다는 뜻이었다. 담당 간호사가 방을 줄곧 어둡게 해 놓으라고 하는 바람에 시간조차 제대로 알기 어려웠다. 그래도 기분은 그리 나쁘지 않았다. 사실은 기운이 났고 낙관적인 기분이 들었다. 닥터 보리스는 완전히 신뢰할 수 있는 인물이었다. 어쨌든 그의 두 손에 영화배우들의 직업적 생명이 통째로 걸려 있지 않은가. 게다가 내 경우 그는 대단한 작품을 만들었을 터였다. 나의 실패자형 얼굴을 보고 그의 마음 깊은 곳에서 사명감이 솟구쳤으리라. 자기가 왜 이 일을 천직으로 택했는지를 기억해 내고 모든 것을 잘해 냈으리라. 붕대를 풀고 나면 살짝 야성적이면서도 섬세한 느낌이 살아 있는 아로새긴 듯한 얼굴이 나타날 터였다. 요컨대 그 정도의 명성이 있는 의사라면 진지한 재즈 뮤지션의 모습과 텔레비전 앵커맨의 모습을 혼동하지는 않을 터였다. 이제 내 얼굴에는 뭔가에 살짝 사로잡힌 듯한 모습, 그러니까 드 니로의 젊은 시절의 모습이나 마약으로 피폐해지기 전의 쳇 베이커의 모습에 깃든 무엇인가가 가미되어 있으리라. 나는 앞으로 만들게 될 앨범과 내가 고용하게 될 사람들을 떠올렸다. 나는 의기양양했고 수술을 망설였다는 것이 믿어지지 않을 정도였다.

이윽고 둘째 주가 되어 마취제 효과가 사라지자 나는 의기소침해졌고 외롭고 값싼 존재가 된 듯한 느낌이 들었다. 담당 간호사 그레이시가 블라인드를 줄곧 반 이상 내려놓았지만 그래도 이제는 방 안을 좀 더 밝게 해 놓았으므로 가운 차림으로 방 안을 왔다 갔다 할 수 있었다. 나는 그곳에 설치된 뱅 앤드 올룹슨 플레이어에 시디를 이것저것 올려놓고 카펫이 깔린 방 안을 돌고 또 돌았다. 그러다가 이따금 화장대 거울 앞에서 걸음을 멈추고 붕대를 둘둘 감은 기묘한 괴물 같은 내 모습을 작은 구멍을 통해 살펴보았다.

린디 가드너가 내 옆방에 있다는 말을 그레이시 간호사한테서 처음으로 들은 것은 이즈음이었다. 만약 그레이시가 이 소식을 얼마 전에, 그러니까 흥분 단계에 있을 때 전했다면 나는 몹시 기뻐했을 것이다. 나아가 이 소식을 이제 내가 입성하게 될 화려한 생활의 첫 징후로 받아들였을지도 모른다. 하지만 의기소침한 상태에 빠졌을 때 들은 그 소식은 나에게 혐오감을 불러일으켜 또 한 차례 현기증을 몰고 왔다. 당신이 린디의 팬 중 하나라면 이런 식으로 말한 것을 사과하겠다. 하지만 사실을 말하자면 그즈음 나에게 린디 가드너는 천박하고 넌더리가 나는 세속적인 모든 것을 요약해 대변하는 인물이었다. 그녀의 재능은 별 볼 일 없었다. 그렇다. 사실을 직시하자. 그 여자는 자기 연기가 형편없고 음악적 재능이 있는 척조차 하지 못한다는 것을 이미 증명했다. 그런데도 유명해지는 데 성공했고 패션 잡지와 텔레비전 방송국에서 출연 요청이 쇄도했다. 그들은 그 여자의 미소에 질리지도 않는 모양이었다. 그해 초 나는 어떤 서점 앞을 지나가다가 사람들이 길게 줄을 서 있는 것을 보고는 스티븐 킹 같은 작가가 왔나 보다 하고 생각했다. 그런데 알고 보니 린디 가드너가 대필 작가에게 의뢰해 최근 출간한 자서전 사인회를 하는 중이었다. 이 모든 것이 어떻게 이루어지는가? 적절한 연애, 적절한 결혼, 적절한 이혼 같은 뻔한 방식을 통해서가 아닌가. 이 모든 것이 적절한 잡지 화보와 적절한 토크쇼로 이어진다. 최근 그녀는 이혼 후에 처음으로 하는 근사한 데이트에는 어떤 차림을 해야 하는가, 남편이 게이가 아닐까 하는 의심이 들 때는 어떻게 해야 하는가에 대해 조언하는 프로그램에 출연했다. 프로그램의 제목은 잊어버렸다. 사람들은 그녀의 '스타 자질'에 대해 이야기하지만, 실제로 그 매력이란 것을 분석해 보면 텔레비전 출연과 패션 잡지의 표지 모델, 전설적인 인물들과 팔짱을 끼고 시사회나 파티에 모습을 나타내는 일을 거듭하는 것에 지나지 않는다. 그런데 그 여자가 이제 여기, 바로 내 옆방에서 나처럼 닥터 보리스에게서 성형수술을 받고 회복 중인 것이다. 나의 사기가 어디까지 내려갈 수 있는지를 보여 주는 데 이보다 완벽한 소식도 없을 터였다. 일주일 전만 해도 나는 재즈 뮤지션이었다. 그런데 이제는 음악계의 린디 가드너가 되기 위해, 멍청한 유명세를 사기 위해 얼굴을 고친 딱하기 짝이 없는 또 다른 사기꾼이 되어 있는 것이다.

다음 2~3일 동안 나는 책을 읽으며 시간을 보내려고 했지만 도저히 집중을 할 수가 없었다. 붕대 아래의 얼굴 피부가 일부분은 지독히 욱신거렸고 또 다른 부분은 끔찍하게 가려웠다. 몹시 더웠고 밀실 공포증이 생길 것 같았다. 색소폰을 연주하고 싶은 생각이 간절했다. 내 얼굴 근육이 그런 압력을 견딜 수 있게 되기까지는 여러 주가 걸릴 거라는 생각에 더더욱 실의에 빠졌다. 결국 나는 하루를 견디는 가장 좋은 방법은 한 장의 악보로 발행된 시트 뮤직을 들여다보면서(골방에서 작업하던 리드 시트와 차트철을 가져왔다.) 시디들을 번갈아 바꿔 가며 듣고 혼자서 허밍으로 즉흥 연주를 하는 것이라는 결론에 도달했다.

둘째 주가 거의 끝나갈 무렵, 그러니까 내가 육체적으로 정신적으로 조금 나아졌다는 기분이 들기 시작했을 즈음 간호사가 봉투 하나를 내밀며 이렇게 말했다. 그녀는 얼굴에 다 안다는 듯한 미소를 띠었다. "이건 날이면 날마다 오는 기회가 아니랍니다." 봉투에는 호텔 편지지가 한 장 들어 있었다. 마침 지금 내 옆에 있으니 그 전문을 인용한다.

"그레이시 말이 당신은 이런 호화 생활에 넌더리를 내고 있다더군요. 나도 그렇답니다. 내 방으로 와서 나를 만나는 건 어때요? 오늘 오후 5시는 칵테일 한잔하기에 너무 이를까요? 닥터 B는 알코올은 안 된다고 했어요. 당신에게도 그렇게 말했겠죠. 그러니까 탄산수나 페리에를 마셔야 할 것 같네요. 빌어먹을 의사 같으니라고! 5시에 오세요. 안 오시면 마음이 아플 거예요. 린디 가드너."

내가 그렇게 한 것은 그때까지 너무나도 지루했거나 아니면 기분이 다시 나아졌거나 그것도 아니면 역시 수인 같은 처지에 놓인 누군가를 만나 이야기를 나눈다는 것이 꽤 매력적으로 여겨졌기 때문이었을 것이다. 아니, 어쩌면 내가 그런 화려한 사건에 면역이 되어 있지 않아서였을 수도 있다. 어쨌든 내가 린디 가드너에 대해 갖고 있는 부정적인 인상에도 불구하고 그 편지를 읽으면서 나는 일말의 흥분을 느꼈고, 5시에 가겠다고 린디에게 전해 달라고 나도 모르게 그레이시에게 말하고 있었다.

린디 가드너의 얼굴에는 나보다 훨씬 더 많은 붕대가 감겨 있었다. 내 경우엔 적어도 머리 꼭대기 부분에는 붕대가 없어서 머리카락이 사막의 오아시스에 자리 잡은 종려나무처럼 솟구쳐 올라 있었다. 하지만 린디의 경우에는 눈, 코, 입 자리만 남기고 머리 전체가 붕대로 싸여 있어서 마치 구멍 난 코코넛 열매처럼 보였다. 그 풍성한 금발을 어떻게 한 것인지 나로서는 짐작이 가지 않았다. 하지만 그녀의 목소리는 예상만큼 위축되어 있지 않았다. 텔레비전에서 들었던 바로 그 목소리였다.

"그러니까 당신은 이 모든 걸 어떻게 생각해요?" 린디 가 드녀가 물었다. 내가 그렇게 나쁘게 생각하지는 않는다고 대답하자 그녀가 다시 말했다. "스티브, 스티브라고 불러도 될까요? 그레이시한테서 당신에 대한 이야기를 다 들었어요."

"그래요? 제 단점은 말하지 않았기를 바랍니다."

"음, 뮤지션이라더군요. 그것도 아주 실력 있는 유망주라면서요."

"간호사가 그러던가요?"

"스티브, 지금 긴장하고 있군요. 나와 함께 있을 땐 긴장을 풀면 좋겠어요. 몇몇 유명 인사들은 사람들이 자신들과 함께 있을 때 긴장하는 걸 좋아하죠. 그러면 자기들이 더더욱 특별한 존재처럼 느껴지니까요. 하지만 난 그런 게 정말 싫어요. 난 당신이 나를 평범한 친구처럼 대해 주면 좋겠어요. 그런데 무슨 말을 하던 중이었죠? 이 모든 게 그렇게 나쁘지 않다고 했던가요?"

그녀의 방은 내 방보다 훨씬 컸다. 우리가 앉아 있는 곳은 스위트룸의 거실이었다. 우리는 방과 잘 어울리는 하얀 소파에 마주 앉아 있었는데, 우리 사이에는 유목(流木) 토막 위에 반투명 유리가 덮인 낮은 다탁이 있었고, 탁자에는 유광지로 된 잡지들과 셀로판도 뜯지 않은 과일 바구니가 놓여 있었다. 붕대를 감고 있으면 덥기 때문에 그녀 역시 나처럼 에어컨을 최대로 틀어 놓았고 저녁 햇살을 막기 위해 창문 아래까지 블라인드를 내려놓고 있었다. 여종업원 하나가 각각 빨대가 꽂힌(이곳에서 제공되는 모든 음료는 이런 식이어야 했다.) 물 한 잔과 커피 한 잔을 내게 가져다주고는 방을 나갔다.

그녀의 질문에 나는 가장 힘든 점은 색소폰을 연주할 수 없는 것이라고 대답했다.

"하지만 보리스가 왜 그걸 금지했는지는 당신도 알 거예요. 상상해 보세요. 완전히 낫기 전에, 그러니까 불어도 괜찮은 날로부터 하루라도 먼저 색소폰을 불었다간 얼굴 피부가 온 방 안에 조각조각 흩어져 버릴 거예요!"

그녀는 이 생각이 상당히 재미있었던 듯 나를 향해 고갯짓을 하면서 마치 이런 재치 있는 농담을 내가 한 것처럼 이렇게 외쳤다. "그만해요, 너무 심하다고요!" 나는 그녀와 함께 웃음을 터뜨린 다음 빨대로 커피를 한 모금 빨았다. 이윽고 그녀는 최근에 성형수술을 받은 여러 친구들에 대해, 그들이 들려준 이야기에 대해, 그들에게 일어난 우스운 일들에 대해 이야기하기 시작했다. 그녀가 언급하는 사람들은 모두 유명 인사이거나 그들의 배우자였다. 이윽고 그녀가 갑자기 화제를 바꾸었다.

"그러니까 당신은 색소폰을 연주하는군요. 멋진 선택이에요. 색소폰은 아주 멋진 악기예요. 젊은 색소폰 연주자들을 만날 때마다 내가 뭐라고 하는지 알아요? 선배 연주자들의 연주를 들어 보라고 한답니다. 내가 아는 어떤 색소폰 연주자는 당신처럼 유망주인데 언제나 웨인 쇼터 같은 전위적인 연주만 듣는답니다. 그래서 내가 말했죠. 선배들의 연주에서 배울 게 많을 거라고요. 그런 옛날 연주자들은 그렇게 획기적이지는 않을지 몰라도 어떻게 연주하면 되는지는 잘 알고 있다고요. 스티브, 내가 한 곡 들려 드리는 거 싫어요? 내가 지금 하는 말의 의미를 정확히 전달하고 싶거든요."

"아닙니다. 싫을 리가 있나요. 하지만 가드너 부인……."

"제발, 린디라 불러 줘요. 우린 지금 친구로서 얘기하고 있잖아요."

"좋아요, 린디. 전 그렇게 젊지 않다는 말을 하고 싶었습니다. 사실 얼마 후면 서른아홉이 된답니다."

"아, 정말요? 음, 그래도 아직 젊네요. 하지만 당신 말이 맞아요. 난 당신이 훨씬 젊은 줄 알았거든요. 보리스가 우리한테 씌워 놓은 이 마스크 때문에 나이를 제대로 알아보기가 어려워요, 안 그래요? 그레이시가 한 말에 비춰 난 당신이 이제 막 떠오르는 신인이고, 당신에게 탄탄한 출발을 안겨 주기 위해 부모님이 성형수술을 시켜 주는 모양이라고 생각했답니다. 미안해요. 잘못 생각했네요."

"그레이시가 내가 '떠오르는 신인'이라고 하던가요?"

"그녀를 나쁘게 생각하지 마세요. 당신이 뮤지션이라고 하기에 내가 당신의 이름을 물었죠. 이름을 들은 다음 내가 들어 본 적이 없다고 하자 그녀가 그러더군요. '지금 떠오르는 신인이라서 그럴 거예요.' 그뿐이에요. 이봐요, 내 말 좀 들어 봐요. 당신 나이가 뭐가 중요하겠어요? 요점은 선배 음악가들에게는 언제나 배울 점이 있다는 거예요. 이 곡을 당신에게 들려주고 싶어요. 흥미 있어할 것 같아요."

그녀는 장식장으로 다가가서는 이윽고 시디 한 장을 집어 들었다. "당신은 이 곡을 좋아할 거예요. 이 곡에서 색소폰 연주는 정말 완벽해요."

그 방에도 내 방처럼 뱅 앤드 올룹슨 플레이어가 있었다. 잠시 후 방 안은 풍성한 현악기 소리로 가득 찼다. 벤 웹스터를 연상시키는 테너 색소폰 연주가 시작되어 오케스트라를 이끌었다. 이 분야에 지식이 많지 않다면 당신은 그 곡을 시나트라를 위해 넬슨 리들이 작곡한 곡 중 하나로 오해했을 것이다. 하지만 가수의 음성은 바로 토니 가드너였고 그 노래는 그때 막 기억났는데, 「백 앳 컬버 시티」인가 하는 것으로, 당시에도 인기를 얻지 못했고 지금은 더 이상 아무도 연주하지 않는 것이었다. 토니 가드너가 노래를 부르는 동안 색소폰은 그의 노래 한 소절 한 소절에 응답하면서 줄곧 함께 연주했다. 곡 전체가 좀 너무 뻔했고 지나치게 감상적이었다.

하지만 잠시 후 나는 음악에 더 이상 신경을 집중할 수가 없었다. 왜냐하면 내 앞에 있던 린디가 몽상에 빠진 듯 노래에 맞춰 천천히 춤을 추기 시작했기 때문이다. 린디의 동작은 자연스럽고 우아했고 몸매는 아주 날씬했다. 몸까지는 수술을 받지 않은 것이 분명했다. 그녀는 잠옷 같기도 하고 칵테일 드레스 같기도 한, 다시 말해서 살짝 환자복을 연상시키는 동시에 화려한 옷을 입고 있었다. 내가 음악에 집중할 수 없었던 또 다른 이유는 뭔가 생각해 내기 위해 애쓰고 있었기 때문이기도 했다. 린디가 최근 토니 가드너와 이혼한 것이 거의 확실하기는 했지만, 유명 인사들의 가십 같은 데 맹탕인 내가 혹시 잘못 안 것이 아닐까 하는 의구심이 든 것이다. 아니면 어떻게 저런 식으로 즐겁게 저 노래에 빠져서 춤을 출 수 있단 말인가?

토니 가드너의 음성이 한순간 잦아들고 현악기들이 연결 부분으로 넘어가고 피아노 솔로 연주가 시작되었다. 그러자 린디는 현실로 돌아온 듯했다. 그녀는 춤을 멈추고 리모컨으로 음악을 끈 다음 내 앞에 와서 앉았다.

"멋지지 않아요? 내 말의 의미를 아시겠어요?"

"예, 아름다운 연주였습니다." 지금 색소폰 연주에 대해 말하는 것인지 어떤지 확신하지 못한 채 내가 대답했다.

"그건 그렇고 당신은 귀가 정확하군요."

"무슨 말씀이신지요?"

"가수 말이에요. 당신은 가수에 대해 생각하고 있었잖아요. 그 사람이 더 이상 내 남편이 아니라고 해서 그 사람의 음반을 듣지 말아야 하는 건 아니잖아요, 안 그래요?"

"예, 물론 그렇죠."

"그리고 이 곡의 색소폰 연주는 정말 아름다워요. 내가 왜 당신한테 그걸 들어 보라고 했는지 이제 알 거예요."

"예, 아름다운 연주였습니다."

"스티브, 당신이 연주한 음악 어디 없어요? 당신이 직접 연주한 거 말이에요."

"물론 있지요. 사실은 여기 제 방에 시디가 몇 장 있답니다."

"다음번에 여기 올 때 말이에요, 스티브, 좀 가져오면 좋겠네요. 당신 연주를 듣고 싶어요. 그래 줄 거죠?"

"좋습니다. 당신이 지루해하시지 않는다면요."

"오, 그럴 리가요. 지루할 리가 없어요. 그나저나 나를 꼬치꼬치 캐묻기 좋아하는 여자로 생각하지 않았으면 좋겠어요. 토니는 언제나 내가 참견하길 좋아한다고 말했어요. 사람들을 가만히 내버려 두지 못한다고요. 하지만 괜한 걱정이에요. 많은 유명 인사들은 다른 유명 인사들에게만 관심을 가져야 한다고 생각하죠. 하지만 난 한 번도 그런 적이 없어요. 나는 모든 이들이 내 친구가 될 수 있다고 생각해요. 그레이시를 봐요. 이제 내 친구예요. 집에 있는 내 스태프들 역시 모두 내 친구고요. 파티에서 내가 어떤지 봐야 하는데. 모두들 자신들의 최신 영화 같은 것에 대해 이야기하고 있는데, 음식을 가져다주는 아가씨나 바텐더와 이야기하는 사람은 나뿐이에요. 그게 지나치게 캐묻는 건 아니잖아요, 당신 생각은 어때요?"

"그럼요. 그건 캐묻는 것과는 거리가 멀죠. 그런데 말입니다. 가드너 부인……."

"린디라고 부르세요, 제발."

"린디, 그러니까 말입니다. 당신과 함께 있는 건 정말 즐겁습니다. 그런데 제가 복용하고 있는 약 때문에 온몸이 녹초가 되는군요. 이제 제 방으로 돌아가 좀 누워야겠습니다."

"오, 몸이 안 좋으세요?"

"별거 아닙니다. 그저 약 때문이지요."

"딱해라! 나아지면 꼭 다시 와야 해요. 당신의 연주가 담긴 음반들을 갖고 말이에요. 약속한 거죠?"

나는 참 좋은 시간이었다고, 다시 오겠다고 그녀를 안심시켜야 했다. 그런 다음 방을 나서는데 그녀가 말했다.

"스티브, 체스 할 줄 알아요? 나는 이 세상에서 가장 체스를 못 두지만, 정말 예쁜 체스 세트가 있답니다. 지난주에 메그 라이언이 가져다주었거든요."

내 방으로 돌아온 나는 미니바에서 콜라를 하나 꺼낸 다음 책상에 앉아 창밖을 내다보았다. 석양이 하늘을 온통 분홍빛으로 물들이고 있었다. 호텔 창에서 길게 펼쳐진 도로가 내려다보여서 멀리 자동차 전용도로를 따라 달리는 차들을 볼 수 있었다. 잠시 후 나는 브래들리에게 전화를 걸었다. 그의 비서가 오래 기다리게 하긴 했지만 이윽고 그가 전화를 받았다.

"얼굴은 어때?" 브래들리가 걱정하는 투로 물었다. 마치 자기가 사랑하는 애완동물을 내 손에 맡기기라도 한 것처럼.

"그걸 내가 어떻게 알아? 난 여전히 '보이지 않는 사람'인데."

"자네 괜찮아? 목소리가…… 기운이 없는 것 같군."

"난 지금 우울한 상태야. 이 모든 게 실수인 것 같아. 이제 알겠어. 이 일은 잘되지 않을 거야."

순간 침묵이 흐른 후 그가 물었다. "수술이 실패한 거야?"

"수술은 잘된 것 같아. 내 말은 그 나머지, 그다음에 일어날 일이 잘되지 않을 거라는 거야. 이 계획 말이야…… 이일은 절대 자네가 말한 대로 되지 않을 거야. 자네의 설득에 결코 넘어가는 게 아니었는데."

"도대체 무슨 일이야? 자네 목소리가 너무 우울하게 들려. 사람들이 도대체 무슨 약을 먹인 거지?"

"난 괜찮아. 사실 머릿속은 얼마 전보다 훨씬 맑아졌어. 그게 문제지. 이제 사태를 제대로 볼 수 있어. 자네 계획은…… 자네 말에 결코 넘어가서는 안 되었는데."

"그게 무슨 말이야? 무슨 계획 말이지? 이것 봐, 스티브, 이건 간단한 거야. 자네는 재능 있는 예술가야. 이제 회복되어 붕대를 풀고 나면 해 오던 대로만 하면 되는 거야. 그저 장애물 하나를 치우고 있는 것뿐이지. 계획 같은 건 없어……."

"이것 봐, 브래들리. 여기 상황이 고약해. 이건 비단 신체적인 불편에 그치지 않아. 이제 나는 나 자신에게 무슨 짓을 저지르고 있는지 깨달았어. 이건 실수야. 나 자신을 좀 더 존중했어야 했어."

"스티브, 도대체 뭐 때문에 이러는 거야? 거기서 도대체 무슨 일이 일어난 거야?"

"지독히 당연한 일이 일어났어. 그래서 내가 전화를 건 거지. 나를 여기서 벗어나게 해 주면 좋겠어. 나를 다른 호텔로 데려가 주면 좋겠단 말이야."

"다른 호텔이라니? 자네가 누군데? 압둘라 왕자라도 된단 말이야? 그 호텔이 도대체 뭐가 어떻단 말이야?"

"문제는 내 옆방에 린디 가드너가 있다는 거야. 그리고 그 여자가 조금 전에 나를 자기 방으로 불렀고 앞으로도 줄곧 부를 거란 말이지. 그게 문제야!"

"린디 가드너가 옆방에 있다고?"

"이것 봐, 난 또다시 그런 시련에 처하고 싶지 않아. 조금 전까지 난 그 방에 있었어. 어쩔 수가 없었어. 그런데 이제 그 여자는 메그 라이언 체스 세트로 나랑 체스를 두자고……."

"스티브, 지금 린디 가드너가 옆방에 있다는 거야? 자네가 그녀와 시간을 보낸다는 거야?"

"그 여자는 자기 남편의 음반을 틀었어! 제기랄, 다음엔 또 다른 음반을 틀 것 같아. 그게 지금 내가 처한 상황이야. 그게 지금 내 상황이란 말이야."

"스티브, 잠깐만. 지금 한 말 다시 해 봐. 스티브, 빌어먹을 입 좀 닥쳐. 그리고 조금 전에 한 말을 설명해 봐. 자네가 어떻게 린디 가드너와 어울리게 되었는지 설명해 달란 말이야."

나는 잠시 마음을 가라앉힌 다음 린디가 어떻게 나를 자기 방으로 불렀는지, 어떻게 된 일인지를 간략하게 말해 주었다.

"그러니까, 자네 그 여자에게 무례하게 군 건 아니지?" 내가 말을 끝내자마자 브래들리가 물었다.

"그렇진 않아. 무례하지 않았어. 줄곧 참았지. 하지만 다시 그 방으로 돌아가진 않겠어. 호텔을 바꿔야겠어."

"스티브, 호텔을 바꾸는 일 같은 건 없어. 린디 가드너라고? 그 여자가 붕대를 감고 있고 자네도 붕대를 감고 있는 거군. 그 여자의 방이 바로 자네 옆이고. 스티브, 이건 황금 같은 기회야."

"그렇지 않아, 브래들리. 이건 지옥 중에서도 생지옥이야. 메그 라이언 체스 세트라니, 맙소사!"

"메그 라이언 체스 세트는 또 뭐야? 그건 어떻게 하는 거야? 체스 하나하나가 맥처럼 생겼어?"

"게다가 그 여자는 내 연주를 듣고 싶어 해! 다음번에 내 시디를 가져와야 한다고 고집을 피우더라고!"

"그 여자가 자네 연주를……. 세상에, 스티브. 붕대도 풀기 전에 일이 술술 풀리는군. 그 여자가 자네 연주를 듣고 싶어 한다고?"

"난 지금 자네에게 이 문제를 해결해 달라고 청하고 있는 거야, 브래들리. 그래, 나는 곤경에 빠졌어. 성형수술을 받았다고. 나는 너무나도 바보라서 자네가 하는 말을 믿고 자네에게 설득당했어. 하지만 이런 일까지 참고 견딜 순 없어. 앞으로 2주 동안이나 린디 가드너랑 보낼 순 없단 말이야. 지금 난 자네에게 나를 당장 다른 곳으로 옮겨 달라고 말하고 있는 거야!"

"난 자네를 그 어디로도 옮기지 않을 거야. 자네는 린디 가드너가 얼마나 중요한 인물인지 알아? 그 여자가 어떤 인사들과 교제하는지 알아? 전화 한 통으로 그녀가 자네에게 어떤 일을 해 줄 수 있는지 알아? 그래, 그녀는 이제 토니 가드너의 아내가 아니야. 그래도 별 차이가 없어. 그녀와 친분을 트고 새로운 얼굴을 갖게 되면 기회가 활짝 열릴 거야. 순식간에 큰물에서 놀게 되는 거지."

"이건 큰물도 뭣도 아무것도 아니야, 브래들리. 왜냐하면 나는 다시는 그 방에 안 갈 거니까 말이야. 그리고 내 음악으로 인한 게 아니라면 그 어떤 문도 열리기를 바라지 않아. 이제 난 자네가 전에 한 말을 믿지 않아. 그 어이없는 계획을 믿지 않는다고⋯⋯."

"그렇게 감정적으로 말하면 안 될 것 같은데. 꿰맨 게 터질까 봐 정말 걱정이군⋯⋯."

"브래들리, 이제 곧 자네는 내 실밥 같은 것에는 신경 쓸 필요가 없어질 거야. 왜냐하면 이거 알아? 난 이제 이 미라 가면을 벗어 던지고 손가락을 양쪽 입아귀에 넣고 얼굴을 가능한 한 온갖 방향으로 잡아 늘일 테니까 말이야. 내 말 들었어, 브래들리?"

브래들리의 한숨 소리가 들렸다. 이윽고 그가 말했다. "알겠어, 진정해. 제발 진정하라고. 최근에 스트레스를 너무 많이 받아서 그래. 이해해. 지금 당장 린디를 만나고 싶지 않다면, 그 황금 같은 기회를 그냥 흘려보내고 싶다면 그렇게 해. 자네 입장 이해해. 하지만 예의는 지켜 줘, 알겠지? 적당한 구실을 대란 말이야. 원수를 만들진 말라고."

브래들리와 이런 대화를 나눈 이후 나는 훨씬 기분이 나아져서 영화 한 편을 반쯤 보고 빌 에번스를 들으면서 그런대로 만족스러운 저녁나절을 보냈다. 다음 날 아침, 식사를 마치자 닥터 보리스가 간호사 둘을 데리고 들어왔다. 그는 경과에 만족한 듯 방을 나갔다. 잠시 후 11시경에 방문객이 찾아왔다. 드러머 리는 몇 년 전 샌디에이고의 한 하우스 밴드에서 연주할 때 함께했던 동료였다. 그의 매니저를 겸하고 있는 브래들리가 내게 가 보라고 한 모양이었다.

리는 괜찮은 친구여서 나는 기뻤다. 그는 한 시간 정도 머물렀다. 우리는 각자의 친구들에 대해 누가 어느 밴드에 있고, 누가 짐을 싸서 캐나다나 유럽으로 갔는지 소식을 교환했다.

"옛 팀의 친구들이 뿔뿔이 흩어지고 말다니 정말 유감이야. 한때 같이 멋진 시간을 보냈는데 이제는 어디에 있는지조차 알 수 없다니." 그가 말했다.

리는 나에게 자기가 최근에 하고 있는 일에 대해 이야기했고 우리는 샌디에이고 시절의 추억을 떠올리며 웃음을 터뜨렸다. 이윽고 돌아갈 때가 가까워졌을 때 그가 말했다.

"그런데 제이크 마벌 어때? 그 일 어떻게 생각해? 세상 참 요지경이지, 안 그래?"

"요지경이고말고. 하지만 다시 말하는데 제이크는 언제나 훌륭한 뮤지션이었어. 지금처럼 성공할 만해."

"그래, 하지만 요지경이지. 그 시절 제이크가 어땠는지 기억나? 샌디에이고 시절에 말이야. 스티브, 자네는 매일같이 무대에서 그 친구의 코를 납작하게 만들었잖아. 그런데 이제 그를 봐. 그저 운이 좋았을 뿐이라고 해야 하는 거 아닐까?"

"제이크는 언제나 멋진 친구였어. 그리고 내가 아는 한 누가 됐든 색소폰 연주자가 상을 받는 건 좋은 일이야."

"그거야 그렇지. 그런데 바로 이 호텔에서 열린다는군. 보자, 가져왔는데." 리는 가방 속을 뒤적거리더니 꼬깃꼬깃해

진 《엘에이 위클리》를 꺼냈다. "그래, 여기 있군. 사이먼 앤
드 웨스베리 음악상. 올해의 재즈 뮤지션. 제이크 마벌. 보
자, 이 빌어먹을 행사가 언제지? 내일 이곳 대연회장에서 열
리는군. 자네도 저 층계를 내려가 시상식에 참석할 수 있겠
는걸." 그는 신문을 내려놓고 고개를 내저었다. "제이크 마
벌. 올해의 재즈 뮤지션이라니. 누가 이런 일을 생각이나 했
겠어? 안 그래, 스티브?"

"난 시상식장으로 내려가지 않을 거야. 하지만 잊지 않고
그를 위해 건배를 하지." 내가 말했다.

"제이크 마벌이라니. 이런, 정말이지 맛이 가도 한참 간 세
상 아니야?"

점심 식사를 한 후 한 시간 정도 지났을까, 전화벨이 울렸
다. 린디였다.

"체스 세트를 펼쳐 놨어요, 스티브. 게임할 준비 됐어요?
안 됐다고 하지 마요. 난 따분해서 미칠 것 같아요. 아, 그리
고 그 시디 가져오는 거 잊지 마세요. 당신 연주를 듣고 싶
어서 죽겠어요."

나는 수화기를 내려놓고 침대 모서리에 앉아서는 내가 어
떻게 이 정도로 자기주장을 못 하는지 생각해 보려 애썼다.
실제로 나는 '싫다'는 말을 꺼낼 생각조차 못하지 않았던가.

어쩌면 줏대가 없는 것인지도 몰랐다. 그게 아니라면 전화에서 들은 브래들리의 논지에 표면적으로 인정한 것보다 훨씬 더 공감하고 있었는지도 몰랐다. 어쨌든 지금은 그런 생각을 할 시간이 없었다. 내 시디 중 어느 것이 그녀에게 가장 감명을 줄 수 있을지 골라야 했던 것이다. 전위적인 것은 당연히 제외해야 했고 작년에 샌프란시스코에서 일렉트로펑크 친구들과 녹음한 것 역시 그랬다. 이윽고 시디 한 장을 골랐다. 그리고 깨끗한 셔츠로 갈아입고 그 위에 가운을 걸친 다음 옆방으로 갔다.

린디 역시 가운을 입고 있었는데, 그것은 영화 시사회에 입고 나가도 그다지 당황스럽지 않을 만한 것이었다. 과연 낮은 유리 탁자 위에는 체스 세트가 펼쳐져 있었다. 우리는 전처럼 마주 보고 앉아서 게임을 시작했다. 아마도 손으로 뭔가를 하고 있어서인지 분위기가 지난번보다 훨씬 편안했다. 게임을 하는 동안 우리는 의식하지 못하는 사이에 이런저런 이야기를 나누었다. 텔레비전 쇼라든가 린디가 좋아하는 유럽의 도시들이라든가 중국 음식이라든가 하는 것들에 대해. 그녀는 이번에는 유명 인사의 이름을 들먹이지 않았고 전보다 훨씬 침착해 보였다. 갑자기 그녀가 말했다.

"내가 이곳에서 돌아 버리지 않으려고 무슨 일을 하는 줄 알아요? 비밀 한 가지 말씀해 드릴까요? 해 드리죠. 하지만 비밀을 지켜 줘요. 그레이시에게도 말하면 안 돼요. 약속하는 거죠? 그러니까 나는 한밤중에 산책을 나간답니다. 한밤중에 하는 산책은 정말 황홀하죠. 어젯밤에는 아마 한 시간 정도 나가 있었을 거예요. 조심해야 해요. 밤중에도 돌아다니는 호텔 직원들이 있으니까. 하지만 한 번도 들킨 적이 없어요. 무슨 소리라도 들리면 재빨리 달려가 어디든 숨거든요. 한번은 청소부들의 눈에 잠깐 띄었어요. 하지만 얼른 어두운 데로 숨었답니다! 참으로 짜릿했어요. 하루 종일 이렇게 갇혀 지내다가 완벽한 자유를 맛보는 건 정말 멋져요. 당신도 한 번 데리고 갈게요, 스티브. 당신에게 멋진 것들을 보여 줄게요. 바, 식당, 회의실 같은 것들요. 멋진 대연회장도 있어요. 거기엔 아무도 없고 모든 것이 어둠과 정적에 싸여 있어요. 그중에서도 가장 환상적인 장소를 발견했어요. 일종의 펜트하우스예요. 귀빈실로 쓸 모양이더군요. 아직 공사중이에요. 하지만 안으로 들어갈 수 있었어요. 그곳에서 20~30분 머물면서 여러 생각을 했답니다. 이봐요, 스티브, 지금 맞게 둔 거예요? 이렇게 하면 내가 당신의 퀸을 잡게 되잖아요?"

"아, 그래요, 그렇겠군요. 그걸 못 봤네요. 이봐요, 린디. 당신이 말한 것보다 사실은 훨씬 잘 두는군요. 이제 난 어떻게 뒤야 하죠?"

"좋아요, 내가 말해 주죠. 당신은 손님이니까, 그리고 내가 하는 말에 정신이 팔려 있었을 테니까 이번은 못 본 척해 주겠어요. 이 정도면 친절한 거죠? 말해 봐요, 스티브, 지난 번에 물어봤는지 안 물어봤는지 기억이 안 나네요. 당신 기혼자죠, 그렇죠?"

"그렇습니다."

"그렇다면 당신 아내는 이 일들을 어떻게 생각하고 있나요? 내 말은, 비용이 꽤 들잖아요. 이 정도 돈이면 그녀는 꽤 많은 구두를 살 수 있을걸요."

"아내는 불만이 없습니다. 사실 처음 이 일을 생각해 낸 건 바로 아내였답니다. 이제 누가 방심하고 있는지 좀 보시죠."

"아, 이런. 어쨌거나 난 체스를 정말 못 둬요. 그런데 캐묻고 싶지는 않지만 당신 아내가 여기 자주 찾아오나요?"

"사실 한 번도 오지 않았어요. 하지만 그건 내가 여기 오기 전부터 우리 사이에 양해한 사항입니다."

"그래요?"

린디가 어리둥절한 표정을 지어서 내가 말했다. "이상하게 들릴 거라는 거 압니다. 하지만 우리는 그런 방식을 원했거든요."

잠시 후 그녀가 다시 물었다. "좋아요. 그렇다면 아무도 당신을 찾아오지 않나요?"

"방문객들은 있어요. 사실 오늘 아침에 한 사람이 찾아왔었어요. 전에 함께 일하던 뮤지션이 왔었죠."

"아, 그래요? 잘됐군요. 그런데요, 스티브. 난 체스의 말들이 어떻게 움직이는지 도대체 정확하게 알 수가 없어요. 내가 뭔가 잘못하는 게 보이면 바로 말해 줘요, 알았죠? 속여넘기려고 그러는 게 아니랍니다."

"그러죠." 그런 다음 내가 다시 말했다. "오늘 나를 보러 온 친구가 새로운 소식을 가져왔더군요. 좀 이상한 소식이에요. 우연의 일치라고나 할까."

"뭔데요?"

"몇 해 전 샌디에이고에서 우리 둘 다 알고 지내던 색소폰 연주자가 있어요. 제이크 마벌이라는 친구죠. 아마 이름을 들어 봤을 거예요. 이제 그는 성공했지요. 하지만 우리가 그를 알던 당시에는 정말 아무것도 아니었답니다. 사실 그는 가짜예요. 이른바 허풍쟁이인 거죠. 키도 제대로 짚을 줄 몰랐거든요. 최근에 그의 연주를 여러 번 들어 봤는데 조금도 나아지지 않았더라고요. 그런데 한두 번 점수를 따는가 싶더니 이제는 대단한 인물이 되었더군요. 맹세컨대 그는 과거보다 조금도 나아지지 않았어요. 조금도요. 그런데 그 소식이란 게 뭔지 알아요? 그 친구 제이크 마벌이 내일 이 호텔

에서 큰 상을 받는다는군요. 올해의 재즈 뮤지션으로 선정
돼서 말이에요. 미친 짓 아닙니까? 재능 있는 색소폰 연주
자들이 널리고 널렸는데 제이크에게 그 상을 주다니."

나는 말을 멈추고 체스판에서 눈길을 든 다음 작게 웃음
을 터뜨렸다. "그런들 어쩌겠어요?" 내가 한결 부드럽게 말
했다.

린디는 앉은 자세에서 몸을 똑바로 세우고 나를 골똘히
바라보았다. "유감이군요. 그러니까 그 사람이 실력이 없다
는 거죠?"

"죄송합니다. 제가 쓸데없는 말을 한 것 같군요. 사람들이
제이크에게 상을 주겠다는데, 그러지 말아야 할 이유가 어
디 있겠어요?"

"하지만 그에게 실력이 없다면……."

"그런대로 괜찮은 편입니다. 그냥 해 본 말이었어요. 죄송
합니다. 귀담아듣지 마세요."

"이봐요, 그러니까 생각났어요. 당신 연주가 담긴 음반을
가져오라고 했던 거 생각나요?" 린디가 물었다.

나는 소파 위 내 옆에 놓인 시디를 가리켰다. "이런 것에
관심이 있으실지 잘 모르겠군요. 꼭 들으실 필요는……."

"아, 들어 볼래요. 들어 보고말고요. 자, 좀 보여 줘요."

나는 린디에게 시디를 건넸다. "이건 패서디나에서 내가

함께 연주한 밴드예요. 우리는 스탠더드 음악, 구식 스윙재즈 곡, 두어 곡의 보사노바를 연주했어요. 특별할 건 없어요. 가져오라고 해서 그냥 가져온 것뿐입니다."

린디는 시디 케이스를 얼굴 가까이 갖다 대고 살펴보더니 다시 떼어 놓았다. "그럼 이 사진에 당신이 있나요?" 그녀는 다시 케이스를 얼굴 가까이 갖다 댔다. "당신이 어떻게 생겼는지 알고 싶어요. 이런, 당신이 어떻게 생겼었는지 알고 싶다고 말해야겠군요."

"오른쪽에서 두번 째가 바로 접니다. 하와이풍 셔츠를 입고 다리미판*을 들고 있지요."

"이 사람요?" 그녀는 시디를 가만히 들여다보다가 나를 건너다본 다음 말했다. "이봐요, 귀엽게 생겼군요." 하지만 그렇게 말하는 음성은 나직했고 확신이 없었다. 실제로 나는 린디의 목소리에 아쉬움이 서려 있음을 뚜렷이 감지할 수 있었다. 하지만 거의 즉각적으로 그녀는 평소의 말투로 돌아왔다. "좋아요, 그럼 이걸 들어 봅시다!"

린디가 뱅 앤드 올룹슨 쪽으로 걸어가는 것을 보고 내가 말했다. "9번 트랙 「더 니어니스 오브 유」, 그게 제 스페셜

---

* 미국의 뮤지션 '아이어닝 보드 샘'은 무명 시절 전자오르간의 키보드를 올려놓을 오르간대를 확보하지 못하자 다리미판을 개조해 사용하여, 그런 이름을 갖게 되었다고 한다.

트랙입니다."

"「더 니어니스 오브 유」 나갑니다."

나는 생각 끝에 이 트랙을 정했다. 그 밴드의 뮤지션들은 최고의 기량을 가진 이들이었다. 개인적으로 우리 모두의 야망은 그보다 훨씬 급진적이었지만 우리가 그 밴드를 결성한 것은, 공연장에 온 관객이 원할 법한 질 좋은 주류 음악을 연주한다는 확고한 목적에서였다. 나의 테너 색소폰 연주가 특별히 포함된 「더 니어니스 오브 유」의 우리 녹음은 토니 가드너풍의 음악과는 엄청난 거리가 있었지만, 나는 그것에 줄곧 순수한 자부심을 갖고 있었다. 아마도 당신은 이 노래를 가능한 온갖 방식으로 들어 봤다고 생각할지도 모른다. 그렇다면 우리 녹음을 한번 들어 보라. 그러니까 두 번째 후렴을. 아니면 우리가 미들에잇*에서 나오는 부분까지를. 밴드가 Ⅲ-5에서 Ⅵx-9로 가는 동안 나는 불가능하게 여겨질 정도의 간격을 두고 소리를 들어 올린 다음, 그 달콤하고 부드럽기 짝이 없는 높은 내림나 음을 유지하는 것이다. 거기에는 당신이 전에 만나 본 적이 없는 빛깔들이, 염원과 회오가 깃들어 있을 것이다.

그러므로 나는 그 녹음이 린디의 인정을 받을 수 있을 것

---

* 32마디로 이뤄진 팝송의 세 번째 8마디.

이라고 확신했다. 그리고 처음 몇 분 동안 린디는 음악을 즐기고 있는 것 같았다. 그녀는 그 시디를 걸어 놓은 다음 앉지 않고 서 있었다. 그러더니 토니 가드너 때와 마찬가지로 느린 박자에 맞춰 꿈을 꾸듯 춤을 추기 시작했다. 하지만 그녀의 동작에서 리듬감이 점점 없어지더니 이윽고 그녀는 나에게 등을 돌린 채 뭔가에 집중하는 것처럼 고개를 앞으로 숙이고 그 자리에 서서 꼼짝도 하지 않았다. 처음에 나는 이것을 나쁜 징조로 보지 않았다. 뭔가 잘못되었음을 깨달은 것은 음악이 한창 흐르고 있는데도 린디가 뒷걸음을 쳐서 자리에 앉았을 때였다. 물론 나는 붕대 때문에 그녀의 표정을 읽을 수는 없었다. 하지만 그녀가 뻣뻣한 마네킹처럼 소파에 털썩 주저앉는 품새로 미루어 뭔가 잘못된 것 같았다.

트랙이 끝나자 나는 리모컨을 집어 들어 음악을 껐다. 꽤 길게 느껴지는 시간 동안 그녀는 그렇게 뻣뻣하고 어색한 자세로 움직이지 않았다. 이윽고 그녀는 정신을 좀 차린 듯 체스의 말들을 만지작거리기 시작했다.

"정말 멋졌어요. 이 곡을 듣게 해 줘서 고마워요." 그녀가 말했다. 그 말은 너무 뻔하게 들렸지만 그녀는 그렇게 들리는 것에 신경 쓰지 않는 것 같았다.

"아마 당신 취향에 안 맞을 겁니다."

린디의 목소리는 부루퉁하고 나지막했다. "아니, 그렇지

않아요. 정말 좋았어요. 들려줘서 고마워요." 그녀는 체스의
말을 칸 위에 내려놓고는 말했다. "당신 차례예요."

나는 체스판을 내려다보면서 지금이 어떤 상황인지를 알
아내려고 애썼다. 잠시 후에 내가 부드럽게 물었다. "저 노래
때문에 특별히 연상되는 거라도 있나요?"

린디는 나를 올려다보았다. 나는 붕대 너머로 분노를 느
낄 수 있었다. 하지만 그녀는 조금 전처럼 차분하게 대답했
다. "저 노래 때문에 연상되는 거요? 아무것도 없어요. 전혀
요." 그런데 갑자기 린디가 웃음을 터뜨렸다. 짧고 차가운 웃
음이었다. "아, 당신 말은 '그 사람', 그러니까 토니를 떠올리
게 하지 않느냐는 거군요? 아니, 그렇지 않아요. 그 사람은
저 노래를 녹음하지 않았어요. 당신 연주는 아주 멋졌어요.
정말 프로답더군요."

"정말 프로답다고요? 그게 무슨 뜻입니까?"

"내 말은…… 실제로 프로답다는 거예요. 그러니까 칭찬
으로 한 말이에요."

"프로답다고요?" 나는 소파에서 일어나 방을 가로질러 가
플레이어에서 시디를 꺼냈다.

"왜 그렇게 화를 내는 거죠? 내가 뭐 잘못 말했나요? 유
감이군요. 난 친절하게 대하려고 애썼는데." 그녀의 목소리
는 여전히 쌀쌀맞고 차가웠다.

나는 탁자로 돌아와 시디를 케이스에 집어넣고는 그대로 서 있었다.

"이제 게임 그만하는 건가요?" 린디가 물었다.

"괜찮으시다면 전 좀 할 일이 있어서요. 전화도 걸어야 하고 서류도 좀 봐야 하거든요."

"왜 그렇게 화를 내는 거죠? 이해할 수가 없군요."

"화가 난 게 아닙니다. 가야 할 시간이 된 것뿐입니다."

그녀는 어쨌든 자리에서 일어나 문까지 나를 따라 나왔다. 문간에서 우리는 차가운 악수를 하고 헤어졌다.

앞서 말한 것처럼 수술 이후 내 수면 리듬은 엉망이 되었다. 그날 밤 나는 갑작스러운 피로감 때문에 일찍 잠자리에 들어 몇 시간을 곤하게 잤다. 그런 다음 한밤중에 깨어났는데 잠이 오지 않았다. 한참 후 나는 자리에서 일어나 텔레비전을 켰다. 어릴 때 본 영화가 상영되고 있어서 의자를 끌어와 볼륨을 낮추고 중간부터 보기 시작했다. 영화가 끝나자 항의하는 청중 앞에서 목사 두 사람이 서로 고함을 지르는 프로그램을 보았다. 기분은 대체로 괜찮았다. 아늑했고 바깥 세상과 까마득히 멀리 떨어져 있는 것 같았다. 그래서 전화벨이 울렸을 때 정말이지 간이 떨어질 정도로 깜짝 놀랐다.

"스티브? 당신인가요? 나 린디예요." 목소리가 이상하게 들려서 나는 그녀가 술을 마시고 있나 보다고 생각했다.

"예, 접니다."

"늦은 시간이라는 거 알아요. 하지만 지금 막 지나가다가 당신 방 문 밑에서 불빛이 새어 나오는 걸 봤어요. 당신도 나처럼 잠들기 힘든가 보군요."

"그런 것 같습니다. 자는 시간을 지키는 게 어렵군요."

"그래요, 당신 말대로예요."

"다 괜찮은 거죠?" 내가 물었다.

"그럼요, 다 괜찮아요. 괜찮고말고요."

이제 나는 그녀가 취하지 않았다는 것은 알았지만 도대체 무슨 일인지 알 수가 없었다. 뭔가에 취한 것 같지는 않았다. 그저 유난히 잠이 안 오는 상태에서 나에게 할 말이 생각나 흥분한 듯했다.

"정말 다 괜찮은 거죠?" 내가 다시 물었다.

"그래요, 정말이에요. 다만…… 그런데 말이에요, 스티브. 여기 뭘 좀 갖고 있어요. 그걸 당신에게 주고 싶어요."

"그래요? 그게 뭐죠?"

"말하고 싶지 않아요. 깜짝 놀라게 해 주고 싶어요."

"흥미롭군요. 가서 보기로 하죠. 내일 아침 식사 후에 갈까요?"

"지금 당장 와 주면 좋겠어요. 내 말은, 그게 여기 있고 당신도 깨어 있고 나도 깨어 있다는 거예요. 늦은 시각이라는 건 알지만…… 내 말 좀 들어 봐요, 스티브. 아까 일에 대해 당신에게 설명을 해야 할 것 같아요."

"그건 잊어버리세요. 전 괜찮습니다……."

"내가 당신 음악을 좋아하지 않는 줄 알고 당신이 화를 낸 거예요. 그런데 사실은 그렇지 않아요. 사실은 그 반대, 정확히 반대예요. 당신의 연주, 그「더 니어니스 오브 유」말이에요. 그걸 머릿속에서 떨칠 수가 없어요. 아니, 그러니까 머리가 아니라 가슴에서 말이에요. 그 음악을 가슴에서 떨쳐 낼 수가 없다고요."

나는 뭐라고 말해야 좋을지 몰랐다. 내가 대답할 말을 생각해 내기도 전에 린디가 다시 말을 이었다.

"내 방으로 올래요? 지금 당장 말이에요. 그럼 모든 걸 제대로 설명할게요. 그리고 가장 중요한 건…… 아니, 아니에요. 말하지 않을래요. 깜짝 놀라게 해 주고 싶어요. 오면 알수 있어요. 그리고 그 시디를 다시 가져와요. 그래 줄 거죠?"

방문을 열자마자 린디는 내가 무슨 배달원이나 되는 것처럼 내 손에서 그 시디를 낚아챘다. 그런 다음 내 손목을 붙잡아 나를 안으로 끌었다. 그녀는 아까 입었던 호화로운 가운을 입고 있었는데 지금은 좀 흐트러진 모습이었다. 가운 한쪽이 다른 쪽보다 아래로 늘어져 있었고 뒷목 언저리의 붕대에는 조그만 보풀 뭉치가 달려 있었다.

"난 당신이 아까 말한 그 야간 산책 중인 줄 알았는데요." 내가 말했다.

"이렇게 와 줘서 얼마나 기쁜지 몰라요. 내일 아침까지 기다릴 수 있을지 자신이 없었거든요. 자, 내 말 좀 들어 봐요. 조금 전에 말한 것처럼 깜짝 놀라게 해 줄 게 있어요. 당신이 좋아하면 좋겠어요. 아마 좋아할 거예요. 하지만 먼저 긴장을 풀고 편하게 앉아요. 우리 당신 음악을 다시 들어요. 보자, 몇 번째 트랙이었죠?"

나는 늘 앉던 자리에 앉아서 그녀가 하이파이 스테레오를 만지작거리는 것을 지켜보았다. 방의 조명은 부드러웠고 공기는 기분 좋을 정도로 시원했다. 이윽고 「더 니어니스 오브 유」가 상당히 큰 음량으로 흘러나오기 시작했다.

"다른 사람에게 방해되지 않겠어요?" 내가 물었다.

"다른 사람들 같은 건 아무래도 좋아요. 이곳을 쓰는 대가로 충분한 돈을 내고 있으니 그건 우리가 신경 쓸 문제가 아니죠. 자, 쉬! 들어 봐요, 들어 보자고요!"

린디는 아까처럼 음악에 맞춰 춤을 추기 시작했다. 다만 이번에는 한 소절이 끝나도 멈추지 않았다. 실제로 그녀는 상상 속의 상대를 안고 있는 것처럼 두 팔을 벌리고는 연주가 진행될수록 더더욱 음악에 빠져드는 듯했다. 이윽고 음악이 끝나자 그녀는 전축을 끄고는 나에게 등을 돌린 채 방 저편에 서서 움직이지 않고 가만히 서 있었다. 꽤 길게 느껴지는 시간 동안 그러고 있다가 이윽고 내 쪽으로 몸을 돌렸다.

"뭐라고 말해야 할지 모르겠어요. 이건 숭고해요. 당신은 참으로 멋지고 놀라운 뮤지션이에요. 당신은 천재예요."

"음, 고맙습니다."

"난 처음부터 알았어요. 정말이에요. 그래서 그렇게 반응하게 된 거예요. 좋아하지 않는 척, 감동하지 않는 척한 거죠." 그녀는 내 맞은편에 앉으며 한숨을 내쉬었다. "토니는 그런 점을 나무라곤 했어요. 난 언제나 그런 식으로 행동해 왔죠. 그건 내가 이제껏 극복하지 못한 부분이에요. 그러니까 정말로 재능 있는 사람, 그런 식으로 신의 축복을 받은 사람을 만나면 어쩔 수가 없더라고요. 내가 본능적으로 보이는 첫 반응은 아까 당신한테 보인 바로 그런 거예요. 잘 모르지만 그저 질투 같은 거죠. 평범한 여자들이 미녀에게 보이는 반응과 비슷하죠. 아름다운 여자가 그들이 있는 방으로 들어오면 그들은 몹시 싫어하죠. 그 여자를 깎아내리고 싶어진답니다. 당신 같은 사람을 만나면 내가 바로 그렇게 돼요. 특히 그런 상황이 예기치 않게 일어났을 때는 더욱 그런데, 오늘이 바로 그랬어요. 이런 일이 있을 거라고는 예

223

상하지 못했거든요. 내 말은, 거기 앉아 있는 당신을 평범한 사람 중 하나라고 생각하고 있는데 다음 순간 갑자기 당신이…… 그러니까 뭔가 다른 존재가 되어 버린 거예요. 무슨 뜻인지 알겠어요? 어쨌든 난 당신에게 아까 내가 왜 그렇게 고약하게 행동했는지를 설명하는 거예요. 당신이 정말 화를 낼 만했어요."

한동안 우리 둘 사이에는 늦은 밤의 침묵이 감돌았다. 이윽고 내가 입을 열었다. "음, 고맙습니다. 이런 얘기를 해 주셔서 감사합니다."

린디가 갑자기 소파에서 일어났다. "이제, 깜짝 놀랄 걸 보여 줄게요! 그냥 여기 있어요. 움직이지 말고."

그녀는 침실로 들어갔다. 서랍을 여닫는 소리가 들렸다. 다시 돌아온 그녀는 두 손을 앞으로 내밀고 뭔가를 들고 있었지만 무엇인지는 보이지 않았다. 실크 손수건으로 덮여 있었기 때문이다. 그녀는 방 한가운데서 걸음을 멈추었다.

"스티브, 이리로 와서 받아 주면 좋겠어요. 시상식 같은 거니까요."

나는 어리둥절했지만 소파에서 일어났다. 내가 린디에게 다가가자 그녀는 손수건을 벗겨 내고 나를 향해 동으로 된 번쩍이는 장식물을 내밀었다.

"당신은 실제로 이걸 받을 자격이 있어요. 그러니 이건 당신 거예요. 올해의 재즈 뮤지션 상요. 어쩌면 올해뿐만이 아닐지도 모르지만요. 축하해요."

린디는 내 손에 그것을 쥐여 주고는 붕대가 감긴 내 뺨에 가볍게 입맞춤을 했다.

"음, 고맙습니다. 그야말로 깜짝쇼군요. 이런, 이거 정말 멋져 보이네요. 이게 뭔가요? 악어예요?"

"악어냐고요? 이런! 이건 천사 같은 아이 둘이 입맞춤을 하고 있는 조각상이잖아요."

"아, 그래요. 이제 보니 그렇군요. 음, 고마워요, 린디. 뭐라고 말해야 좋을지 모르겠군요. 정말 예뻐요."

"악어라면서요!"

"미안해요. 이 소년이 다리를 뻗고 있는 품새가 그래서요. 하지만 이제 알겠어요. 정말이지 아름답네요."

"그러니까 그건 당신 거예요. 당신은 그걸 받을 자격이 있어요."

"감동했어요, 린디. 정말이에요. 그런데 여기 뭐라고 새겨져 있는 건가요? 안경이 없어서 읽을 수가 없군요."

"'올해의 재즈 뮤지션'이라고 새겨져 있어요. 그게 아니면 뭐겠어요?"

"그렇게 새겨져 있다고요?"

"물론이죠, 그렇게 새겨져 있어요."

나는 그 조각상을 들고 다시 소파로 가서 앉아 잠시 생각해 본 다음 입을 열었다. "자, 린디, 지금 당신이 준 이 물건 말이에요. 이걸 당신이 한밤중에 산책하던 중에 손에 넣었을 가능성은 없는 거죠?"

"물론, 당연히 그럴 가능성이 있죠."

"좋아요. 그럼 이게 진짜 그 상일 가능성은 없는 거죠, 그렇죠? 내 말은 제이크가 받게 될 바로 그 진짜 트로피일 수는 없다고요."

린디는 즉각 대답을 하지 않고 그 자리에 그대로 서 있었다. 이윽고 그녀가 대답했다.

"물론 이건 진짜 트로피예요. 낡은 폐품을 주는 게 무슨 의미가 있겠어요? 불의가 저질러질 참이었는데 이제 정의가 승리한 거예요. 중요한 건 바로 그거예요. 이봐요, 스티브, 왜 이래요? 자신이 이 상에 꼭 맞는 인물이라는 건 당신도 잘 알잖아요."

"그렇게 봐 주시니 감사드립니다. 다만 이건…… 그러니까 이건, 일종의 절도 행위예요."

"절도 행위라고요? 그 사람이 실력이 없다고 당신이 말하지 않았나요? 가짜라고 말이에요. 하지만 당신은 천재예요. 누가 누구에게서 뭘 훔친다는 건가요?"

"린디, 정확히 어디서 이걸 가져왔죠?"

그녀는 어깨를 으쓱해 보였다. "지나가는데 눈에 띄었어요. 아까 갔던 곳 중에서요. 사무실 같은 곳이었어요."

"오늘 밤에요? 이걸 오늘 밤에 가져왔나요?"

"물론 오늘 밤에 가져왔죠. 어젯밤에는 이 상에 대해 아무것도 몰랐는걸요."

"물론, 당연히 그랬겠죠. 그러면 한 시간 전쯤 되나요?"

"한 시간, 어쩌면 두 시간쯤 됐을까? 그걸 어떻게 알아요? 꽤 오랫동안 나가 있었단 말이에요. 귀빈실에 꽤 오래 있었어요."

"맙소사."

"이것 봐요, 누가 신경이나 쓰겠어요? 도대체 왜 그렇게 걱정하는 거예요? 이게 없어진 걸 알면 다른 걸로 대체하겠죠. 어딘가 벽장에 이런 게 가득 차 있을 거예요. 난 당신이 받을 자격이 있는 상을 준 거예요. 반납할 거 아니죠, 스티브?"

"반납하지 않겠어요, 린디. 그 감정, 그 명예 같은 건 모두 기꺼이 받겠습니다. 정말 행복해요. 하지만 이거, 이 진짜 트로피 말이에요. 이건 도로 갖다 놔야 해요. 원래 있었던 자리에 도로 갖다 놔야 한다고요."

"다른 사람들은 엿이나 먹으라고 해요! 누가 신경이나 쓰겠어요?"

"린디, 당신이 생각하지 못한 게 있어요. 이 사실이 알려

지면 어떻게 할 거예요? 기자들이 이 일을 어떻게 떠벌일지 상상이 가요? 가십, 스캔들 말이에요. 사람들이 뭐라고 하겠어요? 자, 나 좀 봐요. 사람들이 깨기 전에 사태를 바로잡아야 해요."

린디는 갑자기 꾸중을 들은 아이 같은 모습이 되었다. 이 윽고 그녀는 한숨을 내쉬더니 말했다. "당신 말이 맞는 것 같아요, 스티브."

트로피를 다시 가져다 놓는 데 일단 동의하자 린디는 몹 시 신경이 쓰이는 모양이었다. 모두가 잠든 호텔 복도를 서 둘러 지나가는 동안 그것을 줄곧 가슴에 끌어안고 있었던 것이다. 그녀는 앞장서서 비상계단을 내려가 뒤쪽 복도를 따라 걷다가 사우나 룸과 자판기들을 지나쳤다. 아무 소리도 들리지 않았고 아무도 마주치지 않았다. 이윽고 린디가 나 직하게 속삭였다. "이쪽이었어요." 우리는 육중한 문을 열고 어두운 공간으로 들어섰다.

방 안에 아무도 없다는 것을 확인한 후 나는 린디의 방 에서 가져온 손전등을 켜고 주위를 비춰 보았다. 그곳은 대 연회장이었다. 비록 당장 춤을 추려 든다면 각각 린넨 식탁 보가 씌워지고 어울리는 의자가 딸린 식탁들이 매우 방해 가 되기는 하겠지만 말이다. 천장 중앙에는 멋진 샹들리에

가 매달려 있었다. 한쪽 끝에 주변보다 바닥을 높인 무대가 있었는데 상당 규모의 행사를 치를 수 있을 만큼 넓은 듯했다. 하지만 지금은 그 위로 커튼이 드리워져 있었다. 연회장 한가운데에는 누군가 내버려 두고 간 사다리가 놓여 있었고 벽에는 진공청소기가 기대 세워져 있었다.

"파티가 벌어질 모양이군요. 규모가 400~500명 정도?" 린디가 말했다.

나는 방 안을 돌아다니며 손전등으로 여기저기를 비춰 보았다. "이곳이 행사장인가 봐요. 여기서 제이크에게 상을 줄 것 같네요."

"당연히 그렇겠죠. 여기서 이걸 발견했는걸요." 그녀는 문제의 트로피를 들어 올렸다. "다른 것들도 있었어요. 신인상, 올해의 리듬 앤드 블루스 앨범상 같은 것들요. 큰 행사가 될 것 같네요."

어둠에 눈이 익숙해지자 손전등의 성능이 그리 좋지 않았는데도 훨씬 분명하게 보였다. 잠시 동안 나는 그 자리에 서서 무대를 올려다보았다. 잠시 후 그곳에서 어떤 광경이 펼쳐질지 상상할 수 있었다. 멋지게 차려입은 사람들, 음반 회사 관계자들, 일류 흥행 기획자들, 이런저런 쇼 비즈니스 유명 인사들이 웃음을 터뜨리며 서로를 치하할 터였다. 사회자가 스폰서의 이름을 부를 때마다 아첨과 진심이 뒤섞

인 박수가 나오고, 수상자가 자리에서 일어날 때마다 감탄과 환호가 곁들여진 더 많은 박수가 터져 나올 터였다. 나는 그 무대에 선 제이크 마벨을, 샌디에이고에서 솔로 연주를 끝내고 청중의 박수를 받을 때 늘 짓곤 했던 우쭐해하는 미소를 띤 얼굴로 트로피를 손에 쥔 그를 떠올릴 수 있었다.

내가 입을 열었다. "우리가 잘못 생각한 것 같아요. 이걸 되돌려 놓을 필요가 없을지도 몰라요. 쓰레기통에 던져 버려도 될 것 같아요. 당신이 본 다른 상들까지 말이에요."

"그래요? 지금 그렇게 하려는 거예요, 스티브?" 린디가 당혹스러운 투로 물었다.

나는 한숨을 내쉬었다. "아뇨, 그럴 순 없죠. 하지만 그렇게 한다면…… 만족스러울 것 같아요, 안 그래요? 이 상들을 모조리 쓰레기통에 던져 버린다면요. 장담하건대 수상자들은 모두 가짜예요. 단언하건대, 대부분의 친구들이 핫도그번이나 만들 만한 재능밖에 없어요."

나는 그 말에 린디가 뭐라고 대답하기를 기다렸지만 그녀는 아무런 반응도 보이지 않았다. 이윽고 그녀는 입을 열었다. 목소리에는 새로운 어조, 좀 더 엄격한 무엇인가가 서려 있었다.

"이 사람들이 실력이 없다는 걸 당신이 어떻게 알아요? 이 사람들이 상을 받을 자격이 없다는 걸 당신이 어떻게 아느냐고요?"

"내가 그걸 어떻게 아느냐고요?" 나는 문득 짜증이 났다.
"내가 그걸 어떻게 아느냐고요? 음, 생각해 봐요. 제이크 마
벌을 올해의 뛰어난 재즈 뮤지션으로 선정한 심사단을 말이
에요. 그들이 선정한 사람들이 다 그런 사람들 아니겠어요?"

"하지만 당신이 이 수상자들에 대해 뭘 알죠? 심지어 이
제이크인지 뭔지 하는 사람에 대해서도 말이에요. 그가 그
때 이후 정말 열심히 노력했는지 당신이 어떻게 알아요?"

"무슨 소리예요? 이제는 제이크의 광팬이 된 거예요?"

"그저 내 의견을 말하고 있는 것뿐이에요."

"당신의 의견이라고요? 그러니까 이게 당신의 의견인가
요? 놀랄 일도 아니지요. 조금 전에는 당신이 어떤 사람인지
잠시 잊고 있었군요."

"도대체 무슨 뜻으로 그런 말을 하는 거죠? 어떻게 나에
게 그런 식으로 말할 수 있어요?"

내가 통제력을 잃고 있다는 생각이 머릿속을 스쳤다. 그
래서 재빨리 덧붙였다. "좋아요, 실수했어요. 죄송합니다. 자,
이제 문제의 사무실을 찾아봅시다."

린디는 입을 다물었다. 몸을 돌려 그녀를 마주 보았지만
방이 어두워서 그녀가 무슨 생각을 하는지 표정을 볼 수가
없었다.

"린디, 그 사무실이란 데가 어디예요? 그곳을 찾아야 해요."

그러자 그녀는 문제의 트로피로 대연회장 한쪽 끝을 가리키더니 여전히 입을 다문 채 탁자들 사이로 앞서 걷기 시작했다. 그곳에 이른 나는 문에 잠깐 귀를 갖다 대고 아무소리도 들리지 않자 조심스럽게 문을 열었다.

그곳은 대연회장에 나란히 딸린 길고 좁은 공간이었다. 어딘가에서 희미한 빛이 비치고 있어서 손전등 없이도 방 안을 살펴볼 수 있었다. 그곳은 분명 우리가 찾는 사무실은 아니었다. 준비실 겸 주방 공간쯤 되는 것 같았다. 양쪽 벽을 따라 작업대들이 길게 놓여 있었고, 가운데에는 직원이 음식에 마지막 터치를 더하기에 충분한 널찍한 통로가 확보되어 있었다.

하지만 린디는 문제의 장소를 찾아낸 듯 단호한 걸음으로 통로를 걷고 있었다. 통로 중간쯤에 이른 그녀는 갑자기 걸음을 멈추고 카운터 위에 놓인 베이킹용 쟁반들 중 하나를 들여다보았다.

"이봐요, 쿠키예요!" 이제 그녀는 평소의 침착성을 완전히 되찾은 것 같았다. "모조리 셀로판지로 씌워 놓다니 유감이군요. 배고파 죽을 지경인데. 가만! 이 아래 뭐가 있는지 봐요."

린디는 몇 걸음 더 걸어가 커다란 돔 모양의 접시 덮개를 들어 올렸다. "이것 좀 봐요, 스티브. 정말 맛있겠어요."

그녀는 푸짐해 보이는 칠면조 구이를 내려다보았다. 그러더니 뚜껑을 도로 덮는 대신 접시 옆에 조심스럽게 내려놓았다.

"내가 다리 하나를 떼어 낸다면 사람들이 싫어할까요?"

"몹시 싫어하겠죠, 린디. 하지만 그런 게 무슨 상관이람."

"꽤 큰 놈이군요. 다리 하나 나눠 먹을래요?"

"좋죠, 안 될 이유가 어디 있겠어요?"

"좋아요. 그럼 갑니다."

그녀는 칠면조를 향해 손을 뻗었다. 그러다가 갑자기 뻣뻣하게 긴장하더니 내게로 몸을 돌렸다.

"그런데 아까 거기서 무슨 말을 하려고 한 거죠?"

"뭐 말인가요?"

"당신이 하던 말요. 놀랄 일도 아니라고 했잖아요. 내 의견에 대한 거요. 그게 무슨 얘기죠?"

"이런, 죄송합니다. 당신을 나쁘게 말하려던 건 아니었어요. 그저 마음속 생각이 입 밖으로 튀어나온 것뿐이에요."

"마음속 생각이 입 밖으로 나왔다고요? 그렇다면 좀 더 내보내는 게 어때요? 그러니까 나는 그 사람들에게 상을 받을 만한 실력이 있을지도 모른다고 했어요. 그 말이 어디가 우습죠?"

"이것 봐요, 내 말은 결국 엉뚱한 사람들이 상을 받는다는 거예요. 그뿐입니다. 그런데 당신은 그 말을 믿지 않는 것 같군요. 그러니까 사실은 다르다고……."

"그중 몇몇은 지금의 자리에 오르기 위해 정말 열심히 노력했을 수도 있어요. 그러니까 약간의 인정은 받을 만한 자격이 있지요. 당신 같은 사람들의 문제는, 신에게서 특별한 재능을 받았다는 이유만으로 모든 것을 가질 자격이 있다고 믿는 거예요. 다른 이들보다 뛰어나기 때문에 언제나 선두에 설 자격이 있다고 생각하는 거죠. 당신만큼 운이 좋지 않은 많은 사람들이 출세를 하기 위해 몹시 힘들게 노력한다는 걸 당신은 모르고 있어요……."

"그러니까 내가 열심히 노력하지 않는다는 건가요? 내가 하루 종일 가만히 앉아 있는 줄 아세요? 나는 가치 있는 것, 아름다운 것을 얻기 위해 땀을 뻘뻘 흘리며 불알이 빠지도록 노력하고 있다고요. 그런데 인정을 받는 건 누구죠? 제이크 마벌이라고요! 당신 같은 사람들이라고요!"

"어떻게 감히 그런 말을 할 수 있어요! 내가 이 일과 무슨 상관이죠? 내가 오늘 상을 받기라도 하나요? 누군가 나에게 빌어먹을 상을 하나라도 준 적이 있나요? 학창 시절까지 포함해서 이제까지 내가 노래나 춤이나 그 밖의 빌어먹을 것에서 시원찮은 증명서 하나라도 받은 적이 있는 줄 알아요? 천만에! 단 한 개도 없어요! 나는 당신 같은 사람들이 천천히 일어나 단상 위로 올라가 상을 받고 학부형 모두가 박수를 치는 것을 지켜봐야 했어요……."

"당신이 상을 못 받았다고요? 단 하나의 상도 받은 적이 없다고요? 지금 당신 모습을 좀 봐요! 명성을 얻은 게 누구죠? 멋진 집을 갖고 있는 게 누구죠?"

그 순간 누군가 전등 스위치를 켰다. 빛이 너무 밝아서 우리는 눈을 깜박거려야 했다. 우리가 들어온 것과 같은 방향에서 남자 둘이 들어와 우리를 향해 다가오고 있었다. 통로는 그들 두 사람이 딱 나란히 걸을 수 있을 정도의 폭이었다. 한 사람은 덩치 좋은 흑인으로 호텔 안전 요원 유니폼을 입고 있었다. 내 머릿속에 처음으로 떠오른 생각은 그의 손에 쥐어진 총 모양의 물건이 무전기라는 것이었다. 그 옆에 있는 사람은 자그마한 백인으로 연푸른 양복에 매끄러운 검은 머리였다. 둘 중 누구도 특별히 공손해 보이지 않았다. 그들은 1~2미터를 남겨 두고 걸음을 멈추었다. 이윽고 키 작은 사내가 재킷에서 신분증을 꺼냈다.

"로스앤젤레스 경찰입니다. 모건이라고 합니다." 그가 말했다.

"안녕하십니까?" 내가 말했다.

순간 경찰과 안전 요원은 말없이 우리를 응시했다. 이윽고 경찰이 물었다.

"호텔 투숙객이십니까?"

"예, 그렇습니다. 우리는 투숙객입니다." 내가 대답했다.

린디의 부드러운 가운이 내 등을 스쳤다. 그녀는 나와 나란히 서서 내 팔짱을 끼었다.

"안녕하세요, 경관님." 그녀가 평소의 목소리와는 상당히 다른, 졸린 듯한 감미로운 목소리로 말했다.

"안녕하십니까, 부인. 이 시간에 여기 계신 특별한 이유라도 있나요?" 경찰이 물었다.

우리는 동시에 말을 시작했다가는 이윽고 웃음을 터뜨렸다. 하지만 상대 남자들 중 어느 쪽도 소리 내어 웃거나 미소를 짓지 않았다.

"잠이 오지 않아서요. 그래서 산책하는 중이랍니다." 린디가 말했다.

"산책하시는 중이라고요." 경찰은 삭막한 전등 빛 아래 실내를 둘러보았다. "먹을 것을 찾으러 다니신 모양이군요."

"바로 그렇답니다, 경관님!" 린디의 목소리는 여전히 고음이었다. "배가 좀 고팠어요. 한밤중에 그럴 때가 있잖아요."

"룸서비스가 신통치 않은가 보군요." 경찰이 말했다.

"그래요, 신통찮답니다." 내가 말했다.

"그저 흔한 거죠. 스테이크, 피자, 햄버거, 세 겹 클럽샌드위치 같은 것들요. 제가 지금 막 야간 룸서비스로 주문을 한 참이라 잘 안답니다. 그런 음식들은 별로 좋아하시지 않을 것 같군요." 경관이 말했다.

린디가 말을 받았다. "그러니까 어떻게 된 거냐 하면 말이죠, 경관님. 재미로 이런 거랍니다. 살짝 내려와서 한 입 먹어 보는 거죠. 어렸을 때처럼 조금쯤 금지된 일을 하는 재미라고 할까요?"

두 남자 중 어느 쪽도 태도를 누그러뜨릴 기색이 보이지 않았다. 경관이 다시 말했다.

"두 분을 방해해서 죄송합니다만, 이 구역은 투숙객들의 출입이 금지된 곳임을 아셔야 합니다. 게다가 조금 전에 물건 한두 개가 없어졌거든요."

"정말인가요?"

"그렇습니다. 오늘 밤에 이상하거나 수상적은 장면을 보지 못하셨나요?"

린디와 나는 서로 마주 보았다. 이윽고 그녀는 나를 바라보며 과장되게 고개를 저었다.

"아뇨, 이상한 건 못 봤는데요." 내가 대답했다.

"전혀요?"

안전 요원이 앞으로 다가오더니 육중한 몸으로 가까스로 우리 옆을 지나갔다. 나는 그들의 계획을 깨달았다. 경관이 우리에게 말을 시키는 동안 그가 좀 더 가까이에서 혹시 우리가 뭔가를 몸에 숨기고 있지 않은지 살펴보려는 것이었다.

"예, 전혀 없었습니다. 어떤 일을 말씀하시는 건가요?"

"수상쩍은 사람이나 눈에 띄는 행동 같은 거죠."

"방문을 따고 들어온다는 건가요, 경관님?" 린디가 두려움에 찬 목소리로 물었다.

"꼭 그런 건 아닙니다만, 귀중한 물건이 없어졌답니다."

우리 뒤에서 안전 요원의 움직임이 느껴졌다.

"그래서 두 분이 여기 계시는 거잖아요. 우리의 생명과 재산을 지켜 주기 위해서요." 린디가 말했다.

"맞습니다, 부인." 경관의 눈빛이 살짝 흔들렸다. 나는 그가 우리 뒤에 있는 남자와 시선을 교환했음을 알 수 있었다. "그러니까 뭔가 이상한 것을 보시면 즉각 안전 요원을 불러 주십시오."

경관은 볼일을 마친 듯 우리가 나갈 수 있게 한쪽으로 비켜섰다. 나는 한 시름 던 기분으로 걸음을 떼어 놓았다. 하지만 그때 린디가 말했다.

"먹을 걸 찾아서 여기에 내려온 건 좀 예의 없는 행동이었던 것 같아요. 저기 놓인 과자를 한두 개 집어먹을까 하다가, 다음 순간 특별한 행사를 위해 마련된 걸 망치는 게 부끄럽다는 생각이 들더군요."

"이 호텔은 훌륭한 룸서비스를 제공하고 있습니다. 24시간 말입니다." 경관이 대답했다.

나는 린디를 잡아끌었다. 하지만 이제 그녀는 장난삼아 체포될 위험을 무릅쓰는 범죄자들이 흔히 저지를 법한 행동을 했다.

"그런데 방금 직접 뭔가를 룸서비스로 주문하셨다고요, 경관님?"

"말씀대로입니다."

"음식이 훌륭하던가요?"

"그런대로 괜찮았습니다. 두 분에게도 그렇게 하시라고 권하고 싶습니다."

"이분들이 조사를 계속하시게 해 드립시다." 내가 그녀의 팔을 잡아끌었다. 하지만 여전히 그녀는 움직이지 않았다.

"경관님, 뭐 하나 여쭤 봐도 될까요? 싫으신가요?" 그녀가 물었다.

"해 보시지요."

"조금 전에 뭔가 이상한 걸 보지 않았는지 물으셨는데요, 경관님은 이상한 걸 보시지 않았나요? 제 말은 우리한테서 말이에요."

"무슨 뜻으로 하시는 말씀인지 모르겠군요, 부인."

"이를테면 우리 둘 다 얼굴 전체를 붕대로 감고 있는 걸 어떻게 보시나요? 그 점을 눈여겨보셨나요?"

경관은 마지막 문장을 확인하려는 듯 우리를 주의 깊게 살펴보았다. 이윽고 그가 말했다. "사실 그 점을 눈여겨보긴 했습니다, 부인. 그렇습니다. 하지만 사적인 문제를 언급하고 싶지 않았습니다."

"아, 알겠어요." 린디가 대답했다. 그런 다음 내게로 몸을 돌렸다.

"저 사람의 기분을 상하게 하고 싶지 않아서가 아니고요?"

"자, 갑시다." 이번에는 힘주어 그녀를 잡아끌며 내가 말했다. 출입구까지 가는 동안 두 남자 모두 우리의 뒷모습을 응시하는 것이 느껴졌다.

우리는 겉보기에는 차분한 걸음으로 대연회장을 가로질렀다. 하지만 일단 그 육중한 두 짝짜리 반회전문을 지나자마자 극심한 공포에 사로잡혀 거의 달리다시피 걷기 시작했다. 린디가 나를 인도해 그 건물을 가로지르는 동안 팔짱을 풀지 않는 바람에 우리는 여러 차례 발이 걸리기도 하고 넘어지기도 했다. 이윽고 린디는 나를 직원용 엘리베이터로 이끌었다. 문이 닫히고 엘리베이터가 위로 움직이기 시작한 다음에야 그녀는 팔짱을 풀고 금속 벽에 등을 기댄 다음 기묘한 소리를 내기 시작했다. 나는 그것이 붕대 속에서 들려오는 히스테리컬한 웃음소리임을 깨달았다.

엘리베이터 밖으로 나오면서 린디는 다시 내 팔짱을 꼈다. "좋아요, 이젠 안전해요. 그러니 당신을 데려가고 싶은 장소가 있어요. 정말 특별한 곳이에요. 볼래요?" 그녀는 카드 키 하나를 들어 올려 보였다. "이게 우리에게 뭘 해 주는지 좀 보자고요."

린디는 그 카드를 이용해 '비공개 구역'이라고 표시된 문을 통과한 다음 이어 '위험. 들어가지 마시오.'라고 표시된 문을 지났다. 이윽고 우리는 페인트와 회반죽 냄새가 나는 공간에 들어와 있었다. 벽과 천장에는 전선이 주렁주렁 늘어져 있었고, 차가운 바닥에는 반점과 얼룩이 있었다. 방 안은 잘 보였다. 그 방의 한 면이 모두 유리로 되어 있는 데다 커튼이나 블라인드가 달려 있지 않아서 바깥에서 들어오는 빛이 그 공간을 노르스름한 빛 웅덩이들로 채웠기 때문이었다. 그곳은 우리의 호텔 방보다 더 높은 층이었다. 마치 헬리콥터를 탄 것처럼 우리 발밑으로 자동차 전용도로와 그 주변이 내려다보였다.

린디가 말했다. "새로 귀빈실을 만들고 있는 거예요. 난 여기 오는 게 좋아요. 아직 전기 스위치도 카펫도 없어요. 하나하나 설치되겠죠. 내가 처음 발견했을 때는 훨씬 더 황량했어요. 이제는 이곳이 어떤 모습으로 완성될지 알 수 있어요. 이제는 저렇게 소파도 있잖아요."

방 한가운데에 시트로 완전히 씌워진 육중한 물건이 놓여 있었다. 린디는 오랜 친구라도 되는 것처럼 거기로 다가가 피곤에 지친 모습으로 털썩 주저앉았다.

"이건 내 환상이지만, 난 정말로 어느 정도 믿고 있어요. 이 방이 나를 위해 지어지고 있다는 환상 말이에요. 그래서 내가 여기 들어올 수 있는 거예요. 이 모든 것에 접근할 수 있는 거라고요. 사람들이 나를 도와주고 있기 때문이에요. 나를 도와 내 미래를 만들어 주고 있는 거죠. 이곳은 한때 정말 엉망이었어요. 하지만 이제 봐요. 자리를 잡아 가고 있잖아요. 멋진 곳이 될 거예요." 린디는 자기 옆 자리를 토닥였다. "자, 스티브, 좀 쉬어요. 난 완전히 진이 빠졌어요. 당신도 그럴 거예요."

시트로 덮인 그 소파는 놀라울 정도로 편안해서 거기에 앉자마자 나른함이 엄습했다.

"이런, 졸음이 오네요." 린디가 말했다. 그러더니 내 어깨에 몸을 기댔다. "멋진 곳 아닌가요? 처음 여기에 왔을 때 열쇠 구멍에 열쇠가 끼워져 있더군요."

우리는 한동안 입을 다물었다. 나 역시 잠에 빠져들 것 같았다. 하지만 이윽고 나는 뭔가를 기억해 냈다.

"이봐요, 린디."

"으응?"

"린디, 그 트로피를 어떻게 했어요?"

"트로피요? 아, 그렇지. 그 트로피 말이죠. 숨겨 놨어요. 달리 무슨 방법이 있었겠어요? 당신도 알겠지만 스티브, 당신은 실제로 그 상을 받을 자격이 있어요. 오늘 밤에 내가 그걸 그런 식으로 준 게 당신에게 의미가 있었으면 좋겠어요. 즉흥적인 충동에서 나온 것만은 아니었어요. 나는 그것에 대해 생각했어요. 아주 깊이 생각했다고요. 그게 당신에게 큰 의미가 있는지는 모르겠지만요. 앞으로 10년 후, 20년 후에 당신이 그걸 기억이나 할지 알 수 없지만요."

"틀림없이 기억할 거예요. 그리고 그건 내게 큰 의미가 있어요. 그런데 린디, 그걸 숨겼다고 했는데 그게 어디죠? 어디다 숨겼느냐고요?"

"으응?" 그녀는 다시 잠이 들려는 모양이었다. "거기다 숨길 수밖에 없었어요. 칠면조 안에 말이에요."

"그걸 칠면조 안에다 넣었다고요?"

"아홉 살 때 했던 것과 똑같이 했죠. 그때 난 언니의 야광공을 칠면조 안에 감췄어요. 그 일을 생각해 내고 힌트를 얻었어요. 재빠르죠, 안 그래요?"

"그래요, 정말 그렇군요." 나는 극도로 피곤했지만 생각을 모으기 위해 애썼다. "하지만 린디, 그걸 얼마나 감쪽같이 넣었어요? 내 말은 그 경관들이 지금쯤 그걸 찾아냈을까 하는 거예요."

"얼마나 잘 감췄는지는 모르겠어요. 밖에서 약간 보일 정
도냐고 묻는 거라면 그렇진 않아요. 그걸 이런 식으로 등 뒤
로 손을 돌려서 집어넣었어요. 그런 다음 힘을 줘서 밀었죠.
몸을 돌려서 확인해 볼 수는 없었어요. 그 사람들이 이상하
게 생각할까 봐서요. 그러니까 그건 즉흥적인 충동에서 한
행동이 아니었어요. 당신에게 그 트로피를 주겠다고 결정한
거 말이에요. 난 그것에 대해 열심히 생각했어요. 그게 당신
에게 의미가 있었으면 좋겠어요. 맙소사, 난 좀 자야겠어요."

린디는 내게 몸을 완전히 기대더니 다음 순간 가볍게 코
를 골기 시작했다. 나는 그녀의 수술 자리가 걱정이 되어 그
녀의 고개를 조심스럽게 바로잡아 뺨이 내 어깨에 닿아 눌
리지 않게 한 다음 나 역시 잠에 빠져들었다.

나는 무엇엔가 흠칫 놀라 잠에서 깼다. 우리 앞의 커다란
유리창을 통해 일출의 징후를 볼 수 있었다. 린디는 여전히
깊이 잠들어 있어서 나는 조심스럽게 그녀에게서 몸을 빼내
어 자리에서 일어나 두 팔을 뻗었다. 나는 유리창으로 다가
가 창백한 하늘과 발아래 멀리 펼쳐진 고속도로를 바라보았
다. 잠에 빠져들 때 뭔가 떠올랐던 생각이 나서 그것이 무엇
인지 기억해 내려 애썼다. 하지만 머릿속이 흐릿하고 피로했

다. 이윽고 나는 그것이 무엇인지 기억해 내고는 소파로 가서 린디를 흔들어 깨웠다.

"무슨 일이에요? 무슨 일이냐고요? 도대체 왜 이래요?" 린디가 눈도 뜨지 않은 채 물었다.

"린디, 그 트로피 말이에요. 그 트로피를 잊고 있었어요." 내가 말했다.

"아까 말했잖아요. 칠면조 안에 있다고요."

"좋아요. 이제 내 말 좀 들어 봐요. 그 경관들은 칠면조 안을 들여다볼 생각은 하지 않았을 거예요. 하지만 조만간 누군가 발견하겠죠. 어쩌면 지금 이 순간 누군가 그걸 자르고 있을지도 몰라요."

"그래서 어쨌다는 거예요? 그래서 사람들이 거기서 그걸 찾아낸다 치자고요. 그래서 어쨌다는 거죠?"

"거기서 그걸 찾아내면 그 사실이 보고될 거예요. 그러면 그 경관들은 우리를 기억해 내겠죠. 그들은 우리가 거기, 칠면조 옆에 서 있었다는 것을 기억해 낼 거라고요."

린디는 잠이 좀 깨는 모양이었다. "그렇군요, 이제 무슨 말인지 알겠어요." 그녀가 말했다.

"그 트로피가 칠면조 안에 있는 한 그들이 우리를 그 범죄와 연관시키는 걸 막을 수가 없어요."

"범죄? 이봐요, 범죄라니 무슨 말이에요?"

"뭐라고 하든 그건 중요하지 않아요. 어쨌든 우리는 그곳으로 돌아가 칠면조 안에서 물건을 꺼내야 해요. 그다음에는 어디에 두든 상관없어요. 하지만 지금 있는 곳에 그냥 둬서는 안 된다고요."

"스티브, 우리 이 일을 꼭 해야 하나요? 난 지금 정말 피곤해요."

"해야 해요, 린디. 그걸 그대로 내버려 두면 우리에게 곤란한 일이 닥칠 거예요. 기자들에게 그게 대단한 가십거리라는 걸 명심해요."

린디는 이 말을 좀 생각해 보더니 몸을 조금 일으키고는 나를 올려다보며 말했다. "좋아요, 그곳으로 돌아가요."

그즈음에는 복도에서 청소하는 소리와 사람들의 목소리가 들려왔지만 우리는 아무도 마주치지 않고서 대연회장으로 돌아갈 수 있었다. 그곳에도 아까보다 조명이 더 많이 밝혀져 있었다. 린디가 이중문 옆의 안내문을 손가락으로 가리켰다. 거기에는 플라스틱 알파벳 글자를 조합해 만든 'J. A. 풀장 청소기 주식회사 조찬회'라는 표찰이 붙어 있었다.

"트로피들이 있던 사무실을 찾을 수 없었던 게 당연하군. 이건 다른 대연회장이에요."

"상관없어요. 우리에게 필요한 게 지금은 이 안에 있을 거예요."

우리는 대연회장을 가로지른 다음 조심스럽게 식사 준비실로 들어갔다. 아까처럼 희미한 전등이 켜져 있었고 이제는 환기창을 통해 약간의 자연광도 들어오고 있었다. 시야에는 아무도 없었다. 하지만 작업대 쪽을 힐끗 쳐다본 나는 우리가 곤경에 처했음을 깨달았다.

"여기 누군가 왔다 간 것 같아요." 내가 말했다.

"그렇군요." 린디가 통로를 몇 걸음 걸어가며 주위를 둘러보았다. "그래요, 그런 것 같네요."

아까 보았던 금속 용기, 쟁반, 케이크 상자, 돔형 은덮개가 덮인 쟁반들이 모조리 자취를 감추었고 그 자리에는 접시와 냅킨 더미가 일정 간격으로 놓여 있었다.

"그래요, 그러니까 사람들이 음식을 모두 옮긴 거예요. 문제는 어디로 옮겼느냐 하는 거죠." 내가 말했다.

린디는 통로를 따라 몇 걸음 더 걸어간 다음 나를 향해 돌아섰다. "기억나요, 스티브. 아까 우리가 여기 왔을 때, 그러니까 그 사람들이 들어오기 전에 말이에요. 우리는 열띤 토론을 하고 있었어요."

"그래요, 기억나요. 그런데 왜 그 얘기를 다시 꺼내는 거죠? 내가 지나쳤다는 거 알아요."

"그래요, 맞아요. 그 문젠 잊기로 해요. 그 칠면조가 어디로 갔담?" 그녀는 주위를 좀 더 둘러보았다. "그거 알아요, 스티브? 어렸을 때 나는 무용가나 가수가 정말 되고 싶었어요. 그래서 노력하고 또 노력했어요. 내가 얼마나 열심히 했는지 신만은 아실 거예요. 하지만 사람들은 비웃기만 하더군요. 그래서 난 생각했어요. 세상은 너무나도 불공평하다고요. 하지만 좀 더 자란 후에 나는 세상이 결국 그렇게까지 불공평한 건 아니라는 걸 깨달았어요. 나처럼 축복 받지 못한 사람에게도 기회가 있다는 걸, 양지에 자리를 잡을 수 있다는 걸, 평범한 삶에 만족할 필요가 없다는 걸 말이에요. 쉬운 일은 아니에요. 열심히 노력해야 하죠. 사람들이 뭐라고 수군거리든 신경 쓰지 말고 말이에요. 어쨌든 기회가 있는 건 사실이에요."

"음, 당신은 잘해 낸 것 같아요."

"세상은 우습게 돌아가죠. 그러니까 아주 현명한 생각이었던 것 같아요. 당신 아내가 이 수술을 권한 거 말이에요."

"여기서 그 얘기는 빼죠. 이봐요, 린디, 저 문이 어디로 통하는지 혹시 알아요? 저기 저 문 말이에요."

방 저편 작업대가 끝나는 곳에 세 계단으로 이뤄진 층계가 있었고 그 위에 녹색 문이 있었다.

"한번 가 보죠 뭐." 린디가 말했다.

우리는 아까와 마찬가지로 아주 조심스럽게 그 문을 열

었다. 그런 다음 나는 잠시 방향 감각을 완전히 잃었다. 주위가 몹시 어두워서 몸을 돌리려고 할 때마다 커튼이나 방수포 같은 것에 부딪힌 것이다. 앞서 걷고 있던 린디에게는 손전등이 있었으므로 상황이 조금 나은 것 같았다. 이윽고 나는 휘청거리며 어둑한 공간으로 나왔다. 린디가 내 발밑에 손전등을 비춰 주며 기다리고 있었다.

린디가 속삭이듯 말했다. "난 눈치챘어요. 당신은 그녀에 대해 말하고 싶지 않은 거예요. 그러니까 당신 아내에 대해 말이에요."

"꼭 그런 건 아니에요." 내가 나직하게 반박했다. "우리가 무슨 얘기를 하고 있었죠?"

"그러니까 그녀가 한 번도 여기에 온 적이 없다는 얘기요."

"그건 우리가 지금 함께 살지 않기 때문이에요. 당신이 꼭 알아야 한다면요."

"아, 미안해요. 꼬치꼬치 캐물으려고 한 건 아니었어요."

"캐물으려고 한 게 아니었다고요?"

"이봐요, 스티브, 여길 좀 봐요! 이거예요. 찾았어요!"

린디는 손전등을 조금 떨어져 있는 테이블 위에 비추었다. 거기에는 테이블보가 씌워져 있었고 두 개의 돔형 은 덮개가 나란히 놓여 있었다.

나는 가까이에 있는 덮개로 다가가 조심스럽게 들어올렸

다. 통통한 칠면조 구이가 모습을 나타냈다. 나는 칠면조의 빈 곳을 찾아 손가락 하나를 집어넣었다.

"여긴 아무것도 없어요." 내가 말했다.

"잘 찾아봐야 해요. 깊숙이 밀어 넣었거든요. 칠면조 안은 생각보다 넓답니다."

"다시 말하지만 이 안에는 아무것도 없어요. 손전등으로 여길 비춰 줘요. 나머지 것을 살펴봅시다." 나는 두 번째 덮개를 조심스레 들어 올렸다.

"그러니까 말이죠, 스티브. 내가 실수를 한 것 같군요. 어쨌든 당신은 그 얘기를 하는 걸 당혹스러워할 필요는 없어요."

"무슨 얘기 말인가요?"

"당신이 아내와 헤어졌다는 얘기 말이에요."

"내가 아내와 헤어졌다고 했던가요? 내가 그렇게 말했나요?"

"내 생각에 그렇다는 거예요……."

"나는 우리가 지금 함께 살지 않는다고만 말했어요. 그건 엄연히 다르죠."

"같은 얘기로 들리는데요……."

"음, 그건 달라요. 이건 그저 일시적인 거예요. 우리가 헤쳐 나가야 할 문제라고요. 이봐요, 뭔가가 손에 잡혀요. 이 안에 뭔가가 있어요. 바로 그거예요."

"그런데 왜 꺼내지 않는 거죠, 스티브?"

"내가 지금 뭘 하고 있는 것 같아요? 맙소사! 이걸 이렇게까지 깊숙이 밀어 넣어야 했어요?"

"쉿, 밖에 누가 있어요!"

처음에는 밖에 사람들이 몇 명이나 있는지 알기가 어려웠다. 이윽고 목소리가 가까워지자 나는 문제의 소리가 한 남자가 휴대전화로 줄곧 통화를 하는 소리임을 알 수 있었다. 또한 우리가 있는 곳이 어디인지도 이제 분명히 알 수 있었다. 그동안 나는 우리가 무대 뒤쪽 어딘가를 돌아다니고 있다고 생각했지만 사실 우리가 있는 곳은 바로 무대 위였다. 내 앞에 있는 커튼이 대연회장과 우리 사이에 있는 유일한 가림막이었다. 이윽고 휴대전화를 든 남자가 대연회장을 가로질러 무대를 향해 걸어오고 있었다.

나는 린디에게 손전등을 끄라고 속삭였다. 이제 무대는 다시 어둠에 휩싸였다. 린디가 내 귀에 대고 말했다. "우리 여기서 나가요." 린디가 살금살금 걸어 나가는 소리가 들렸다. 나는 칠면조에서 조각상을 꺼내려고 다시 한번 시도했지만, 그러다가 소리를 낼까 봐 두려웠다. 게다가 내 손에는 아무것도 잡히지 않았다.

목소리가 점점 더 가까워졌다. 이제 그 남자는 바로 내 앞에 와 있는 것 같았다.

"……그건 내 문제가 아닐세, 래리. 여기 메뉴 카드에 로고가 나와 있어야 하네. 자네가 어떤 식으로 하는지는 상관 않겠네. 알겠네. 그럼 자네가 직접 하게. 바로 그거야. 자네가 직접 해서 직접 가져오라고. 방법은 아무래도 상관없네. 다만 오늘 아침 7시 30분까지 여기 도착하게만 해 주게. 여기에서 필요하다네. 테이블들은 멋져 보이는군. 테이블은 충분하네. 내 말 믿게. 됐네. 그건 내가 점검하지. 좋아, 좋아. 알았네, 지금 당장 가서 살펴보지."

마지막 문장을 말하면서 그의 목소리가 방 저편으로 옮겨 갔다. 그가 벽에 있는 전등 스위치를 켠 모양이었다. 왜냐하면 내 머리 바로 위에서 강한 불빛이 쏟아지는 동시에 에어컨 소음 같은 윙 소리가 나기 시작한 것이다. 내가 깨달은 것은 그 소리가 에어컨이 돌아가는 소리가 아니라는 것뿐이었다. 그런데 갑자기 내 앞의 커튼이 열리기 시작하는 것이 아닌가.

음악 인생을 통틀어 내가 무대에 올라간 때는 단 두 번이었다. 솔로 연주를 하기로 되어 있었는데 갑자기 어떻게 시작해야 좋을지 모른다는 생각이 뇌리를 때렸다. 어떤 키를 잡고 어떻게 화음을 바꿔야 할지 알 수 없었다. 두 경우 모두 그랬다. 나는 마치 영화의 스틸 사진처럼 그 자리에 얼어붙어서는 동료 하나가 다가와서 나를 구해 줄 때까지 꼼짝도 하지 못했다. 그런 일은 내가 직업적으로 연주를 해 온 20여 년 동안 단 두 번이었다. 어쨌든 내 위로 스포트라이트가 비춰지고 막이 올라갈 때 내가 보이는 반응은 그런 것이었다. 그저 그 자리에 얼어붙는 것. 그러면 기묘하게도 상황과 분리된 것 같은 느낌이 든다. 커튼이 다 열리고 나서 벌어질 일에 가벼운 호기심 같은 것을 느끼는 것이다.

내 눈앞에 대연회장의 광경이 펼쳐지고 있었다. 무대라는 유리한 위치에 선 나에게는 뒤쪽까지 두 줄로 나란히 놓여 있는 테이블이 훨씬 잘 보였다. 머리 위의 스포트라이트 때문에 방 안이 약간 그늘져 보이긴 했지만 샹들리에와 멋진 천장 역시 알아볼 수 있었다.

휴대전화를 든 남자는 뚱뚱한 대머리로 연한색 정장에 셔츠 깃을 풀어 놓고 있었다. 그는 스위치를 켜자마자 벽으로부터 걸어온 듯 이제 거의 나를 마주 보고 서 있었다. 그는 전화를 귀에 대고 있었는데, 표정으로 미루어 상대편이 하는 말에 유심히 귀를 기울이는 것 같았다. 하지만 사실은 아닌 모양이었다. 두 눈으로 나를 뚫어져라 바라보고 있던 것이다. 그는 나를, 나는 그를 응시하고 있었다. 자기에게 왜 말이 없느냐고 묻는 상대방의 질문에 그가 전화에다 대고 이렇게 말하지 않았다면 그런 상황이 언제까지 계속되었을지 알 수 없었다.

"괜찮아. 괜찮다고. 사람이야." 잠시 말을 끊은 다음 그가 다시 말했다. "순간 뭔가 다른 게 아닐까 생각했네. 하지만 남자로군. 머리에 붕대를 감고 가운을 입고 있네. 그뿐일세. 이제 잘 보이는군. 팔 한쪽 끝에 닭 같은 걸 달고 있네."

몸을 일으켜 세우면서 나는 본능적으로 어깨를 들어 올리며 두 팔을 뻗었다. 내 오른손은 여전히 손목까지 칠면조 안에 들어가 있었는데, 그 무게 때문에 탁자 전체가 우당탕 소리를 내며 뒤로 넘어갔다. 하지만 적어도 이제는 눈에 띌까 봐 걱정하지 않아도 되었으므로 나는 손과 문제의 조각상을 칠면조에서 꺼내기 위해 용틀임을 했다. 그동안 문제의 남자는 전화 통화를 계속했다.

"아니, 내 말대로야. 이제 저 남자는 닭을 떼어 내고 있네. 이런, 거기서 뭔가를 꺼내는군. 이보게, 친구, 그게 뭔가? 악어?"

이 마지막 질문을 그는 놀랄 정도로 침착하게 던졌다. 이제 나는 그 조각상을 손에 쥐었고 칠면조는 쿵 소리를 내며 바닥에 떨어졌다. 서둘러 어둠 속으로 달려가는 내 귀에 문제의 남자가 친구에게 말하는 소리가 들려왔다.

"이게 도대체 무슨 일이지? 무슨 마술 쇼를 보는 것 같군."

우리가 어떻게 우리 방이 있는 층으로 돌아왔는지 기억이 나지 않는다. 무대를 벗어난 다음 나는 커튼 더미 안에서 또다시 길을 잃었다. 이윽고 린디가 내 손을 잡아끌었다. 그 다음에 우리가 한 일은 호텔을 가로질러 달리는 것이었다. 얼마나 요란한 소리가 나든, 누가 우리를 보든 말든 더 이상 신경 쓰지 않았다. 그렇게 달리던 중에 나는 어떤 방 앞에 내놓은 룸서비스 쟁반 위에, 누군가 저녁 식사를 하고 남긴 음식 옆에 그 조각상을 내려놓았다.

린디의 방으로 돌아온 우리는 소파에 털썩 주저앉아 웃음을 터뜨렸다. 우리는 웃고 또 웃다가 이윽고 서로에게 엎어졌다. 그녀는 소파에서 일어나더니 창가로 가서 블라인드를 걷어 올렸다. 구름이 잔뜩 끼긴 했지만 이제 날이 훤히 밝아 있었다. 린디는 수납장으로 가서 '세상에서 가장 섹시한 무알코올 음료'를 만들어서는 내게 한 잔 건넸다. 나는 그녀가 다시 내 옆에 와서 앉을 거라고 생각했지만 그녀는 창가로 돌아가 자기 잔에 든 것을 조금씩 마셨다.

잠시 후 린디가 물었다. "기대하고 있나요, 스티브? 붕대 풀 때를 말이에요."

"예, 그런 것 같아요."

"지난주까지도 난 그 점에 대해 그다지 생각해 보지 않았어요. 너무 먼 일 같았거든요. 하지만 이제 얼마 남지 않았네요."

"맞아요. 나도 얼마 남지 않았어요." 하고 말한 다음 나는 가만히 덧붙였다. "맙소사."

린디는 자기 음료를 홀짝거리며 창밖을 내다보았다. 이윽고 이렇게 묻는 소리가 들려왔다. "이봐요, 스티브. 도대체 뭐가 문제예요?"

"난 괜찮아요. 그저 잠이 좀 부족할 뿐이에요."

린디는 한동안 내게서 눈길을 거두지 않았다. "장담하는데, 스티브. 잘될 거예요. 보리스는 최고예요. 두고 보면 알아요."

"그래요."

"이봐요, 도대체 왜 그래요? 내 말 좀 들어 봐요. 난 이번이 세 번째예요. 두 번째도 보리스가 했어요. 잘될 거예요. 당신은 아주 멋지게 보일 거예요. 그리고 이제부터 급상승세를 탈 거고 말이에요."

"아마도요."

"이런 일에 '아마도'란 말은 금물이에요! 그게 커다란 차이를 만든다고요. 내 말 믿어요. 당신은 잡지에 실리고 텔레비전에 나오게 될 거예요."

나는 이 말에 아무 대답도 하지 않았다.

"이봐요, 왜 이래요!" 그녀는 나를 향해 몇 걸음 걸어왔다. "기운 좀 내요. 아직도 나한테 화가 난 건 아니죠? 아까 우린 멋진 팀이었어요. 안 그래요? 당신에게 또 할 말이 있어요. 이제부터 난 줄곧 당신 편이 되겠어요. 당신에겐 굉장한 재능이 있어요. 내가 확신하건대, 앞으로 일이 잘 풀릴 거예요."

내가 고개를 저었다. "잘 안 될 거예요, 린디. 일이 잘 안 풀릴 거라고요."

"잘 안 되다니 말도 안 돼요. 내가 사람들에게 얘기할게요. 당신에게 도움을 줄 수 있는 사람들에게 말이에요."

나는 줄곧 고개를 젓고 있었다. "고마워요. 하지만 그래도 소용없어요. 잘되지 않을 거예요. 여태까지 잘된 적이 없거든요. 브래들리의 말에 넘어가지 말았어야 했는데."

"이봐요, 그러지 마세요. 난 더 이상 토니 가드너의 아내가 아니지만, 아직도 이 도시에 영향력 있는 친구들이 많다고요."

"물론 그렇겠죠, 린디. 나도 그건 알아요. 하지만 그래도 아무 소용 없어요. 브래들리는 내 매니저예요. 그 친구가 나에게 이런 걸 권했죠. 그 말에 넘어가다니 나도 참 어리석었어요. 하지만 어쩔 수가 없었어요. 나는 절박했고 브래들리가 이런 논리를 펼치더군요. 그의 말에 따르면, 내 아내 헬렌이 이 계획을 세웠다는 거예요. 아내는 진짜로 나를 떠난 게 아니래요. 그래요. 이건 아내가 세운 계획의 일부라는군요. 아내가 이런 일을 벌인 건 모두 나를 위해서, 내게 성형수술을 받게 해 주기 위해서라고요. 그래서 붕대를 풀고 내가 새

257

로운 얼굴을 갖고 나면 그녀가 나한테 돌아올 거고 다시 모든 게 잘될 거라고요. 그게 브래들리의 말이에요. 그 말을 듣는 순간에도 나는 말도 안 되는 소리라는 것을 알았지만, 달리 어쩌겠어요? 이 계획에는 적어도 희망 같은 게 있잖아요. 브래들리는 그걸 이용했어요. 그 친구가 그걸 이용했다고요. 알아요? 그 친구는 그런 작자예요. 저질이라고요. 그가 생각하는 건 사업과 성공뿐이에요. 내 아내가 돌아오든 말든 그가 상관이나 하겠어요?"

나는 말을 멈추었다. 린디는 오랫동안 아무 말도 하지 않고 있다가 이윽고 입을 열었다.

"이봐요, 스티브, 내 말 잘 들어요. 난 당신 아내가 돌아오기를 바라요. 정말로 그러면 좋겠어요. 하지만 돌아오지 않는다 해도, 그렇다 해도 당신에게는 균형감이 생길 거예요. 당신 아내는 멋진 사람이겠지요. 하지만 삶이란 한 사람을 사랑하는 것으로 끝내기에는 너무 크답니다. 당신은 이제 그 단계에 이르렀어요, 스티브. 당신 같은 분은 한 사람의 대중으로 남을 사람이 아니에요. 날 봐요. 이 붕대를 풀면 정말 20년 젊어 보일까요? 잘 모르겠어요. 나는 아주 오랜만에 싱글이 되었어요. 하지만 어쨌든 이제 세상으로 나가서 운을 시험해 볼 거예요." 린디는 내게 다가와서는 내 어깨에 손을 얹었다. "이봐요, 당신은 지금 피곤한 것뿐이에요.

잠을 좀 자고 나면 기분이 훨씬 좋아질 거예요. 내 말 좀 들어 봐요. 보리스는 최고예요. 그는 우리 둘 다를 위해 멋진 일을 해 줄 거예요. 두고 보면 알아요."

나는 잔을 탁자에 내려놓고 자리에서 일어섰다. "당신 말이 맞을 거예요. 당신 말처럼 보리스는 최고니까요. 그리고 조금 전에 우리는 멋진 팀이었어요."

"우리는 조금 전에 위대한 팀이었어요."

나는 두 손을 앞으로 뻗어 린디의 어깨에 올려놓았다. 그런 다음 붕대 위 그녀의 두 뺨에 입맞춤을 했다. "당신도 푹 자요. 조만간에 다시 올게요. 체스 게임 한판 더 해요."

하지만 그날 아침 이후 우리는 거의 제대로 된 만남을 갖지 못했다. 나중에 그 일을 돌이켜 보니 그날 밤에 한 말에 대해 그녀에게 사과를 하거나 적어도 설명을 해야 할 것 같다는 생각이 들었다. 하지만 그날 린디의 방으로 돌아와 소파에 주저앉아 함께 소리 내어 웃고 나자, 그런 이야기를 다시 꺼낸다는 것이 불필요하게, 심지어는 부적절하게 여겨지지 않았던가. 그날 아침에 헤어지면서 나는 우리 둘이 그 단계를 훌쩍 넘어섰다고 생각했다. 그렇다 해도 나는 린디가 태도를 얼마나 바꾸는지 목격한 바 있었다. 아마도 그녀는 나중에 지난 일을 돌아보고 다시 화를 낼지도 몰랐다. 누가 알겠는가? 어쨌든 그날 그녀의 전화를 기다렸지만 그녀는 전화를 걸어오지 않았고 그다음 날도 마찬가지였다. 그 대신 최대 볼륨으로 틀어 놓은 토니 가드너의 음반들에서 나는 음악 소리가 벽을 통해 차례차례 들려왔다.

그로부터 나흘쯤 후 내가 린디의 방에 갔을 때 그녀는 나를 환영하기는 했지만 거리감이 있었다. 처음 만났을 때처럼 린디는 자신의 유명한 친구들에 대해 많은 이야기를 늘어놓았다. 하지만 나를 도와주기 위해 그들을 동원하겠다는 이야기 같은 것은 없었다. 그렇지만 나는 개의치 않았다. 우리는 체스를 두려고 했지만 전화벨이 계속 울려서 그녀는 침실로 가서 전화를 받아야 했다.

이틀 전 린디는 내 방을 노크하더니 이제 이곳에서 나간다고 말했다. 수술 결과에 만족한 보리스가 그녀가 집에서 붕대를 푸는 데 동의했다는 것이다. 우리는 다정하게 작별 인사를 했다. 하지만 우리의 진짜 작별 인사는 그날 아침 우리의 대탈주 직후 내가 두 팔을 앞으로 뻗어서 그녀의 두 뺨에 입맞춤을 했을 때 이미 한 셈이었다.

그러니까 이게 내가 린디 가드너와 이웃으로 지낸 이야기의 전말이다. 나는 그녀가 행복하기를 바란다. 나에 대해 말하자면, 붕대를 풀기 위해서는 엿새가 더 지나야 하고 색소폰을 불려면 훨씬 더 많은 시간이 흘러야 한다. 하지만 이제 나는 지금의 상황에 익숙해져서 꽤 만족스럽게 시간을 보내고 있다. 어제는 헬렌에게서 어떻게 지내느냐는 전화가 걸려 왔다. 내가 린디 가드너와 안면을 텄다고 말하자 아내는 깜짝 놀라는 것 같았다. 그러더니 이렇게 물었다.

"그 여자 다시 결혼하지 않았어?" 내가 헬렌에게 사실을 제대로 말해 주자 그녀가 말했다. "그래, 맞아. 내가 다른 사람과 혼동했나 봐. 그 여자 이름이 뭐였더라."

우리는 시답잖은 것들, 헬렌이 텔레비전에서 본 것이라든지 그녀의 친구가 아기를 데리고 집에 들렀다든지 하는 것들에 대해 많은 이야기를 나누었다. 그런 다음 헬렌은 프렌더가스트의 안부를 전해 주었다. 그 말을 할 때 나는 헬렌의 말투가 긴장되는 것을 감지할 수 있었다. 그래서 이렇게 말할 뻔했다. '얼씨구, 당신 남자의 이름을 말하는 목소리에 짜증이 서려 있는걸?' 하지만 나는 그 말을 입 밖에 내지 않았다. 그저 그에게 인사를 전해 달라고만 했다. 그리고 헬렌은 그 이름을 다시는 꺼내지 않았다. 어쩌면 이것은 내 상상에 지나지 않는지도 모른다. 분명한 것은 헬렌이 나로 하여금 그에게 고맙다는 말을 하게 하려고 애를 썼다는 것뿐이다.

헬렌이 전화를 끊으려고 할 때 나는 "사랑해." 하고 말했다. 부부 간의 통화 끝에 덧붙이는 빠르고 일상적인 말투로 말이다. 잠시 침묵이 흐른 후 헬렌 역시 일상적인 어조로 그 말을 반복했다. 그런 다음 그녀는 전화를 끊었다. 그것이 무엇을 의미하는지는 신만이 아실 터. 이제 나는 이 붕대를 풀 날을 기다리는 것밖에 할 일이 없다. 그다음에는 무슨 일이 벌어질까? 아마도 린디 말이 맞을 것이다. 아마도 그녀의 말처럼 내게는 어떤 균형감이 필요하고, 삶은 한 사람만 사랑하기에는 너무 큰지도 모른다. 아마도 이 일은 내게 정말로 중요한 전기가 되고 성공이 나를 기다리고 있을 것이다. 아마도 린디의 말이 옳을 것이다.

첼리스트

점심 식사 이후 우리가 「대부」의 테마를 연주한 것은 그때가 세 번째였다. 그래서 나는 그 광장에 앉아 있는 관광객들 중 아까 우리의 연주를 들은 사람들이 얼마나 되는지 알아보기 위해 주위를 둘러보았다. 사람들은 좋아하는 곡을 한 번 이상 듣는 것을 싫어하지는 않지만, 같은 곡을 너무 자주 연주해선 안 된다. 그럴 경우 우리에게 제대로 된 레퍼토리가 없는 모양이라는 의심을 살 수 있기 때문이다. 대개한 해 중에서 이 시기에는 같은 곡을 되풀이해서 연주해도 괜찮았다. 바람 속에 감돌기 시작하는 가을 느낌과 어이없이 비싼 커피 값 덕택에 고객들이 한자리에 오래 앉아 있지 않고 줄곧 바뀌기 때문이다. 어쨌든 내가 그 광장에 앉아 있는 사람들의 얼굴을 살펴본 것은 그런 이유에서였고, 그 덕택에 티보르를 발견할 수 있었다.

그는 한쪽 팔을 흔들고 있었다. 처음에는 그가 우리에게 손짓을 하고 있다고 생각했지만 이윽고 웨이터를 부르기 위해 애쓰고 있다는 것을 알았다. 티보르는 전보다 나이 들어 보였고 체중이 좀 는 듯했지만 그렇다고 못 알아볼 정도는 아니었다. 나는 오른쪽에서 아코디언을 연주하는 파비안을 팔꿈치로 살짝 찌른 다음 고갯짓으로 티보르를 가리켰다. 색소폰에서 손까지 떼어 그를 정확하게 가리킬 수는 없었던 것이다. 나는 밴드를 둘러보면서 우리가 티보르를 만난 그해 여름 우리 밴드에 있던 단원들 중 나와 파비안 외에는 모두 떠나고 없다는 사실을 깨달았다.

그랬다. 벌써 7년 전의 일이었다. 하지만 그렇다 해도 역시 충격적이었다. 지금처럼 매일 함께 연주를 하다 보면 밴드를 하나의 가족처럼, 다른 단원들을 형제처럼 여기게 된다. 그래서 이따금 누군가 다른 곳으로 떠나가도 그와 줄곧 연락이 닿기를 바란다. 그가 정착한 곳이 베네치아이든 런던이든 혹은 그 어디든 간에 그곳에서 새로 소속된 밴드의 모습을 담은 폴라로이드 사진이나 엽서 같은 것을 보내 오기를 기대한다. 고향에 편지를 쓰듯이 말이다. 따라서 사태가 얼마나 빨리 바뀌는지를 깨닫게 되는 이런 순간이 달갑지 않다. 오늘 친하게 지내던 친구들이 내일 소식조차 모르는 낯선 이가 되어 유럽 전역으로 흩어져 낯선 광장이나 카페에서 「고엽」이나 「대부」의 테마를 연주하는 것이다.

이윽고 그 곡의 연주가 끝나자 파비안은 나를 고약한 눈길로 쏘아보았다. 솔로는 아니지만 바이올린과 클라리넷이 빠져서 아코디언 연주가 돋보이는 드문 부분 중의 하나인 '특별 악절'을 연주하는 중에 내게 팔꿈치로 찔려서 짜증이 난 듯했다. 나는 배음으로 나직하게 색소폰을 연주하고 있었고, 그는 아코디언의 바람통을 한데 모아 쥐고 있었다. 내가 조금 전 왜 그랬는지 설명하기 위해 파라솔 아래에서 커피 잔을 젓고 있는 티보르를 가리켰지만, 파비안은 잘 기억이 나지 않는 모양이었다. 이윽고 그가 말했다.

"아, 그래. 첼로를 연주하던 친구로군. 저 친구, 아직도 그 미국 여자를 만나고 있는지 모르겠군."

"물론 아니지. 기억 안 나? 그 일은 당시에 이미 끝났다네."

파비안은 어깨를 으쓱해 보이고는 자기 앞의 악보로 주의를 돌렸다. 이윽고 우리는 다음 곡을 연주하기 시작했다.

파비안이 더 이상의 흥미를 보이지 않아서 좀 실망하긴 했지만, 그는 당시에도 그 첼리스트 청년에게 특별한 관심을 가진 축이 아니었다. 그러니까 파비안은 이제까지 줄곧 바나 카페에서만 연주를 해 왔다. 당시 우리 밴드의 바이올린 연주자였던 잔카를로나 베이스 연주자였던 에르네스토와는 다른 것이다. 공식적인 음악 교육을 받은 그들은 티보르 같은 이들에게 언제나 매혹되었다. 아마도 거기에는 티보르가 받은 최고급 음악 교육에 대해, 그의 미래가 아직 열려 있다는 사실에 대해 조금이지만 질투가 포함되어 있었으리라. 하지만 공정하게 말하자면 두 사람은 그저 티보르 같은 사람을 돌봐 주고 앞으로 일어날 일에 대비하게 해 줌으로써 실망스러운 일이 닥칠 때 크게 타격을 받지 않게 해 주고 싶었던 것 같다.

7년 전의 그 여름은 유난히 더워서 우리가 있는 그 도시 안에서조차 아드리아해를 얕잡아 봤다고 여겨질 때가 여러 번 있었다. 우리는 넉 달 동안 카페의 차양 아래서 광장과 거기에 놓인 테이블들을 마주 보며 야외에서 연주했다. 그러니 주위에서 두세 개의 선풍기가 돌아가고 있다 해도 몹시 더웠다. 하지만 해변에서 더위를 식히고 있는 현지인들과 대부분은 독일과 오스트리아에서 온, 그곳을 지나가는 많은 관광객들 덕택에 그해 여름은 호황이었다. 우리가 러시아인들을 주목하기 시작한 것도 그해 여름부터였다. 오늘날 우리는 상대가 러시아 관광객인지 아닌지 특별히 주목하지 않는다. 그들 역시 다른 관광객들과 차이가 없는 것이다. 하지만 당시 그들은 하던 일을 멈추고 바라보게 될 정도로 드

물었다. 그들의 옷차림은 기묘했고 행동은 마치 낯선 학교에 다니게 된 전학생 같았다. 우리가 처음으로 티보르를 본 것은 공연과 공연 사이의 휴식 시간에 카페 측에서 우리를 위해 따로 비워 놓는 커다란 테이블에서 쉬고 있을 때였다. 티보르는 그 근처에 앉아서 첼로에 햇빛이 들지 않게 하려고 줄곧 위치를 옮기고 있었다.

잔카를로가 말했다. "저 친구 좀 봐. 먹고 살 게 없는 러시아 음악도야. 그런데 지금 뭘 하고 있는 거지? 이 광장에서 커피를 마시는 데 돈을 낭비하고 있잖아."

에르네스토가 말을 받았다. "바보인 게 틀림없어. 하지만 낭만적인 바보군. 오후 내내 이 광장에 앉아 있을 수만 있다면 굶어도 좋다는 거지."

그 청년은 여윈 몸매에 모랫빛 머리카락을 하고 유행에 뒤처진 옷차림을 하고 있었다. 멀리서 보면 한 마리의 판다처럼 보였다. 그는 다음 날 그다음 날에도 계속 모습을 드러냈고, 정확히 언제부터였는지는 이제 기억나지 않지만, 얼마 지나지 않아 우리는 휴식 시간 동안 그의 앞에 앉아서 이야기를 나누게 되었다. 우리가 저녁 연주를 할 동안 그가 카페에 와 있으면 연주가 끝난 후 우리가 그의 테이블로 가서 포도주와 토핑을 얹은 토스트를 사기도 했다.

얼마 지나지 않아 우리는 티보르가 러시아인이 아니라 헝

가리인이라는 것, 그가 런던 왕립 음악원에서 공부한 후 빈에서 2년 동안 올레그 페트로비크로부터 사사한 것으로 미루어 보기보다 나이가 많다는 것을 알게 되었다. 그 노장 마에스트로와 어렵게 공부를 시작한 후 그는 이른바 전설적인 짜증을 감당해 내는 법을 배웠고, 빈을 떠나올 당시에는 미래에 대한 확신과 유럽 각지에서 온, 대단하지는 않아도 품격 있는 몇 건의 일자리를 제안받고 있었다. 하지만 티켓 발매 부진으로 연주회들이 취소되기 시작하자 그는 자신이 몹시 싫어하는 음악을 연주하지 않을 수 없었으며, 게다가 숙소는 몹시 비싸고 지저분한 것으로 드러났다.

그러던 중 이 도시의 잘 조직된 문화 예술 축제(그해 여름 그가 이곳으로 온 것은 바로 이 때문이었다.)는 꼭 필요한 부양책이라고 할 수 있었다. 런던 왕립 음악원 시절의 옛 친구가 그에게 여름 동안 운하 근처에 있는 아파트를 무료로 쓰라는 제안을 해 왔을 때 그는 주저하지 않고 수락했다. 그래서 이 도시를 즐기고 있지만 언제나 돈 문제가 걱정이라고 그는 말했다. 이따금 연주회를 열기는 하지만 이제 심각하게 다음 행보를 생각하지 않을 수 없게 되었다는 것이다.

이런 걱정을 들은 지 얼마 후 잔카를로와 에르네스토는 그를 위해 할 일을 찾아보기로 마음먹었다. 그렇게 해서 티보르는 암스테르담에서 온, 잔카를로의 먼 친척으로 호텔업계에 인맥이 있는 카우프만을 만나기에 이르렀다.

나는 그날 저녁을 분명하게 기억하고 있다. 아직 초여름이었으므로 카우프만과 잔카를로와 에르네스토, 우리 모두는 야외가 아니라 카페 뒤쪽에 앉아 티보르의 첼로 연주를 들었다. 그것이 카우프만 앞에서 하는 오디션임을 알고 있었을 텐데도 티보르가 그날 밤 간절히 그 연주를 하고 싶어 했다는 것이 지금 생각해 보니 흥미롭다. 그는 틀림없이 우리에게 무척 고마워했고, 카우프만이 암스테르담으로 돌아가 일자리를 알아봐 주겠다고 약속하자 몹시 기뻐했다. 그런 그가 여름 동안 고약하게 변해서 몹시 잘난 체를 하게 된 것은 모두 그 미국 여자 때문이었다. 그러니까 적어도 부분적으로는 그랬다.

티보르가 그 여자의 존재를 의식하게 된 것은 어느 날 그날의 첫 커피를 마실 때였다. 그 무렵 광장은 기분 좋을 정도로 시원했고 카페의 한쪽 끝에는 오전 시간만은 대부분 그늘이 져 있었다. 시 당국의 물청소를 받은 포석들이 아직 마르지 않은 상태였다. 아침 식사를 하지 못한 티보르는 옆 테이블의 여자가 몇 가지 과일 음료에 이어 홍합찜 한 그릇(아직 10시가 되지 않았으니 충동적인 주문이 분명했다.)을 주문하는 것을 부러운 시선으로 지켜보았다. 그 여자 역시 티보르를 힐끔거리고 있는 것 같았지만 티보르는 별로 신경 쓰지 않았다.

"그 여자의 모습은 무척 보기 좋았어요. 아름답다고까지 할 수 있을 정도로요. 하지만 아시다시피 저보다 열다섯 살 정도 나이가 많더군요. 그러니 제가 그 여자의 시선에 무슨 의미가 있다는 생각을 할 리가 있겠어요?" 그때 티보르가 우리에게 한 말이다.

티보르는 그 여자에 대해서는 곧 잊어버리고 방으로 돌아갈 준비를 하기 시작했다. 옆집 사람이 점심을 먹으러 돌아와 라디오를 틀기 전 두어 시간 동안 첼로 연습을 할 생각이었던 것이다. 그런데 다음 순간 그 여자가 티보르 앞에 와 서 있었다.

그 여자는 활짝 웃고 있었다. 그녀의 태도에는 그들이 서로 아는 사이라는 의미가 담뿍 담겨 있었다. 실제로 수줍어하는 성격이 아니었다면 티보르는 여자에게 인사를 건넬 뻔했다. 이윽고 그녀는 티보르의 어깨에 한 손을 얹었다. 마치 그가 시험에 떨어졌어도 괜찮다는 듯이. 그런 다음 이렇게 말했다.

"지난번에 당신 연주를 들었어요. 산로렌초 성당에서 열렸던 것 말이에요."

"고맙습니다." 그런 대답이 무척 바보같이 들릴 것임을 알면서도 티보르는 그렇게 대답했다. 여자가 여전히 눈길을 거두지 않자 그가 말했다. "아, 그래요. 산로렌초 성당. 맞아요. 거기서 연주회가 있었어요."

여자는 웃음을 터뜨리더니 불쑥 티보르 앞에 있는 의자에 앉으며 말했다. "꼭 최근 공연 일정이 꽉 차 있는 사람처럼 말하는군요." 그녀의 목소리에는 살짝 비꼬는 투가 서려 있었다.

"그렇다면 제가 당신을 오해하게 만든 것 같군요. 당신이 들으신 연주가 제가 두 달 만에 처음으로 한 겁니다."

"하지만 당신은 이제 시작이에요. 어떤 연주회든 수락하는 게 잘하는 거예요. 그리고 지난번 그 연주회에는 사람들이 꽤 많더군요."

"꽤 많았다고요? 겨우 스물네 명뿐이었는데요."

"오후였잖아요. 오후 연주회치고는 괜찮은 거예요."

"불평해선 안 된다는 건 알아요. 하지만 청중이 많았던 건 아니었어요. 그저 할 일 없는 관광객들이었지요."

"아! 그렇게 무시하시면 곤란해요. 그러니까 나도 거기에 있었는걸요. 나도 그 관광객들 중 하나였다고요." 그런 다음 티보르가 얼굴을 붉히자(상대를 화나게 하려던 건 아니었기 때문에) 그녀는 티보르의 팔을 살짝 건드리더니 미소를 지으며 말했다. "당신은 이제 시작이에요. 청중이 많든 적든 신경 쓰지 마세요. 청중의 규모가 당신이 연주하는 이유는 아니니까요."

"그래요? 청중을 위해서가 아니라면 제가 왜 연주를 하죠?"

"그런 뜻이 아니에요. 내가 그런 말을 하는 건 지금 당신 단계의 경력에서는 청중이 스무 명이냐 이백 명이냐가 중요한 게 아니라는 거예요. 왜 그런지 말할까요? 왜냐하면 당신에겐 그게 있으니까요!"

"그게 있다니요?"

"당신에겐 그게 있어요. 그렇고말고요. 당신에겐…… 잠재력이 있어요."

티보르는 문득 터져 나오려는 웃음을 억제했다. 그 여자보다 자기 자신을 더 책망하고 싶었다. 왜냐하면 여자가 '천재성'이라든가 '재능'이라고 말해 주기를 기대했기 때문이다. 그것이 얼마나 큰 착각이었나 하는 생각이 즉각 뇌리에 떠올랐다. 여자는 말을 계속하고 있었다.

"지금 단계에서 당신에게 필요한 건 누군가 와서 당신의 연주를 들어 주는 거예요. 그 한 사람이 화요일 스무 명의 청중 속에 있었을 수도 있답니다……."

"관계자들을 제외하고 스물네 명입니다……."

"몇 명이든 말이에요. 내가 말하려는 건 지금은 청중의 숫자가 중요한 게 아니라는 거예요. 중요한 건 오직 한 사람이지요."

"음반 회사에서 나온 사람 말인가요?"

"음반 녹음이요? 이런, 아니죠, 아니에요. 그런 건 저절로 풀리게 되어 있어요. 그래요, 당신의 실력을 꽃피워 줄 사람을 말하는 거예요. 당신의 연주를 듣고 당신이 잘 훈련된 범재 이상의 존재라는 것을, 지금은 번데기에 머물러 있지만 약간의 도움만 받으면 나비가 되어 날아갈 수 있다는 걸 알아주는 사람 말이에요."

"이제 알겠습니다. 혹시 당신이 그런 사람이신가요?"

"아, 이런! 당신이 자부심 강한 청년이라는 건 알아요. 하지만 당신을 제자로 받아들이고 싶어 하는 많은 교사들로부터 요청을 받고 있는 것 같진 않군요. 적어도 내 수준의 교사들에게서는 말이에요."

순간 자기가 지금 커다란 실수를 저지르고 있는지도 모른다는 생각에 티보르는 여자의 모습을 주의 깊게 살펴보았다. 이제 여자는 선글라스를 벗고 있어서 티보르는 얼굴을 제대로 볼 수 있었다. 그 얼굴은 기본적으로 부드럽고 친절해 보였지만 긴장감이라든가 분노라고 해도 좋을 감정이 떠올라 있었다. 티보르는 그녀가 누구인지 바로 생각나기를 바라며 줄곧 바라보았지만 이윽고 이렇게 말하지 않을 수 없었다.

"죄송합니다. 혹시 유명한 음악가이신가요?"

"난 엘로이즈 매코맥이에요." 여자가 웃으며 말한 다음 악수를 청했다. 그 이름을 듣고도 불행히도 아무것도 떠오르지 않아 티보르는 진퇴양난에 빠졌다. 티보르의 머릿속에 처음으로 떠오른 생각은 깜짝 놀라는 척하자는 것이었다. 그래서 그는 실제로 이렇게 말했다. "정말이신가요. 이거 참 멋지군요." 그런 다음 그런 허풍이 정직하지 않을 뿐 아니라 당혹스럽게도 얼마 지나지 않아 탄로나고 말 것임을 깨닫고 정신을 차렸다.

"미스 매코맥, 만나게 되어 영광입니다. 믿기 힘드시겠지만, 제가 아직 어리고 또 과거 철의 장막에 가려져 있던 동구권 출신이라는 점을 감안해 주시기 바랍니다. 오늘날까지도 저는 서구에서는 누구나 아는 영화배우와 정치인들 중에서 여전히 모르는 사람이 많답니다. 그러니 당신이 누구신지 잘 모른다 해도 이해해 주셨으면 합니다."

"음…… 참 솔직한 말씀이군요." 말은 그렇게 했지만 그녀는 모욕감을 느낀 것이 분명했다. 조금 전의 열의가 사그라드는 듯했다. 순간 어색한 침묵이 흐른 후 티보르가 다시 말했다.

"유명한 음악가이시군요, 그렇죠?"

그녀는 고개를 끄덕였다. 그녀의 시선은 광장을 훑고 있었다.

"다시 한번 사과드립니다. 당신 같은 분이 제 연주회에 오셨다니 정말 영광입니다. 어떤 악기를 연주하시는지 여쭤 봐도 될까요?"

그녀가 재빨리 대답했다. "당신처럼 첼로예요. 바로 그래서 그 연주회에 갔었죠. 그처럼 소박하고 작은 연주회라 해도 그러지 않을 수가 없답니다. 지나칠 수가 없어요. 아마도 사명감 같은 게 있는 것 같아요."

"사명감요?"

"그걸 달리 뭐라고 해야 좋을지 모르겠어요. 나는 모든 첼리스트들이 좋은 연주를 하기를 바란답니다. 아름답게 연주하기를 바란다고요. 그들의 연주 방식은 종종 잘못되었거든요."

"죄송합니다만, 우리 첼리스트들이 잘못된 방식으로 연주한다는 건가요? 아니면 모든 음악가들이 그렇다는 건가요?"

"다른 악기 연주자들도 마찬가지일 거예요. 하지만 난 첼리스트니까 다른 첼리스트들의 연주를 듣죠. 그리고 뭔가 잘못되고 있다는 것을 알게 되면……. 그러니까 지난번에 이곳 시립 미술관 로비에서 몇몇 젊은 음악가의 연주를 들었어요. 사람들은 그들을 지나쳤지만 나는 걸음을 멈추고 귀를 기울였죠. 음, 그러고는 그들에게 곧장 다가가 지적해 주고 싶은 것을 가까스로 참았어요."

"그들이 틀리게 연주하고 있었나요?"

"꼭 틀렸다는 건 아니에요. 하지만…… 그러니까 그저 뭔가가 빠져 있었어요. 그 무엇이 거의 없었어요. 늘 하는 말이지만, 내가 너무 지나친 것을 바라는 건지도 몰라요. 나 자신에게 설정한 수준에 모든 이들이 도달하기를 바라선 안 된다는 건 나도 알아요. 그들은 그저 공부하는 학생들이었던 것 같아요."

그녀는 처음으로 의자에 등을 기대고 중앙 분수대 옆에서 요란하게 소리를 내며 물장난을 하고 있는 아이들을 바라보았다. 이윽고 티보르가 말했다.

"화요일에도 역시 그런 충동을 느끼셨겠군요. 다가가서 당신의 느낌을 말하고 싶은 충동 말입니다."

그녀는 미소를 지어 보였다. 하지만 다음 순간 표정이 몹시 심각해졌다. "그랬어요. 정말 그랬답니다. 왜냐하면 당신 연주를 들었을 때 예전에 내가 했던 방식임을 알 수 있었거든요. 미안해요. 몹시 무례하게 들릴 거라는 거 알아요. 하지만 당신이 지금 잘못 가고 있는 건 사실이에요. 그래서 당신 연주를 들었을 때 나는 당신이 그걸 알 수 있게 도와주고 싶었어요. 되도록 빨리 말이에요."

"제가 올레그 페트로비크를 사사했다는 말씀을 드려야겠군요." 티보르는 단호하게 말한 후 그녀의 반응을 기다렸다.

놀랍게도 그녀는 터지려는 웃음을 억누르기 위해 애쓰는 모습이었다.

"페트로비크, 그래요. 페트로비크는 그가 활동하던 시대에 아주 존경할 만한 음악가였죠. 그리고 그가 가르치는 학생들에게는 여전히 중요한 인물이라는 건 알아요. 하지만 오늘날 많은 이들이 그의 생각, 그의 접근법 자체를……." 그녀는 고개를 내젓고는 두 손을 펼쳐 보였다. 분노로 갑자기 말문이 막힌 티보르가 그녀를 줄곧 응시하자 그녀는 다시 한번 그의 팔 위에 한 손을 얹었다. "내가 너무 말이 많았네요. 그럴 권리가 없는데. 이제 그만 일어서죠."

그녀가 자리에서 일어났다. 그러자 티보르의 분노가 가라앉았다. 티보르는 너그러운 편으로 사람들에게 오랫동안 화를 내는 사람이 아니었다. 게다가 그 여자가 그의 노스승에 대해 한 말은 그의 마음속 깊은 곳에 있는 불편한 느낌과 맞아떨어지는 점이 있었다. 따라서 그녀를 올려다보는 티보르의 얼굴에는 다른 어떤 감정보다도 혼란스러움이 떠올라 있었다.

"이것 보세요. 지금 당신은 나한테 화가 나서 이런 생각을 해 볼 수조차 없을 거예요. 하지만 난 당신을 돕고 싶어요. 혹시 이 문제에 대해 이야기하고 싶은 마음이 들면, 난 저기 묵고 있으니 찾아오세요. 엑셀시오르 호텔이에요."

이 도시에서 가장 큰 그 호텔은 카페의 반대편 끝 광장을 가로질러 자리 잡고 있었다. 이제 그녀는 티보르에게 그곳을 손가락으로 가리켜 보이며 미소를 짓고는 그쪽을 향해 걸음을 옮겨 놓았다. 그는 멀어져 가는 그녀를 줄곧 바라보았다. 그녀는 중앙 분수대 근처에서 갑자기 몸을 돌리더니 그에게 손을 흔들어 보이고는 다시 걸음을 계속했다.

이후 이틀 동안 티보르는 자신도 모르게 그 만남에 대해 여러 차례 생각해 보았다. 자기가 자랑스럽게 페트로비크의 이름을 언급했을 때 그녀의 입매에 떠오른 능글맞은 웃음이 다시 떠올랐다. 하지만 곰곰이 생각해 본 끝에 그녀가 노스승을 폄하한 데 자기가 정말로 화가 나 있지 않음을 알 수 있었다. 사실 그는 페트로비크의 이름이 언제나 확실한 충격 효과를 낳고, 그것이 상대에게서 주의와 존중을 끌어내는 데 익숙했다. 다시 말해서 그는 어디를 가든 그 사실을 일종의 증명서처럼 과시할 수 있었다. 그런데 그 증명서가 자신이 예상한 효과를 발휘하지 못했다는 점이 그를 그토록 혼란스럽게 만든 것이다.

티보르는 그녀가 떠나면서 한 제안을 거듭 떠올렸다. 그리고 광장에 앉아 있을 때면 자신도 모르게 맞은편을 물끄러미 응시하곤 했다. 택시와 리무진이 도어맨 앞으로 꼬리에 꼬리를 물고 들어가는 엑셀시오르 호텔의 정문을.

엘로이즈 매코맥과 대화를 나눈 지 사흘째 되던 날, 마침내 티보르는 광장을 가로질러 대리석이 깔린 로비로 들어가 접수대로 가서 그녀의 방으로 전화를 연결해 줄 것을 요청했다. 접수원이 전화를 걸어 상대와 통화하면서 그의 이름을 묻고는 한두 마디 짤막한 말을 교환한 후 그에게 수화기를 넘겼다.

그 여자의 목소리가 들려왔다. "정말 미안해요. 지난번에 당신의 이름을 물어보는 걸 잊었어요. 그래서 당신이 누군지 한참 후에야 생각났답니다. 하지만 물론 당신을 잊지는 않았어요. 사실 당신 생각을 아주 많이 했어요. 당신과 이야기하고 싶은 것들이 무척 많아요. 하지만 제대로 해야 해요. 혹시 첼로 갖고 왔나요? 그래요. 물론 안 갖고 왔겠죠. 한 시간 후에, 정확히 한 시간 후에 다시 와 줄래요? 이번에는 첼로를 갖고 와요. 여기서 기다릴게요."

티보르가 악기를 가지고 엑셀시오르 호텔로 돌아갔을 때 접수원은 즉각 엘리베이터를 가리키면서 미스 매코맥이 그를 기다리고 있다고 말했다.

늦은 오후이긴 했지만 그녀의 방으로 들어간다는 생각에 티보르는 어색한 친밀감이 일었다. 그래서 그녀의 방이 널찍한 스위트룸으로 안쪽 문이 닫혀 침실이 보이지 않는 것을 알고는 마음이 놓였다. 높다란 두 짝짜리 유리문에 달린 나무 덧문이 접혀 있어서 레이스 커튼이 미풍에 살랑거리고 있었다. 발코니로 나가면 광장이 내려다보이리라는 것을 알 수 있었다. 벽이 거친 석재로 되어 있고 바닥에 짙은 색 나무가 깔린 방 자체는 거의 수도원 같은 분위기를 풍겼다. 여기저기 놓인 꽃들과 쿠션, 앤티크 가구들만이 부분적으로 분위기를 부드럽게 해 주었다. 이와 대조적으로 그녀는 막 조깅을 하고 온 듯 티셔츠에 추리닝, 운동화 차림이었다. 그녀는 차나 커피 같은 것을 대접하는 격식 없이 티보르를 환영한 다음 말했다.

"나를 위해 연주해 줘요. 지난번 연주회에서 했던 곡으로."

그녀는 정확히 방 한가운데 놓여 있는 등받이가 수직인 세련된 의자를 가리켰다. 티보르는 거기에 앉아서 케이스에서 첼로를 꺼냈다. 그녀는 커다란 창문 앞에 앉았다. 그래서 티보르는 조금 당혹스럽게도 그녀의 옆모습을 선명하게 볼 수 있었다. 그가 악기를 조율하는 동안 그녀는 줄곧 눈앞의 공간을 응시하고 있었다. 티보르가 연주를 시작했을 때도 그녀는 자세를 바꾸지 않았고 첫 곡을 마칠 즈음까지도 그녀는 단 한 마디도 하지 않았다. 그래서 그는 재빨리 다음 곡을, 이어 그다음 곡을 연주했다. 30분이 지났고 한 시간이 지났다. 그 그늘진 방과 소박한 음악, 나부끼는 레이스 커

틈을 통해 들어오는 오후 햇살, 광장에서 올라오는 와자한 배경음과 무엇보다도 거기에 앉아 있는 그녀의 존재가 그에게서 새로운 깊이의 음을, 새로운 시사점을 이끌어 내는 듯했다. 한 시간이 다 되어 갈 무렵 티보르는 자기 연주가 그녀가 기대한 이상이었으리라고 확신했다. 하지만 마지막 곡을 끝내고 찾아온 몇 분간의 침묵 속에서 이윽고 그녀가 앉은 채 그를 향해 몸을 돌리더니 이렇게 말했다.

"그래요. 난 지금 당신이 어떤 단계인지 정확히 알겠어요. 쉽지는 않겠지만 당신은 할 수 있어요. 분명히 할 수 있다고요. 브리튼 곡부터 시작합시다. 그 곡을 첫 악장만 다시 연주해요. 그런 다음 얘기하기로 해요. 이렇게, 한 번에 조금씩 해 나가는 거예요."

이 말을 들는 순간 그는 첼로를 케이스에 넣고 그 방에서 나가고 싶은 충동을 느꼈다. 하지만 또 다른 본능, 단순한 호기심일 수도 있고 그보다 깊은 무엇일 수도 있는 본능이 그의 자존심을 압도했다. 티보르는 그녀가 요구한 곡을 다시 연주했다. 그가 몇 마디를 연주하자 그녀는 그의 연주를 중단시키더니 이야기를 시작했다. 그때 그는 또다시 일어나 방에서 나가고 싶은 충동을 느꼈다. 하지만 기껏해야 앞으로 5분이면 끝날 이 청하지 않은 개인 지도를 그저 예의상 참아 내기로 마음먹었다. 하지만 자신도 모르게 그곳에 있는 시간을 조금씩 조금씩 연장하고 있었다. 그는 좀 더 연주를 했고 그녀는 다시 이야기를 했다. 그녀의 말은 처음에는 가식적이었고 이어 지나치게 추상적이어서 줄곧 그를 놀라게 했다. 하지만 그런 지적 사항들을 새로운 연주에 적용하기 위해 애쓰면서 티보르는 그 효과에 깜짝 놀라지 않을 수 없었다. 그가 의식하지 못하는 사이에 또 한 시간이 지나갔다.

"나는 문득 뭔가를 깨달았어요. 아직 들어가 본 적이 없는 정원 같은 게 저 멀리 있었어요. 그 사이에는 많은 것들이 있었죠. 처음으로 안 거예요. 한 번도 들어가 본 적이 없는 정원이 있다는 걸요."

해 질 무렵 그는 호텔을 나서서 광장을 가로질러 카페로 와서는 휘핑크림을 올린 사치스러운 아몬드 케이크를 주문했다. 의기양양한 기분을 애써 자제하면서.

이후 며칠 동안 그는 매일 오후 그녀의 호텔로 갔고, 첫 방문 때 경험했던 계시의 느낌까지는 아니더라도 적어도 매번 새로운 에너지와 희망에 차서 그곳을 나왔다. 그녀의 비평은 점점 더 대담해져서, 누군가 목격했다면 지나치다고 여겼겠지만 이제 티보르는 그녀의 개입에서 그런 느낌이 들지 않았다. 이제 티보르는 그 교습이 끝날 때까지 과연 그녀가 그곳에 머무를 수 있을지 걱정되었다. 그 생각이 그에게서 떠나지 않고 숙면을 방해하고, 경이로운 교습을 끝내고 광장을 가로질러 나오는 그의 마음에 그늘을 드리우기에 이르렀다. 하지만 티보르가 그것에 대해 물을 때마다 그녀의 대답은 언제나 애매해서 그의 불안은 사그라들지 않았다. "아, 여기가 너무 춥게 느껴지기 전까지는 있을 거예요."라든가 "이곳이 싫증나기 전까지는 있을 것 같아요." 하는 식이었다.

"그런데 그 여자 연주는 어떻던가? 첼로 연주 말이야. 그 여자의 연주는 어땠냐고?" 우리는 줄곧 티보르에게 그렇게 물었다.

처음에 우리가 이 질문을 던졌을 때 티보르는 우리에게 제대로 된 대답 대신 이런 식으로 얼버무렸다. "처음부터 그녀는 자기가 명연주자라고 했어요." 그러고는 화제를 바꾸었다. 하지만 우리가 그냥 넘어가지 않으리라는 것을 깨닫고는 한숨을 내쉬고 설명하기 시작했다.

그러니까 실제로 티보르는 첫 교습부터 그녀의 연주를 듣고 싶었지만 지나치게 사적인 부탁인 것 같아서 감히 청할 수가 없었다. 그저 그녀의 방을 둘러보고 첼로가 보이지 않는 것을 보고 일말의 의혹을 느꼈을 뿐이다. 요컨대 휴가를 떠나오면서 그녀가 첼로를 갖고 오지 않았다 해도 이상할 게 없었고, 또한 대여했을지도 모르는 첼로가 문 닫힌 침실

안에 있을 가능성도 있었다.

하지만 교습을 위해 그 스위트룸을 찾아가는 일이 거듭 될수록 의혹은 커져 갔다. 티보르는 그 생각을 마음에서 밀어내기 위해 최선을 다했다. 왜냐하면 그즈음에는 다음 번 교습이 과연 있을지조차 확신할 수 없는 상황이었기 때문이다. 그녀가 티보르의 연주를 들어주고 있다는 사실 하나만으로도 그는 자신의 상상력에서 새로운 단계를 끌어낼 수 있을 것 같았다. 그 오후의 교습이 끝나고 다음 교습이 시작될 때까지 티보르는 자신도 모르게 그녀의 지적이나 고갯짓, 찌푸림, 잘했다는 끄덕임 등을 마음속으로 기대하며 곡을 준비하곤 했다. 그중 가장 기쁜 것은 그가 연주하는 악절에 그녀가 취할 때였다. 그럴 때면 그녀는 두 눈을 지그시 감고 두 손은 그녀의 의지와 거의 상관없이 그의 동작을 따라 첼로를 켜고 있었다. 그래도 그 의혹은 사라지지 않았다. 그러던 어느 날 티보르가 그 방에 갔을 때 침실 문이 살짝 열려 있었다. 역시 돌로 된 벽과 중세풍의 사주식 침대가 눈에 떠었지만 첼로는 보이지 않았다. 아무리 휴가라도 명연주자가 그렇게 오랫동안 악기에 손을 대지 않을 수 있을까? 하지만 그는 이런 질문 역시 마음에서 몰아냈다.

여름이 무르익어 감에 따라 그들은 교습을 끝낸 후 함께 카페로 와서 대화를 이어 나가기 시작했다. 그럴 때면 그녀는 그에게 커피, 케이크, 때로는 샌드위치를 사 주었다. 이제 그들의 대화는 더 이상 음악에 국한되지 않았다. 모든 이야기가 항상 음악으로 귀착되기는 했지만 말이다. 예를 들어 그가 빈에서 가깝게 지내던 독일 아가씨에 대해 그녀가 질문을 하면 그는 이렇게 대답했다.

"하지만 결코 제 여자 친구는 아니었다는 걸 아셔야 합니다. 우리는 한 번도 그런 관계가 아니었어요."

"그 여자와 한 번도 육체관계가 없었다는 말인가요? 그렇다고 해서 당신이 그 여자를 사랑하지 않았다는 뜻은 아니잖아요."

"아니요, 미스 매코맥. 그렇지 않습니다. 그녀를 무척 좋아한 것은 분명합니다. 하지만 우리는 사랑에 빠지거나 하지는 않았습니다."

"하지만 어제 내 앞에서 라흐마니노프 곡을 연주했을 때 당신이 떠올린 감정은 바로 사랑, 낭만적인 사랑이었어요."

"그렇지 않아요. 말도 안 돼요. 그 여자는 좋은 친구였지만 우리는 결코 사랑하는 사이는 아니었어요."

"하지만 당신은 그 악절을 사랑의 '추억'처럼 연주하던데요. 당신은 아직 아주 젊어요. 하지만 감정적으로 버리는 것과 버려지는 것이 무엇인지 알고 있더군요. 바로 그래서 그 곡의 3악장을 그런 식으로 연주한 거예요. 대부분의 첼리스트들은 그 부분을 즐겁게 연주하죠. 하지만 당신의 경우 그것은 즐거움이 아니라 영영 사라져 버린 한때의 즐거운 시간에 대한 추억이었어요."

그런 식의 대화를 나누는 동안 티보르는 종종 그녀에게 질문을 던지고 싶은 유혹에 휩싸였다. 하지만 페트로비크 밑에서 공부한 세월 동안 단 한 번도 그에게 감히 개인적인 질문을 하지 못했던 것처럼, 이제 그는 그녀에 대해 어떤 질문도 해서는 안 될 것 같은 느낌이 들었다. 대신 그녀가 무심히 내뱉은 사소한 사실들, 현재 미국 오리건주 포틀랜드에 살고 있다는 것, 3년 전 보스턴에서 그곳으로 이사 왔다는 것, '슬픈 연상을 불러일으키기 때문에' 파리를 좋아하지 않는다는 것 같은 사실들만을 곱씹을 뿐 그 이상을 묻는 일은 삼갔다.

그녀는 그들의 우정이 처음 시작될 때보다 이제 훨씬 쉽게 웃음을 터뜨렸고, 엑셀시오르 호텔에서 나와 광장을 가로지를 때면 습관적으로 티보르의 팔짱을 끼었다. 우리가 처음으로 그들을 주목하기 시작한 것은 그즈음이었다. 그들은 흥미로운 커플이었다. 티보르는 실제보다 훨씬 어려 보였으므로, 그녀는 어떻게 보면 그의 어머니 같기도 했고, 또 어떻게 보면 에르네스토의 말처럼 '시시덕거리기 좋아하는 여배우'처럼 보이기도 했다. 티보르와 안면을 트기 며칠 전에 우리는 밴드 단원들의 버릇대로 한가롭게 그들에 대해 이런저런 이야기를 했다. 팔짱을 끼고 우리 앞을 지나가는 그들을 보면 시선을 교환하며 말하곤 했다. "어떻게 생각해? 같이 자는 사이야, 안 그래?" 하지만 그런 추론 끝에 우리는 어깨를 으쓱하고는 사실은 그렇지 않으리라는 것을 인정했다. 그들의 분위기는 연인들과는 달랐던 것이다. 그런 다음 일단 티보르를 알게 되어 그녀의 호텔 방에서 보내는 그런 오후에 대한 이야기를 들은 후부터는 그런 식으로 그를 놀리거나 짓궂은 암시를 할 생각을 하는 사람은 우리 중 아무도 없었다.

어느 날 오후 그들이 커피와 케이크를 앞에 놓고 광장에 앉아 있을 때였다. 그녀는 자신과 결혼하고 싶어 하는 어떤 남자에 대해 이야기하기 시작했다. 그 남자의 이름은 피터 핸더슨이고 오리건주에서 골프용품 판매 사업을 성공적으로 하고 있었다. 그는 똑똑하고 친절하고 지역 사회에서 존경받는 인물이었다. 그는 엘로이즈보다 여섯 살 연상이었지만 그렇게 나이 들어 보이지 않았다. 그에게는 첫 결혼에서 얻은 두 명의 어린 자녀들이 있지만 그 문제는 원만하게 해결되었다는 것이다.

"그러니 이제 당신은 내가 여기서 뭘 하고 있는지 알겠죠." 하고 말하며 그녀는 한 번도 들어 본 적이 없는 신경이 곤두선 듯한 웃음을 터뜨렸다. "난 지금 숨어 있는 거예요. 피터는 내가 어디에 있는지 전혀 몰라요. 그에게 좀 잔인한 것 같긴 해요. 지난주 화요일에 전화해서 지금 있는 곳이 이탈리아라고 알려 주기는 했지만 어느 도시인지는 말하지 않았어요. 몹시 화를 내더군요. 무리도 아니죠."

"그러니까 지금 당신은 미래를 응시하면서 이 여름을 보내고 있는 거군요."

"꼭 그런 건 아니에요. 그저 숨어 있는 거예요."

"피터라는 사람을 사랑하지 않나요?"

그녀는 어깨를 으쓱해 보였다. "좋은 사람이에요. 그리고 내겐 선택의 여지가 별로 없어요."

"피터라는 분은 음악을 좋아하나요?"

"음…… 현재 내가 살고 있는 그곳에서는 분명 그런 사람으로 간주될 거예요. 요컨대 그는 연주회에 자주 가니까요. 그런 다음 식당에서 우리가 방금 들은 것에 대해 온갖 멋진 이야기를 늘어놓죠. 그러니까 음악 애호가라고 할 수 있겠네요."

"그렇다면 당신 음악도 좋아하나요?"

그녀는 한숨을 내쉬었다. "그는 대가와 함께 사는 일이 쉽지 않다는 걸 알고 있어요. 사실 내게는 그게 평생에 걸쳐 문제가 되어 왔어요. 당신 역시 쉽지 않을 거예요. 하지만 당신과 나, 우리에겐 별로 선택의 여지가 없어요. 우리에게는 가야 할 길이 정해져 있으니까요."

그녀가 피터 이야기를 입에 올린 것은 그때뿐이었지만 그 대화 이후로 이제 그들의 관계는 새로운 차원으로 접어들었다. 티보르가 연주를 막 끝낸 후 그녀가 조용히 생각에 잠겨 앉아 있을 때나 함께 광장에 앉아 있는 동안 그녀가 방심한 듯한 상태로 근처의 파라솔을 응시할 때, 티보르는 이제 불편한 느낌 같은 것은 들지 않았다. 또한 무시당한다는 느낌은커녕 자신과 함께 있는 것을 그녀가 즐기고 있음을 감지할 수 있었다.

어느 오후 티보르가 연주를 마치고 났을 때 그녀는 끝에서 가까운 짧은 악절 하나, 딱 여덟 소절을 다시 한번 연주해 달라고 했다. 그녀의 말대로 다시 연주를 마쳤으나 여전히 그녀는 이마를 약간 찌푸리고 있었다.

"그건 우리답지 않아요." 그녀는 고개를 내저으며 말했다. 언제나처럼 그녀는 커다란 창을 마주하고 티보르에게 옆모습을 보이며 앉아 있었다. "나머지 연주는 좋았어요. 그 부분을 뺀 나머지는 모두 '우리다움'이 있었어요. 하지만 그 악절은……." 그녀는 살짝 몸을 떨었다.

티보르는 어떤 식으로 해야 할지 확신하지 못한 채 그 부분을 다르게 연주했다. 그녀가 다시 고개를 젓는 것을 보고도 그는 놀라지 않았다.

"죄송합니다. 당신이 직접 연주해 주신다면 좀 더 분명하게 표현할 수 있을 것 같아요. 전 당신이 말하는 '우리다움이 없다'는 의미를 이해할 수가 없습니다."

"그러니까 지금 나보고 그 부분을 직접 연주해 달라는 건가요? 그게 당신이 하고 싶은 말이에요?"

그녀는 차분하게 말했지만 이제 몸을 돌려 그를 마주 보고 있었다. 긴장감이 감돌았다. 그녀는 거의 도전적인 눈빛으로 티보르의 대답을 기다리며 그를 바라보고 있었다.

이윽고 그가 대답했다. "아닙니다, 제가 다시 해 보겠습니다."

"왜 내가 직접 연주하지 않는지 이상한 거죠? 당신 첼로를 빌려서 시범을 보이라고요."

"아닙니다……." 그는 부디 태연하게 보이기를 바라며 고개를 저었다. "아닙니다, 늘 해 오던 대로 하는 게 좋겠습니다. 당신이 말로 지적하면 제가 연주하지요. 그 방식은 단순한 모방과는 다르니까요. 당신의 말은 내게 창을 열어 줍니다. 당신이 직접 연주를 한다면 창이 열리지 않을 겁니다. 그저 모방할 뿐이지요."

그녀는 그 말을 잠시 생각해 보는 듯하더니 이윽고 말했다. "당신 말이 맞을 거예요. 좋아요. 내가 의미하는 바를 더 잘 표현해 봐요."

그녀는 몇 분 동안 이야기를 했다. 종결부와 간주 소절들 간의 차이점에 대해. 티보르가 다시 한번 그 마디들을 연주하고 나자 그녀는 이번에는 미소를 지어 보이고 만족스럽게 고개를 끄덕였다.

하지만 그 짧은 대화 이후 그들의 오후에는 뭔가 어두운 그림자가 끼어들었다. 아마 그동안에도 줄곧 있었겠지만 이제 그것이 병 밖으로 나와 그들 사이를 맴돌고 있는 듯했다. 그들이 광장에 앉아 있을 때, 그의 첼로의 전 주인이 소련 연방 시절에 그 첼로를 미국산 청바지 몇 벌을 주고 손에 넣었다는 그의 이야기를 듣자 그녀는 호기심이 깃든 반쯤 웃는 얼굴로 그를 바라보며 말했다.

"좋은 악기예요. 소리가 좋더군요. 하지만 연주해 보지 않아서 나로선 제대로 판단할 수가 없어요."

그때 그는 그녀가 다시 그 화제로 가고 있음을 깨닫고 재빨리 시선을 돌리며 이렇게 말했다.

"이건 당신 같은 분에게 어울리는 악기가 아니에요. 이제는 제게도 맞지 않는 것 같아요."

티보르는 그녀가 갑자기 방향을 틀어 그 화제를 다시 꺼낼까 봐 더 이상 편안하게 그녀와 대화를 즐길 수 없게 되었다. 극도로 유쾌한 대화를 나누는 동안에도 그의 마음속 한 부분은 그녀가 또 다른 틈을 찾아 그 화제를 입에 올릴 경우 즉각 중단시킬 만반의 태세를 취하고 있었다. 그래도 화제의 방향을 돌릴 수 없을 때도 있었다. "아, 내가 당신을 위해 직접 연주해 보일 수 있다면 훨씬 수월할 텐데!" 같은 말을 듣게 될 때면 티보르는 그저 못 들은 척했다.

9월 말이 되어 갈 무렵, 이제 바람에 한기가 깃들기 시작할 그 무렵에 잔카를로는 암스테르담으로부터 카우프만의 전화를 받았다. 암스테르담 시내의 5성급 호텔의 작은 실내 악단에 첼리스트 자리가 비었다는 것이었다. 그 악단은 한 주에 네 번 저녁마다 식당이 내려다보이는 연주자용 발코니에서 연주를 했고, 뮤지션들은 또한 그 호텔에서 음악과 관련 없는 다른 가벼운 업무도 맡았다. 식사와 숙소도 보장되었다. 카우프만은 즉각 티보르를 기억해 내고 그를 위해 그 자리를 잡아 두었다. 우리는 카우프만의 전화를 받은 바로 그날 저녁에 카페에서 티보르에게 이 소식을 전했다. 그리고 우리 모두는 티보르의 냉랭한 반응에 깜짝 놀랐던 것 같다. 여름이 시작될 무렵 우리가 카우프만과의 '오디션'을 주선했을 때 그가 보였던 열띤 태도와는 분명히 대조적이었다. 특히 잔카를로는 몹시 화를 내며 다그쳤다.

"그러니까 자네가 그렇게 주의 깊게 생각해 봐야 할 이유가 어디 있다는 거야? 뭘 기대하는 거야? 카네기홀?"

"저는 배은망덕한 사람은 아닙니다. 하지만 이 문제에 대해서는 좀 생각해 봐야겠습니다. 음식을 먹으며 대화를 나누는 사람들을 위해 연주한다는 거 말입니다. 그리고 호텔의 다른 일거리들도 있고요. 그게 저 같은 사람에게 정말 적합할까요?"

잔카를로는 쉽게 흥분하는 사람이었으므로, 우리 나머지 사람들은, 티보르의 재킷을 움켜쥐고 그의 면전에다 고함을 질러 대는 그를 말리지 않을 수 없었다. 우리 중 몇몇은 어쨌든 그것은 그의 인생 아니냐며, 그가 자기 마음에 들지 않는 일자리를 받아들여야 할 의무는 없다며 그 청년을 편들기까지 해야 했다. 이윽고 사태가 진정되자, 티보르는 잠정적인 해결책이라는 관점에서 볼 때 그 일자리에 몇 가지 장점이 있음을 인정하기 시작했다. 그리고 이 도시는 일단 관광 시즌이 끝나면 별 볼 일 없을 것이라고 좀 무신경하게 지적했다.

"이 문제에 대해 심사숙고해 보겠습니다. 제가 사흘 내로 결정을 해서 알려 드린다고 카우프만 씨께 말씀드려 주셨으면 합니다." 마침내 그가 말했다.

잔카를로는 요컨대 열광적인 감사의 말을 기대했던 터라 불만스러운 반응을 보였지만, 어쨌든 카우프만에게 전화를 걸러 갔다. 그날 저녁 이런 이야기가 진행되는 동안 엘로이즈 매코맥의 이름이 거론되지는 않았지만, 티보르가 하는 모든 말의 배후에 그녀가 있다는 것은 우리 모두 분명히 알 수 있었다.

"그 여자가 저 친구를 오만한 놈으로 바꿔 놨어. 저런 태도로 암스테르담으로 가 보라지. 곧 큰코다칠걸." 티보르가 가고 나자 에르네스토가 말했다.

티보르는 엘로이즈에게 카우프만과의 오디션에 대해 그때까지 단 한 마디도 하지 않았다. 티보르는 여러 번 그 말을 하려 했지만 그때마다 한발 물러서지 않을 수 없었다. 이윽고 그들의 우정이 깊어짐에 따라 티보르가 그런 일자리를 수락한다는 것이 점점 더 그녀에 대한 배신처럼 여겨지게 되었다. 따라서 티보르로서는 최근의 일자리 문제에 대해 엘로이즈와 상의는커녕 넌지시 비출 생각조차 없었다. 하지만 티보르는 자기감정을 숨기는 데 서툴렀으므로 이 일을 그녀에게 비밀로 하겠다는 그의 결정은 뜻밖의 결과를 낳았다.

그날 오후는 유난히 더웠다. 티보르는 언제나처럼 호텔로 가서 그녀를 위해 자기가 준비하고 있는 새로운 곡들을 연주했다. 하지만 3분이 지났을까, 그녀는 이렇게 말하며 연주를 중단시켰다.

"뭔가 잘못됐어요. 당신이 들어올 때부터 알고 있었어요. 이제 난 당신을 아주 잘 알아요, 티보르. 나는 당신의 노크 소리도 구분해 낼 수 있어요. 이제 당신의 연주를 들어 보니 분명히 알겠어요. 소용없어요. 당신은 내게 숨길 수 없어요."

깜짝 놀란 그가 활을 든 손을 내려놓고 모든 것을 털어놓으려 하자 그녀가 한 손을 들어 올리며 말했다.

"이 문제를 줄곧 피할 수는 없어요. 당신은 언제나 그 화제를 피하려 했지만 소용없어요. 난 그 문제에 대해 말하고 싶어요. 지난 한 주 내내 그 문제에 대해 이야기하고 싶었어요."

"정말입니까?" 그는 경이에 찬 눈길로 그녀를 바라보았다.

"그래요."라고 대답하며 그녀는 의자를 옮겨서 처음으로 그를 똑바로 마주 보았다. "당신을 속이려는 의도는 없었어요, 티보르. 지난 몇 주가 내게는 그리 편치 않았어요. 당신은 참 좋은 친구였으니까요. 내가 당신에게 값싼 장난을 할 생각이었다고 오해하면 정말 싫어요. 아뇨, 제발 이번에는 내 말을 끊지 마세요. 난 이 이야기를 하고 싶어요. 만약 당신이 나에게 지금 당장 그 첼로를 주고 연주를 해 보라고 한다면, 나는 '아뇨, 못해요.' 하고 말하지 않을 수 없어요. 당신의 첼로가 시원찮다거나 하는 이유에서가 아니에요. 하지만 당신이 나를 가짜라고, 실력도 안 되면서 잘난 척하는 사람이라고 여긴다면, 그건 실수라고 말해 주고 싶어요. 우리가 성취해 낸 것들을 좀 봐요. 그게 내가 가짜가 아니라는 충분한 증거 아닌가요? 그래요. 난 당신에게 내가 거장이라고 했어요. 음, 무슨 뜻으로 그런 말을 했는지 설명할게요. 그건 내가 아주 특별한 재능을 갖고 태어났다는 뜻이에요. 바로 당신처럼요. 당신과 나, 우리는 대부분의 첼리스트가 아무리 열심히 한다 해도 결코 가질 수 없는 그 무엇을 이미 갖고 있어요. 그 성당에서 당신 연주를 처음 들은 순간 난 당신 안에 있는 그것을 알아볼 수 있었어요. 그리고 어떤 점에서 당신 역시 내 안에 있는 그걸 알아본 거예요. 바로 그랬기 때문에 당신은 이 호텔에 오기로 결정한 거예요.

우리 같은 사람은 많지 않아요, 티보르. 그리고 우리는 서로를 알아봤어요. 내가 이제까지 첼로를 연주하는 법을 배우지 않았다고 해도 아무것도 달라지지 않아요. 당신은 내가 '지금 현재' '이미 거장'이라는 사실을 이해해야만 해요. 다만 아직 베일에 싸여 있는 거장인 거죠. 당신 역시 아직 완전히 베일을 벗지 못했어요. 지난 몇 주 동안 내가 해 온 일이 바로 그거예요. 나는 당신이 허물 벗듯 그 겹겹의 베일을 벗는 걸 도와주려고 애썼어요. 난 결코 당신을 속이려 한 적이 없어요. 99퍼센트의 첼리스트들이 그 여러 겹의 층 아래에 아무것도 갖고 있지 않아요. 벗겨내 봐야 아무것도 없다고요. 그러니 우리 같은 사람들은 서로 도와야 해요. 사람들로 붐비는 광장이든 어디에서든 서로를 알아보면 도움의 손길을 뻗어야 해요. 왜냐하면 우리 같은 사람들은 정말 소수니까요."

티보르는 그녀의 두 눈에 눈물이 고이는 것을 눈치챘지만 그녀의 목소리는 줄곧 안정되어 있었다. 이제 그녀는 입을 다물고 다시 그에게서 시선을 돌렸다.

잠시 후 티보르가 말했다. "그러니까 당신은 자신이 특별한 첼리스트가 될 거라고 믿고 있군요. 거장이 될 거라고요. 미스 엘로이즈, 당신이 말했듯이 우리 나머지 사람들은 우리의 베일 아래 무엇이 있는지 확신하지는 못하지만 용기를 내서 그 층을 벗겨 냅니다. 하지만 당신은 그런 일을 하려 들지 않는군요. 당신은 아무것도 하지 않습니다. 그러면서도 자신이 거장이라고 그렇게 확신하고 있다니……."

"제발 화내지 마세요. 좀 어이없게 들릴 거라는 건 나도 알아요. 하지만 그렇게 됐어요. 그게 사실이라고요. 내가 어렸을 때 어머니는 내 재능을 즉각 알아채셨어요. 나는 적어도 그 점에 대해선 어머니께 고맙게 생각하고 있어요. 하지만 내가 네 살 때, 일곱 살 때, 열한 살 때 어머니가 나를 위해 찾아낸 교사들은 모두 적당하지 않았어요. 엄마는 그 사실을 알지 못했지만 난 알 수 있었어요. 어린 소녀였지만 내게는 그런 본능이 있었어요. 나는 사람들에게 맞서 내 재능을 보호해야 한다는 것을 알았어요. 사람들이 아무리 좋은 의도를 갖고 있다 해도 그 재능을 송두리째 망쳐 버릴 수 있거든요. 그래서 나는 그들의 말에 귀를 닫았어요. 당신도 그렇게 해야 해요, 티보르. 당신의 재능은 소중하니까요."

"죄송합니다." 티보르가 그녀의 말허리를 잘랐다. 이제 그의 음성은 좀 더 부드러워졌다. "그러니까 당신 말은 어릴 때는 첼로를 연주했었다는 거군요. 하지만 지금은……."

"열한 살 이후로는 첼로에 손을 댄 적이 없어요. 엄마에게 로스 선생님과는 더 이상 수업을 계속할 수 없다고 말한 그날 이후로 말이에요. 그리고 엄마는 이해하셨어요. 엄마는 아무것도 하지 않고 기다리는 편이 낫다는 데 동의하셨어요. 내 재능을 손상시키지 않는 게 중요했으니까요. 때가 아직 오지 않았다 해도 말이에요. 좋아요, 때때로 나는 이제 너무 늦어 버린 게 아닐까 하고 생각해요. 이제 난 마흔한 살이에요. 하지만 적어도 선천적인 재능을 손상시키진 않았어요. 나는 오랜 세월 동안 많은 교사들을 만났고 그들은 나를 도와주겠다고 했지만 나는 그들을 꿰뚫어볼 수 있었어요. 때로는 구별하기가 어렵답니다, 티보르. 우리로서도 말이에요. 그 교사들은, 그들은 지나치게…… 직업적이에요. 그들은 유창하게 이야기하고 당신은 그들의 말을 듣죠. 처음에 속아 넘어가 이렇게 생각하죠. '그래, 마침내 누군가 나를 도와주는군. 우리 같은 사람 중 하나가 말이야.' 하지만 이윽고 상대가 그렇지 않다는 것을 깨닫게 되죠. 그때야말로 당신이 마음을 굳게 먹고 귀를 닫아야 할 때예요. 이걸 기억해요, 티보르. 기다리는 편이 언제나 나아요. 때때로 난 아직도 재능을 드러내지 못한다는 사실 때문에 고약한 기분이 되곤 해요. 하지만 난 재능을 손상시키지 않았고, 중요한 건 바로 그거예요."

이윽고 티보르는 자기가 준비해 온 두어 곡을 연주했다. 하지만 평소의 분위기가 회복되지 않아서 그들은 교습을 일찍 끝냈다. 광장으로 내려온 그들은 각자 커피를 마시고 조금 더 이야기를 했다. 이윽고 티보르는 며칠간 이 도시를 떠나 있게 되었다는 계획을 이야기했다. 언제나 근처의 시골을 돌아보고 싶었는데 이제 자기 자신을 위해 짧은 휴가를 갖기로 했다는 것이었다.

"당신에게 도움이 될 거예요. 하지만 너무 오랫동안 가 있지는 마요. 우리에겐 아직 할 일이 많답니다." 그녀가 차분하게 말했다.

그는 늦어도 일주일 안에는 돌아올 것이라고 그녀를 안심시켰다. 그런데도 그들이 헤어질 때 그녀의 태도에는 뭔가 불편한 기색이 있었다.

티보르가 시골로 여행을 가겠다고 한 말은 전혀 사실이 아니었다. 사실 그에게는 아직 어떤 계획도 없었다. 그날 오후 엘로이즈와 헤어져 숙소로 돌아온 그는 몇 통의 전화를 걸어 토스카나 지방과 움브리아 지방에 걸친 산악 지대에 있는 유스호스텔에 침대 하나를 예약했다. 그날 밤 카페로 우리를 보러 와서 그 여행에 대해 이야기를 한 다음(우리는 어디에 가야 하고 무엇을 봐야 하는지에 대해 온갖 상충되는 충고를 해 주었다.) 카우프만에게 자기가 그 일자리를 기꺼이 받아들이겠다고 알려 달라고 상당히 공손하게 잔카를로에게 부탁했다.

"달리 어쩌겠어요? 여행에서 돌아올 때쯤이면 수중에 돈이 하나도 없을 텐데."

이탈리아의 시골에서 티보르는 그런대로 즐거운 휴식을 취한 모양이었다. 그는 우리에게 그 여행에 관한 이야기를 많이 하지는 않았다. 몇몇 독일 도보 여행자들과 친구가 되었고, 산비탈의 트라토리아*에서 돈을 너무 썼다는 것 정도만 이야기했을 뿐이다. 일주일 후에 그는 생기를 되찾은 모

---

* 서민풍의 이탈리아 식당.

습으로 돌아왔지만, 자기가 없는 동안 엘로이즈 매코맥이 그 도시를 떠나지는 않았는지 알고 싶어 조바심을 냈다.

그 무렵에는 관광객들이 줄기 시작했고, 카페의 웨이터들은 야외에 놓인 테이블 사이사이에 야외용 난로를 내다 놓기 시작했다. 여행에서 돌아온 날 오후 티보르는 늘 가던 시각에 첼로를 들고 다시 엑셀시오르 호텔로 갔다. 엘로이즈가 자기를 기다리고 있을 뿐만 아니라 자기를 보고 무척 반가워한다는 사실에 기뻤다. 티보르를 반갑게 맞은 그녀는 사람들이 손님에게 호들갑스럽게 음료나 음식을 권하듯 늘 앉던 의자에 그를 밀어 앉히고는 조바심을 내며 케이스에서 첼로를 꺼내면서 연주를 권했다. "날 위해 연주해 줘요! 어서요! 연주하라고요!"

그들은 함께 멋진 오후 시간을 가졌다. 지난번 그녀의 '고백'을 듣고 그런 식으로 헤어진 다음 그는 일이 어떻게 전개될지 걱정했지만, 이제 모든 긴장감은 사라져 버리고 둘 사이의 분위기는 어느 때보다도 좋았다. 그녀가 두 눈을 감고 막 끝난 그의 연주에 대해 길고 엄정한 비판을 했을 때에도 그의 마음에는 가능한 한 완벽하게 그 말을 이해하고 싶은 갈망만이 차올랐을 뿐 그 어떤 억울함도 느껴지지 않았다. 다음 날 그리고 그다음 날도 마찬가지였다. 편안하게 긴장이 풀린 상태였고 때로는 재미있기까지 했다. 그는 자기가 이제까지 통틀어 그렇게 연주를 잘한 것은 그때가 처음이라고 확신했다. 그들은 그가 시골로 떠나기 전에 나눈 대화에 대해서는 어떤 암시도 하지 않았고 그녀는 그의 시골 여행에 대해 묻지 않았다. 그들은 오직 음악에 대해서만 이야기했다.

티보르가 여행에서 돌아온 지 나흘째 되는 날이었다. 일련의 사소한 작은 사고들, 그중에는 티보르의 방 화장실 물탱크의 누수도 포함되었는데, 그런 사고들 때문에 티보르는 늘 가던 시각에 엑셀시오르 호텔에 갈 수 없었다. 티보르가 카페를 지날 쯤에는 어스름이 내렸으므로 웨이터들이 작은 유리 용기 안에 촛불을 밝혀 놓았고 우리는 저녁 식사용 레퍼토리 두어 곡을 연주하고 있었다. 티보르는 우리를 향해 손을 흔들어 보인 다음 호텔 쪽을 향해 광장을 가로질러 걷기 시작했다. 들고 있는 첼로 때문에 다리를 저는 것처럼 보였다.

그녀의 방에 전화를 걸기 직전 접수원이 살짝 머뭇거리는 것을 티보르는 눈치챘다. 이윽고 방문을 연 그녀는 그를 따뜻하게 맞아 주었지만 왠지 평소와는 달랐다. 티보르가 말을 꺼내기도 전에 그녀가 재빨리 말했다.

"티보르, 와 줘서 정말 기뻐요. 지금 피터한테 당신 이야기를 모두 해 주고 있었어요. 맞아요. 피터가 결국 나를 찾아냈어요!" 그런 다음 그녀는 방 안을 향해 소리쳤다. "피터, 왔어요! 티보르가 왔다고요. 첼로까지 갖고요!"

티보르가 방 안으로 들어서자 옅은 색 폴로셔츠 차림의 몸집이 크고 동작이 굼뜬, 머리가 희끗희끗한 남자가 미소를 지으며 자리에서 일어났다. 그는 힘을 주어 티보르와 악수를 한 다음 말했다. "아, 당신 이야기를 모조리 들었소. 엘로이즈는 당신이 대형 스타가 될 거라고 확신하더군."

"피터는 집요해요. 난 이 사람이 결국 나를 찾아낼 거라는 걸 알고 있었어요."

"나한테서는 숨어 봤자 소용없소." 피터가 말했다. 그런 다음 그는 티보르를 위해 의자를 끌어온 다음 수납장 위의 얼음 통에서 샴페인을 들어 한 잔 따라 주었다. "이봐요, 티보르. 우리의 재결합을 축하해 줘요."

티보르는 피터가 끌어낸 의자가 다행히 늘 앉던 '첼로 의자'라는 것을 눈여겨보며 샴페인을 홀짝였다. 엘로이즈는 침실로 모습을 감추었다. 티보르와 피터는 잠시 동안 각자의 잔을 든 채 대화를 나누었다. 피터는 친절해 보였고 많은 것들을 물었다. 헝가리 같은 나라에서 성장하는 것은 어땠는지, 서구 세계에 처음 왔을 때 충격을 받지는 않았는지 하는 질문들이었다.

"난 정말 악기를 연주하고 싶었다오. 당신은 무척 운이 좋소. 난 배우는 것도 좋아하지. 하지만 이젠 좀 늦은 것 같소." 피터가 말했다.

"아, 늦었다고 생각될 때가 가장 빠른 법이죠." 티보르가 대답했다.

"당신 말이 맞아요. 너무 늦었다는 말은 금물이지. 너무 늦었다는 건 핑계에 지나지 않소. 그렇소. 사실은 이렇다오. 난 바쁜 사람이오. 스스로 이렇게 중얼거리지. '너무 바빠서 프랑스어를 배울 시간도 악기를 배울 시간도 『전쟁과 평화』를 읽을 시간도 없어.' 내가 줄곧 하고 싶어 했던 모든 것들을 말이오. 엘로이즈는 어렸을 때 연주를 했다오. 그녀가 당신에게 얘기했을 텐데."

"예, 들었습니다. 굉장한 재능을 갖고 있는 것 같더군요."

"아, 정말 그렇다오. 그녀를 아는 사람이면 누구든지 그걸 알 수 있지. 그녀는 놀라운 감성의 소유자요. 그녀야말로 내가 아까 말한 모든 걸 배워야 할 사람이라오. 나는 그저 '미스터 바나나 핑거스'*일 뿐이오." 그는 자기 두 손을 들어 올리며 웃음을 터뜨렸다. "피아노를 치고 싶지만 이런 손으로 뭘 할 수 있겠소? 땅을 파는 데는 안성맞춤이고, 그게 우리 집안사람들이 대대로 해 온 일인걸. 하지만 저 숙녀는(그는

---

* 영국 만화가 데이비드 퍼스의 컬트적 작품 《샐러드 핑거스》의 등장 인물.

자기 잔으로 침실 문 쪽을 가리켰다.) 감수성이 뛰어나다오."

이윽고 엘로이즈가 짙은 색 이브닝드레스에 장신구를 잔뜩 매달고 침실에서 나왔다.

"피터, 티보르를 지루하게 하지 마세요. 티보르는 골프에 관심 없어요." 그녀가 말했다.

피터는 두 손을 펼쳐 보인 후 사정하는 듯한 눈길로 티보르를 바라보았다. "자, 말해 봐요, 티보르. 내가 골프에 대해 단 한 마디라도 했소?"

티보르는 자기는 가 봐야겠다고, 자기가 식사하러 가는 두 사람을 붙잡고 있는 줄 몰랐다고 말했다. 두 사람 모두 그 말을 반박했다. 피터가 말했다.

"자, 날 좀 봐요. 내가 저녁 식사를 위해 차려입은 것 같소?"

티보르는 그의 차림이 흠잡을 데 없이 품위 있다고 생각했지만, 상대가 원하는 대로 그저 웃음을 터뜨리는 것으로 답했다. 이윽고 피터가 다시 말했다.

"당신은 연주를 들려주지 않고서는 갈 수 없소. 당신의 연주에 대해 많은 이야기를 들었다오."

티보르가 어리둥절한 채로 첼로 케이스를 열기 시작하자 엘로이즈가 단호하게 말했다. 그녀의 목소리에는 낯선 기운이 담겨 있었다.

"티보르 말이 맞아요. 시간이 다 됐어요. 이 도시의 식당들은 제 시간에 오지 않으면 그 자리를 다른 사람에게 내주고 만답니다. 피터, 당신도 옷 갈아입어요. 면도도 해야죠? 난 티보르를 배웅하고 올게요. 그에게 따로 할 말이 있어요."

승강기 안에서 그들은 서로에게 애정에 넘치는 미소를 지어 보였지만 말을 하지는 않았다. 그들이 밖으로 나왔을 때 광장에는 조명이 켜져 있었다. 휴가에서 돌아온 현지 아이들이 공을 차거나 서로를 쫓아 분수 주위를 달리거나 하면서 놀고 있었다. 저녁 파세자타*가 한창이었다. 우리가 연주하는 음악이 바람을 타고 그들이 서 있는 곳까지 들릴 터였다.

그녀가 입을 열었다. "음, 그렇게 됐어요. 그 사람이 나를 찾아냈어요. 그래서 그와 결혼해도 될 것 같아요."

"몹시 매력적인 분이시더군요. 이제 미국으로 돌아가시나요?" 티보르가 물었다.

"2~3일 내로 그렇게 될 것 같아요."

"결혼하실 작정이세요?"

"그럴 것 같아요." 순간 그녀는 티보르를 간절한 눈빛으로 바라보고는 이윽고 시선을 돌렸다. "그럴 것 같아요." 그녀가 다시 한번 말했다.

"두 분이 행복하시길 빕니다. 그분은 친절한 분이세요. 음

---

* 이탈리아어로 '산책'. 하루 일을 끝내고 해질 무렵 사람들과 어울리는 관습인 파세자타는 이탈리아인들이 즐기는 일상적 습관이다.

악 애호가이기도 하고요. 당신에겐 그게 중요하죠."

"그래요, 그게 중요해요."

"당신이 외출 준비를 하고 있을 때 말이에요. 우리는 골프가 아니라 음악 교습에 대한 이야기를 하고 있었어요."

"아, 정말인가요? 당신 말은 그러니까 그를 위한 교습인가요, 아니면 나에 대한 건가요?"

"둘 다에 대한 것이었습니다. 하지만 오리건주 포틀랜드에 당신을 가르칠 만한 음악 교사가 많을 것 같지 않군요."

그녀는 웃음을 터뜨렸다. "전에 내가 말했던 것처럼 우리 같은 사람들에게는 어려운 일이에요."

"그렇습니다. 그 점에 대해 감사드립니다. 지난 몇 주일 동안 저는 어느 때보다도 그 사실을 깊이 실감할 수 있었습니다." 그런 다음 티보르는 이렇게 덧붙였다. "미스 엘로이즈, 헤어지기 전에 말씀드리고 싶은 게 있습니다. 전 얼마 후 암스테르담으로 떠납니다. 그곳의 큰 호텔에 일자리를 구했거든요."

"짐꾼이 되려고요?"

"아닙니다. 호텔 식당에서 연주하는 작은 실내악단에 들어갈 겁니다. 호텔 손님들이 식사를 하는 동안 여흥을 돋우는 거죠."

티보르는 그녀를 주의 깊게 지켜보았다. 그녀의 눈빛에

한 줄기 불꽃같은 것이 떠올랐다가 사라졌다. 이윽고 그녀
는 그의 팔에 한손을 얹고 미소를 지어 보였다.

"그럼 행운을 빌어요." 그런 다음 이렇게 덧붙였다. "그 호
텔의 손님들은 특별한 시간을 갖게 되겠군요."

"그러기를 바랍니다."

그들은 부피 큰 첼로를 사이에 놓은 채 호텔 정문에서 쏟
아지는 빛 웅덩이를 살짝 벗어난 그 자리에서 잠시 움직이
지 않고 서 있었다.

"그리고 당신이 피터 씨와 정말이지 행복하기를 바랍니
다." 그가 말했다.

"나 역시 그러기를 바란답니다." 하고 말하며 그녀는 다시
웃음을 터뜨렸다. 그런 다음 그의 한쪽 볼에 입맞춤을 하고
는 살짝 그를 껴안으며 말했다. "잘 지내요."

티보르는 그녀에게 감사를 표했다. 다음 순간 그는 호텔
을 향해 걸어가는 그녀의 뒷모습을 바라보고 있었다.

그리고 얼마 안 있어 티보르는 이 도시를 떠났다. 우리가
마지막으로 그와 음료를 마실 때 그는 일자리를 구해 준 데
대해 잔카를로와 에르네스토에게, 그리고 자기를 친구로 대
해 준 데 대해 우리에게 몹시 고마워하고 있음이 역력했다.
하지만 나로서는 티보르가 우리에게 조금쯤 냉랭해졌다는

인상을 받았다. 나뿐만 아니라 우리 중 한두 명은 그런 생각을 했지만, 이제 유난히 티보르의 편을 들게 된 잔카를로는 당시 그 청년이 그저 흥분 상태였고 인생의 다음 단계에 신경이 곤두선 것뿐이라고 두둔했다.

에르네스토가 응수했다. "흥분? 그 친구가 어떻게 흥분하지 않을 수 있었겠나? 그는 천재라는 칭찬을 들으며 이 여름을 보냈네. 그에 비하면 호텔 일자리는 명예의 실추야. 우리와 함께 앉아서 이야기하는 것 역시 실추라고 할 수 있지. 여름이 시작될 무렵 티보르는 괜찮은 청년이었어. 하지만 그 여자 때문에 달라진 걸 보니 이렇게 그를 보내는 게 차라리 다행이군."

앞서 말한 대로 이 모든 일이 일어난 지 7년이 지났다. 잔카를로와 에르네스토 그리고 당시의 모든 단원들이 나와 파비안을 제외하고는 이제 이곳을 떠나고 없다. 그리고 나는 오랫동안 우리의 젊은 헝가리인 마에스트로를 잊고 있었다. 그러다가 광장에 앉아 있는 그를 다시 본 것이다. 그를 알아보기는 그리 어렵지 않았다. 체중이 좀 는 것 같았고 목이 몹시 두꺼워져 있었다. 아울러 그가 손가락을 움직여 웨이터를 부르는 방식에는 어떤 조바심, 그러니까 특정한 삶의 신산과 더불어 오는 퉁명스러움 같은 것이 깃들어 있었다. 어쩌면 이것은 내 상상일 뿐인지도 모른다. 게다가 이렇게 말하는 것은 부당한 일인지도 모른다. 요컨대 그를 힐긋 건너다본 것에 지나지 않으니까 말이다. 그렇다 해도 티보르가 사람을 기쁘게 하는 그 젊은이다운 불안과 당시 지니고 있던 조심스러운 태도를 잃은 것은 분명한 것 같다.

나는 티보르한테 가서 이야기를 나눌 생각이었지만 우리가 그 세트의 연주를 마쳤을 때 그는 가 버리고 없었다. 내가 아는 것은 그저 그가 그날 오후 양복 차림, 고급 양복이 아닌 그저 평범한 양복 차림으로 이곳에 왔었다는 것뿐이다. 그러니까 티보르는 지금 어딘가에서 사무원으로 일하고 있는지도 모른다. 근처에 볼일을 보러 왔다가 지난날을 추억하기 위해 이곳에 왔는지도 모른다. 만약 이 광장에서 다시 그의 모습이 눈에 띈다면 그리고 그때 내가 연주를 하고 있지 않다면 그에게 가서 이야기를 나눠야겠다.

결코 눈부시지 않지만 너무 어둡지 않고, 지루하게 반복되지만 한순간 벅차게 아름다운

서양 문학을 번역하다 보면 어느 순간 그 이야기가 우리와는 문화와 역사가 다른, 지식과 비판을 갖춘 독법이 필요한 남의 나라 이야기라는 사실을 잊는 순간이 있다. 뒤집어 말하면 이는 곧 번역을 해 오면서 내가 줄곧 어떤 강박을 갖고 있었다는 말일 것이다. 문학이란 그 자체로 고유의 의미가 있는 것이지만 남의 문학, 특히 제1세계 작품을 대할 경우에는 촘촘하고 튼튼한 깔때기를 준비하지 않고서는 문제의 '보바리슴'에 은연중에 먹힐지도 모른다는 불안이 적어도 내게는 줄곧 자리 잡고 있었던 것 같다. 그러니까 작품을 제대로 이해하기 위해서는 배경과 의도를 주체적으로 해석해야 한다는 당연한 이야기 외에 제1세계 작품에 내재된 세

런된 전략을 잊지 않아야 한다는 경각심이나 자격지심 같은 것 말이다.

그런데 그런 것을 잊게 되는 순간들이 있다. 아마도 몇 년 전부터 그런 전투적 의식이 점점 옅어진 것 같다. 존재 기반이 존재 의식을 결정짓는다고 했던가. 그게 GNP나 OECD와 일정 정도 관련이 있겠지만, 어쨌든 이제 서양 문학을 제국주의와 관련해서 보지 않을 수 있게 되었다고 할까.

현재 세계에서 가장 주목받는 작가 중 하나인 가즈오 이시구로는, 이런 면에서 근본적으로 읽는 이를 무장 해제시킨다. 실제로 그는 자신의 문학적 관심이 국경과 온갖 차이를 넘어서서 인간의 보편적 감정에 가닿는 데 있다고 밝히고 있는데, 이는 그의 성장배경과도 관계가 있다.

이시구로는 1954년에 일본 나가사키에서 일본인 부모에게서 태어나 1960년에 가족을 따라 영국으로 이주해 철학과 문예 창작을 공부한 후, 20대에 싱어송라이터를 꿈꾸기도 했으나 착실히 작가의 길을 걸어왔다. 이러한 이력에서 보듯, 그가 일본계 영국 작가라는 점도 우리가 그렇게 느끼는 이유의 하나겠지만, 그보다는 문학을 대하는 작가 자신의 태도가 반영되었기 때문일 것이다. 이에 대해 작가 자신은 이렇게 말하고 있다.

나는 '인터내셔널한' 소설을 쓰는 작가이고 싶다. 인터내셔널한 소설이란 무엇인가? 그것은 다양한 배경을 가진 세계 전역의 독자들이 모두 공감할 수 있는 삶의 비전이 담긴, 그렇지만 상당히 단순한 소설이라고 나는 믿는다. 대륙을 넘나들지만 세계의 어느 후미진 한구석에서도 단단히 뿌리내릴 수 있는 인물들을 품고 있는 그런 소설 말이다.

이런 의도를 작가 특유의 절제된 품격과 담백한 서술이 뒷받침한다. 현란한 은유나 심장한 함축과는 거리가 있는, 하지만 '그랬다'와 '그랬을 수도 있다'를 필요할 때마다 빼놓지 않고 구별하는, 큰 바위나 작은 자갈을 자연의 속도로 어루만지는 시냇물 같은 문장은 독자를 편안하게 작품 안으로 끌어들이고, 나직한 목소리의 성실한 주인공들은 자기 자리에서 조용하게 최선을 다하는 일이 왜 중요한지를 환기시킨다. 이런 특징은 영국에 사는 한 일본인 미망인의 목소리로 나가사키의 정신적 파괴와 재건을 그려 낸 첫 장편『창백한 언덕 풍경』, 전직 예술가의 시선으로 제2차 세계 대전에 대한 일본의 태도를 탐사하는『부유하는 세상의 화가』, 문학적 성공과 더불어 영화로도 제작되어 작가에게 세계적 명성을 안겨 준『남아 있는 나날』, 현실과 의식을 오가는 실험적인 문제작『위로받지 못한 사람들』, 20년 전 부모의 실종 사건을 파헤치는 한 사립 탐정의 이야기를 담은『우리가 고아였을 때』, 인간이란 도대체 무엇인지를 아프게 묻게 하는 대표작『나를 보내지 마』, 그리고 이『녹턴』에 이르기까지 그의 전 작품을 관통한다.

따라서 제1, 2차 세계 대전이 주된 소재로 등장한다 해도 『창백한 언덕 풍경』과『부유하는 세상의 화가』와『남아 있는 나날』이 역사 소설이 아니며, 탐정이 미스터리를 파헤친다 해서『우리가 고아였을 때』가 추리소설이랄 수 없고, 대체 현실을 다루고 있다 해도『나를 보내지 마』가 기존의 의미에서 사이언스 픽션이 아닌 이유가 여기에 있다. 요컨대 가즈오 이시구로는 자신의 관심이 장르나 소재를 넘어서서 다만 '인간'에 있다고, 문학의 기능이 내면적이고 문화적인 진화에 있다고 우리를 설득한다. 그 설득의 임무를 맡은 그의 페르소나들은 분홍보다는 푸른빛이고, 아침보다는 저녁이며, 성공보다는 실패 쪽에 가깝게 위치해 있으면서도 인간적인 품위와 희망을 잃지 않는다. 그래서 우리는 스티븐스 (『남아 있는 나날』)에게, 토미와 케이시(『나를 보내지 마』)에게, 린디와 스티브(『녹턴』)에게 전폭적인 지지를 보낼 수는 없어도 비판의 깔때기를 슬며시 내려놓고, 그들이 아직 남아 있는 시간 동안 좀 더 행복하기를 바라게 되는 것이다.

여섯 권의 장편소설에 이어 저자가 처음으로 내놓은 소설집인 이 작품 『녹턴』은 부제 그대로 '음악과 황혼에 대한 다섯 가지 이야기'다. 야상곡(夜想曲)이라고도 불리는 '녹턴(nocturne)'의 사전적 정의는 "저녁이나 밤에 어울리는 감정을 나타내는 몽상적인 성격의 작품."이다.

첫째 이야기 「크루너」에는 토니 가드너라는 한때 명성을 누렸던 가수가 등장한다. '크루너'란 '나직하게 노래하다, 조그맣게 속삭이다.'라는 뜻인 'croon'에서 파생된 단어로, 1930~1940년대에 유행했던 부드러운 콧소리가 가미된 크룬 창법을 구사하는 가수를 말한다. 「대부」의 테마가 하루에 아홉 차례 울려 퍼지기 일쑤인 베네치아 산마르코 광장, 상설 밴드의 일원인 폴란드 출신의 기타리스트가 어느 봄날 아침 어머니가 좋아하던 크루너 가수 토니 가드너를 발견하는 것으로 시작하는 이 이야기는, 토니가 곤돌라에서 세레나데를 부르는 이벤트에 그를 끌어들이면서 예기치 못한 궤도로 접어든다. 이 오프닝 스토리는 작품 전체에 멜랑콜리한 분위기를 드리우고 전체 방향을 암시한다.

둘째 이야기 「비가 오나 해가 뜨나」, 곧 '기쁠 때나 슬플 때나'의 뜻이 담긴 이 작품은 레이 찰스의 노래 제목에서 딴 것으로, 외국에서 영어를 가르치는 남자가 런던의 대학교 동창 커플의 집에 초대되어 가서 벌어지는 일을 소재로 한다. 그리고 이를 통해 사람과 사람의 관계가 어떻게 이어지고 엇갈리는지, 우리 안에 있는 이상이 어떤 점화 장치를 만나면 폭발하는지, 그것이 왜 대개 불발로 끝나고 마는지, 또한 그 불발이 어떻게 삶의 내공이 되어 가는지를 익살스럽게 보여 준다.

셋째 이야기 「몰번힐스」는 이 작품집의 백미라 할 만하다. 젊고 재능 있는 무명의 싱어송라이터가 런던에서 일자리를 찾다가 여의치 않자 시골에서 카페를 경영하는 누이 부부의 집에 머물면서 노래를 만든다. 그러던 어느 날 관광차 그곳에 온 역시 프로 뮤지션인 스위스인 부부를 만난다. 삶의 반환점을 돈 그 부부를 통해, 동일한 사태에 전혀 상반된 반응을 보이는 두 가지 '태도'를 통해, 개인의 의지가 인생을 어떻게 바꿀 수 있는지, 동시에 이른바 운명 앞에서 인간의 의지가 얼마나 속수무책이 될 수 있는지를 사실적이고 날카롭게 포착한다.

표제작이자 넷째 이야기인 「녹턴」에서는 첫째 이야기에 등장한 토니 가드너의 아내 린디 가드너가 다시 등장한다. 재능은 있지만 못생긴 외모 때문에 무명의 세월을 보내는 한 색소포니스트가 성형수술을 받고 베벌리힐스의 호화스러운 호텔에서 회복기를 보내던 중 토니 가드너와 이혼한 후 성형수술을 받고 그곳에 온 린디를 만난다. 「대부」의 테마와 더불어 이 작품집의 주제가라 할 만한 토니 가드너의 노래가 베네치아 운하에 이어 이번에는 베벌리힐스의 고급 호텔 방에 울려 퍼진다.

마지막 이야기 「첼리스트」에 등장하는 카페 뮤지션은 첫째 화자 얀의 뒤를 잇는 광장 상설 밴드의 일원으로, 그날 점심 이후에만 세번째로 「대부」의 테마를 연주하다가 역시 광장에 앉은 안면 있는 헝가리인 첼리스트 청년을 발견한다. 그러면서 스스로 첼로의 대가라고 자처하던 중년의 미국 여자가 그 청년에게 새로운 연주법을 가르쳤던 몇 년 전의 일을 회상한다. 예술에 있어서 잠재력의 허와 실을 잘 짚어 내는 작품이다.

어쩌면 이 이야기들은 정교한 세공 솜씨를 보여 주면서도 이렇다 할 엔딩도 확실한 결론도 없는 듯하고, 긴박감이 없는 것은 아니지만 전체적으로 잔잔하고 일상적이라고 여겨질 수도 있다.

하지만 로버트 맥팔레인(《선데이 타임스》)이 적절히 지적하고 있는 것처럼 『녹턴』의 가장 흥미로운 점은 이런 밋밋함에 있다. 문장의 질감은 거의 두드러지지 않고, 구성은 의도적으로 단순하며, 다섯 개의 이야기 속에서 화자들의 목소리는 복제된 것처럼 비슷하다. 이런 밋밋함을 수놓는 '반복'이야말로 작가의 전략으로, 일단 이러한 되풀이가 의도적인 것임을 간파하고 나면 독자는 그 반복의 구조가 몹시 복잡하다는 것을 깨닫게 된다. 그것을 기록하기 위해 오선지가 필요할 정도로."

그리하여 "세심하게 표백된 문체 속에 자리 잡은 그 반복들은 하나하나 누적되어 폭발을 예비하지만"(《타임》), 끝내 결정적인 폭발로 이어지지는 않는다. 다만 "그것들이 어우러져 책을 덮고 난 한참 후까지도 공명 효과를 만들어 낼"(《텔레그라프》) 뿐이다. '천의무봉(天衣無縫)'의 솜씨란 바로 이런 것이 아닐까. 흐릿하고 밋밋하며 지지부진하고 지리멸렬하게 반복되는 가운데 가끔 눈부신 햇빛이 비치거나 환한 별빛이 쏟아져 내리거나 할 뿐인 삶을, 동양이든 서양이든, 제3세계든 제1세계든 사람의 삶을 묘사하는 데 이보다 더 적절한 방법이 있을까.

옮긴이 김남주

1960년 서울에서 태어나 이화여자대학교 불어불문학과를 졸업하고 현대 프랑스 문학과 영미 문학을 주로 번역해 왔다. 옮긴 책으로 가즈오 이시구로의 『나를 보내지 마』, 『녹턴』, 『우리가 고아였을 때』, 『창백한 언덕 풍경』, 『부유하는 세상의 화가』, 프랑수아즈 사강의 『브람스를 좋아하세요...』, 『슬픔이여 안녕』, 로맹 가리의 『새들은 페루에 가서 죽다』, 『여자의 빛』, 『솔로몬 왕의 고뇌』, 『가면의 생』, 야스미나 레자의 『행복해서 행복한 사람들』, 『함머클라비어』, 『비탄』, 『지금 뭐하는 거예요, 장리노』, 벨마 월리스의 『두 늙은 여자』 등이 있고, 지은 책으로 『나의 프랑스식 서재』, 『사라지는 번역자들』이 있다.

녹턴
음악과 황혼에 대한 다섯 가지 이야기

1판 1쇄 펴냄   2010년 11월 5일
1판 11쇄 펴냄   2020년 11월 25일
2판 1쇄 펴냄   2021년 4월 20일
2판 2쇄 펴냄   2021년 11월 10일

지은이   가즈오 이시구로
옮긴이   김남주
발행인   박근섭·박상준
펴낸곳   (주)민음사

출판등록   1966. 5. 19. 제16-490호
주소   서울특별시 강남구 도산대로1길 62(신사동)
             강남출판문화센터 5층 (우편번호 06027)
대표전화   02-515-2000 | 팩시밀리 02-515-2007
홈페이지   www.minumsa.com

한국어 판 ⓒ (주)민음사, 2010, 2021, Printed in Seoul, Korea
ISBN   978-89-374-4436-4 (03840)